AF387636

J. Gerhardt, Jahrgang 1988, liebte das Lesen bereits in ihrer Kindheit. Vor allem romantische Romane mit einem Hauch von Drama haben es ihr angetan. Da war es kein Wunder, dass sie über kurz oder lang selbst mit dem Schreiben anfing und ihre Gedanken einen Weg in den eigenen Roman gefunden haben. J. Gerhardt lebt mit ihrer Familie in einem Haus am Waldrand in einer Kleinstadt Niedersachsens.

J. GERHARDT

Meersalz KÜSSE AUF Sylt

EIN NORDSEE-LIEBESROMAN

Erstausgabe Juni 2024

Copyright © 2024 dp Verlag, ein Imprint der
dp DIGITAL PUBLISHERS GmbH
Made in Stuttgart with ♥
Alle Rechte vorbehalten

Meersalzküsse auf Sylt

ISBN 978-3-98998-284-0
E-Book-ISBN 978-3-98778-998-4

Covergestaltung: Anne Gebhardt
Umschlaggestaltung: ARTC.ore Design
Unter Verwendung von Abbildungen von
shutterstock.com: © Resul Muslu, © Pawel Kazmierczak
stock.adobe.com: © aldorado, © by-studio, © tonktiti
elements.envato.com: © PixelSquid360
Lektorat: KoLibri Lektorat
Satz: dp DIGITAL PUBLISHERS GmbH
Druck und Bindung: Books on Demand GmbH, Norderstedt

Kapitel 1

Ungeduldig trommele ich mit den Fingern auf das Lenkrad. Das Geräusch geht jedoch im starken Regen unter, der gegen die Windschutzscheibe prasselt. Die Scheibenwischer kommen gegen diese Sturmflut nicht an, obwohl ich sie bereits auf die stärkste Stufe gestellt habe. Kaum wenige Minuten auf der Insel und ich bereue meinen Entschluss bereits, überhaupt hierhergefahren zu sein. Dass die Nacht beinahe dämmert, macht es nicht besser!

Der Regen wird stärker und ich spiele augenblicklich mit dem Gedanken, den Wagen zu wenden und zurück zum Bahnhof zu fahren, um den nächsten Autozug zurück nach Hamburg zu nehmen, ehe meine Schwester mitbekommt, dass ich längst hier bin. Vielleicht hätte ich ihr vor meiner Abreise keine Nachricht schicken sollen, dann müsste ich mich zumindest nicht rechtfertigen, wieso ich meine Meinung im letzten Moment doch noch geändert habe.

Es war eine Schnapsidee von mir, so plötzlich nach Sylt aufzubrechen, ohne meinen Aufenthalt hier auf der Insel vorher sorgsam zu planen. Ich habe nur einen Rucksack mit den nötigsten Dingen dabei und nicht einmal ein Hotelzimmer gebucht in der Hoffnung, die

Sache möglichst schnell zu klären und dann wieder von hier zu verschwinden.

Seufzend setze ich den Blinker und fahre erneut auf die Hauptstraße. Es hilft ja doch nichts! Der nächste Autozug fährt erst am frühen Morgen, genau wie die Fähre, worüber ich mich schon vor meiner Abfahrt erkundigt habe. Entweder besuche ich jetzt meine Schwester, oder bleibe die ganze Nacht bei diesem Mistwetter im Auto sitzen, was mir wenig einladend erscheint. Außerdem habe ich Claudia und ihre Familie schon Jahre nicht mehr gesehen. Auch wenn wir nur wenig Kontakt zueinander haben, vermisse ich sie durchaus. Vor allem jetzt, wo ich wirklich dringend jemanden zum Reden bräuchte. Mein Leben ist in den letzten Wochen ziemlich aus dem Ruder gelaufen. Ein weiterer Grund, warum ich die nächstbeste Gelegenheit ergriffen habe, so überstürzt aus dem Alltag auszubrechen.

Kurz werfe ich einen Blick zum Beifahrersitz, auf den ich achtlos meinen Rucksack geworfen habe. Das Schreiben des Testamentsvollstreckers habe ich in die oberste Tasche gestopft. Nachdem ich diesen Brief heute nach Feierabend aus dem Briefkasten gezogen habe, bin ich direkt nach Westerland aufgebrochen. Ich kannte meinen Urgroßvater nicht und kann gut und gerne auf einen alten, baufälligen Leuchtturm verzichten, der mir aus heiterem Himmel in den Schoß gefallen ist. Leider muss ich jedoch persönlich mit dem Testamentsvollstrecker sprechen, um mein unfreiwilliges Erbe auszuschlagen.

Diese Insel ist mir jetzt schon unsympathisch, denn um mich herum geht gerade die Welt unter. Obwohl es nicht mal halb zehn am Abend ist, kann ich kaum fünf Meter weit sehen. Der Himmel ist stockfinster und der Regen erschwert mir die Sicht zusätzlich. Kein Wunder, dass ich Claudia bisher nicht in Westerland besucht habe, seitdem sie wegen der Arbeit mit ihrem Mann hierhergezogen ist. Die karge Landschaft samt rauer Nordsee sind einfach nichts für mich. Ich bin ein Großstadtmensch und nicht für diese idyllische Ruhe geschaffen, wie Claudia das Leben auf der Insel in der Vergangenheit während unserer wenigen Telefonate immer wieder beschrieben hatte.

Mit zusammengekniffenen Augen versuche ich, meinen Blick zu fokussieren, um die Fahrbahn besser erkennen zu können. Mein Handynavi schickt mich bereits seit einer halben Stunde im Kreis, was mich immer ungeduldiger werden lässt. Wo zur Hölle wohnt meine Schwester? Laut Navi sollte ich das Stadtzentrum längst erreicht haben, doch wenn ich mich umsehe, ist weit und breit nur Schwärze um mich herum auszumachen. Vermutlich wäre es klüger, irgendwo zu parken und sie anzurufen, statt noch weiter bei diesem Regen umherzuirren.

Ich will bereits mein Navi ausstellen, als ein Anruf eingeht. Zu meiner Erleichterung ist es Claudia, die sich vermutlich nach meinem Verbleib erkundigen will, weil meine Ankunft längst überfällig ist. schließlich habe ich ihr in meiner Nachricht die Daten des Autozuges durchgegeben, den ich von Hamburg aus genommen habe.

»Hey«, grüße ich sie, nachdem ich die Lautsprecherfunktion meines Smartphones aktiviert habe. »Sorry, ich müsste eigentlich gleich da sein.«

»Hatte der Zug Verspätung? Wir wohnen nur knapp zehn Minuten vom Bahnhof entfern«, meint meine Schwester nachdenklich. »Oder hast du dich trotz Navi verfahren? Ich hätte Dirk losschicken sollen, um dich abzuholen. Ich weiß doch genau, was für einen miserablen Orientierungssinn du hast.« Sie kichert, was mich genervt die Augen verdrehen lässt. Sie ist sechs Jahre älter als ich und deshalb immer der Meinung, mich belehren zu müssen, als wäre sie meine Mutter. Dabei reicht es mir wirklich, wenn Mama stets betont, wie enttäuscht sie immer noch über meine Entscheidung ist, anstelle von Medizin Grafikdesign studiert zu haben. Statt mich zu unterstützen, hat sie mir Claudias tollen Werdegang bei jeder Gelegenheit unter die Nase gerieben. Wie schön es doch ist, dass meine ältere Schwester einen befreundeten Arzt der Familie geheiratet und ihm gleich drei Kinder geboren hat. Dass sie selbst noch neben ihren Pflichten als Hausfrau und Mutter als Schulkrankenschwester arbeitet, und und und …

»Hör mal, ich bin doch nicht vollkommen blöd«, beschwere ich mich, weil ich ihre Unterstellung nicht ertrage. Mag sein, dass sie ihre Aussage nicht böse gemeint hat, doch im Moment bin ich einfach ein bisschen dünnhäutig, was sich eindeutig durch meine impulsive Art bemerkbar macht.

»Schon gut, Moni«, beschwichtigt mich Claudia direkt, doch selbst dieser Spitzname, den sie mir seit meiner Kindheit gegeben hat, ärgert mich gerade.

»Nenn mich nicht so. Schließlich bin ich nicht mehr zehn … Oh, verdammt!« Viel zu spät erkenne ich das Bremslicht des Wagens vor mir. Obwohl ich nicht schnell gefahren bin, versuche ich, das Schlimmste zu verhindern, indem ich augenblicklich die Bremse stark durchtrete. Das Quietschen der Reifen hallt unnatürlich laut in meinen Ohren, doch es ist bereits zu spät. Wegen der Dunkelheit um mich herum und der rutschigen Fahrbahn habe ich mein Auto nicht schnell genug unter Kontrolle. Die nächsten Sekunden laufen wie ein Film vor meinem inneren Auge ab, bis mich ein heftiger Knall aus meiner Schockstarre reißt. Mir entfährt ein Schrei. Vor Schreck kneife ich die Lider zusammen und ziehe instinktiv den Kopf zwischen meine Schultern, als könnte diese Geste den Aufprall irgendwie verhindern. Das Auto stoppt jäh.

Meine Atmung geht stoßweise und mein ganzer Körper zittert, während ich versuche, mich irgendwie zu beruhigen. Erst nach wenigen Minuten der Stille wage ich es, aufzuschauen. Mein Smartphone ist durch den Aufprall aus der Halterung herausgerutscht und liegt irgendwo unter dem Fahrersitz. Die plötzliche Stille im Wageninneren wird nur durch die prasselnden Regentropfen auf der Windschutzscheibe unterbrochen. Das Gespräch mit meiner Schwester ist abgerissen, was gerade meine geringste Sorge darstellt. Meine Hände zittern so stark und ich bin wie erstarrt, weshalb ich mich jetzt nicht um mein Smartphone kümmern kann. Erschrocken starre ich durch die Windschutzscheibe und versuche, bei dem heftigen Regen irgendetwas zu erkennen. Nach einigen weiteren Atemzügen, in denen mein Puls sich nur langsam normalisiert, klopft es heftig gegen die Fensterscheibe, ehe die Fahrertür mit einem energischen Ruck aufgerissen wird.

»Was zur Hölle ...?! Jetzt steigen Sie aus und sehen Sie sich dieses Desaster an.« Eine wütende Männerstimme dringt dumpf zu mir hindurch. Ich reagiere erst, als ich am Oberarm gepackt werde. Der Fremde berührt mich zwar nur sacht, dennoch reiße ich mich instinktiv von ihm los und löse den Sicherheitsgurt, um endlich auszusteigen und mir selbst ein Bild von dem Schaden zu machen.

Glücklicherweise entfernt der Mann sich einen Schritt, als ich hinaus in den stürmischen Regen trete. Er hat längst sein Handy gezückt und wählt ungeduldig eine Nummer. Seinem leisen Fluchen nach zu urteilen, geht sein Gesprächspartner nicht ans Telefon. Immer noch zitternd, trete ich um mein Auto herum und begutachte den Schaden. Meine Motorhaube ist aufgesprungen, die Scheinwerfer aufgeplatzt und das Nummernschild komplett zerbeult.

»Haben Sie keine Augen im Kopf?«, schimpft der Mann erneut dicht hinter mir. »Haben Sie gar nicht gesehen, wie ich gebremst habe? Es ist verantwortungslos, bei so einem Sturm so schnell zu fahren.«

»Ich fuhr kaum fünfzig«, erwidere ich kleinlaut, völlig eingeschüchtert von der Situation. Bisher wurde ich noch nie in einen Unfall verwickelt, denn eigentlich bin ich eine sehr gute Autofahrerin. Dass ich gerade heute so ein Pech habe, will mir einfach nicht in den Kopf.

Der Mann sieht mich grimmig an. Regen tropft ihm von den Haarspitzen über das stoppelige Kinn. Sein dunkler Anzug ist bereits klitschnass und auch meine Klamotten kleben unangenehm feucht an meinem Körper. Ich habe nicht einmal eine Jacke dabei. Nun bin ich dankbar für die Dunkelheit, denn meine dünne Bluse würde in diesem Moment vermutlich mehr preisgeben als verhüllen.

»Sie können sich Ihre Ausreden sparen«, brummt er verstimmt und deutet mit einer harschen Handbewegung auf sein Auto. »Sehen Sie sich nur an, was Sie mit Ihrer Leichtsinnigkeit angerichtet haben. Der Wagen ist neu!«

Völlig verständnislos betrachte ich sein Auto, das im schwachen Licht meiner Scheinwerfer kaum einen Kratzer aufweist.

»Das wird ein Nachspiel haben, das garantiere ich. Ich werde den Unfall der Polizei melden, so leicht kommen Sie mir nicht davon.«

Zornig stemme ich die Hände in die Hüften. Dieser Kerl kann doch nicht ernsthaft die Polizei ins Spiel bringen wollen!

»Sie wollen mich ja wohl veräppeln!«, entgegne ich aufbrausend. »Mein Auto ist demoliert, während Ihr Wagen kaum einen Kratzer abbekommen hat. Uns beiden geht's scheinbar gut, so wie ich das sehe. Immerhin können Sie sich über mein kleines Missgeschick aufregen. Falls es wirklich zu einem größeren Schaden gekommen ist, was wir vermutlich bei diesem Wetter und zu dieser späten Stunde nicht ausmachen können, wird meine Versicherung dafür ganz sicher aufkommen. Also beruhigen Sie sich und –« Ich schenke dem Mann ein versöhnliches Lächeln, auch wenn mir gerade alles andere als zum Lachen zumute ist. Der Typ verengt seine Lider zu Schlitzen und sieht mich argwöhnisch an. Na immerhin konnte ich ihn mit meinem Wortschwall davon abbringen, sein Handy erneut zu zücken, um die Polizei zu verständigen. Ich möchte keinen Ärger, und obwohl ich mich ruhig gebe, bin ich innerlich total aufgewühlt. Wenn jetzt auch noch die Polizei vorfährt, dann werde ich nur noch mit Mühe meine Fassung wahren können.

Ich gehe zurück zu meinem Wagen und beuge mich über Fahrersitz und Mittelkonsole, um nach meinem Rucksack zu angeln. Mit schnellen Handbewegungen ziehe ich den Reißverschluss auf und hole mein Portemonnaie heraus.

»Wollen Sie mich etwa mit Geld bestechen?«, fragt mich der Mann mit hochgezogenen Augenbrauen. Ich schüttele den Kopf und ziehe meine Visitenkarte heraus. Glücklicherweise habe ich immer einige von der Arbeit dabei, falls sich eine mögliche Kooperation ergibt. Es gab mal eine Zeit, in der Thomas stolz auf mich gewesen ist, wenn ich neue Kunden für die Agentur angeworben habe. Dann war ich ebenfalls glücklich, da mein Chef und gleichzeitiger Verlobter zufrieden mit mir war. Doch diese Phase scheint Jahre her zu sein. Damals war ich eine ganz andere Frau. Jemand, der kaum auf seine eigenen Wünsche gehört hat. Heute habe ich mich verändert – und das ist gut so!

»Sie können mich morgen früh anrufen, dann klären wir die Sache auf zivilisierte Art, statt bei Nacht und Nebel etwas zu überstürzen. Einverstanden?« Ich schenke ihm ein versöhnliches Lächeln, welches der Mann in der Dunkelheit womöglich sowieso nicht erkennt. Dennoch hoffe ich, dass er einlenkt. Tatsächlich zögert er nur einen Augenblick, ehe er meine Visitenkarte an sich nimmt und so tut, als würde er das Geschriebene darauf eingehend studieren.

»Ich werde mich melden«, brummt er und steckt das Kärtchen in die Brusttasche seines bereits völlig durchnässten Jacketts, ehe er sich grußlos abwendet und zu seinem Auto geht. Mir fällt ein Stein vom Herzen und ich stoße hörbar die Luft aus, als der Typ endlich wegfährt. Sämtliche Anspannung fällt von mir ab. Das anfängliche Zittern meiner Hände breitet sich nun auf meinen ganzen Körper aus. Ich schlinge meine Arme um den Oberkörper, versuche dadurch, das starke Frösteln zu vertreiben. Mittlerweile klebt meine Bluse unangenehm an meiner Haut. Bibbernd schließe ich die Motorhaube, setze mich wieder hinters Steuer und ziehe die Fahrertür zu, um mich so vorm heftigen Regenschauer zu schützen.

Jetzt nur nicht durchdrehen, mahne ich mich selbst zur Ruhe. Mit geschlossenen Lidern zähle ich bis zwanzig und atme dabei tief ein und aus. Es dauert eine ganze Weile, bis ich meinen Körper und meine Gedanken soweit unter Kontrolle habe, um endlich von hier zu verschwinden. Glücklicherweise hat niemand den Unfall beobachtet, zumindest wurden wir nicht angesprochen. Es wäre besser, wenn ich endlich von hier verschwinde. Claudia wird mich sowieso mit Fragen löchern, warum unser Gespräch urplötzlich abriss und wieso mein Auto total zerbeult ist.

Seufzend drehe ich den Schlüssel im Zündschloss. Der Motor heult auf – und verstummt. Na großartig! Jetzt springt der Wagen nicht mehr an. Hoffentlich wurde der Motor nicht beschädigt, denn dann bin ich vorerst an diese Insel gefesselt. Zwar könnte ich morgen früh mit dem Zug zurück nach Hamburg fahren, doch warum sollte ich das Auto hierlassen, um es dann wieder abholen zu müssen?

Um nicht noch mehr Zeit zu verlieren, fasse ich mir ein Herz und wähle erneut die Nummer meiner Schwester. Es dauert nur wenige Sekunden, bis sie das Gespräch entgegennimmt. Gerade so, als habe sie mit dem Smartphone in der Hand auf meinen Rückruf gewartet.

»Moni, was zur Hölle ist passiert? Du warst plötzlich weg und –«, sprudelt es aus Claudia heraus.

»Ich hatte einen Unfall«, presse ich hervor und spüre dabei, wie die Tränen in mir aufsteigen. So gut, es geht, dränge ich sie zurück, um jetzt nicht komplett zusammenzubrechen. Es ist einfach zu viel auf einmal. Erst die Trennung von Thomas, die unerwartete Erbsache und nun auch noch ein blöder Auffahrunfall, durch den ich beinahe eine Anzeige kassiert hätte.

Claudia entfährt ein erstickter Schrei. »Um Himmels willen! Geht's dir gut? Wo bist du?«

»Ich weiß es nicht«, murmele ich benommen. »Mein Auto springt nicht mehr an.«

»Mach dir keine Sorgen. Ich schicke Dirk gleich los, um dich abzuholen. Er nimmt die Abschleppstange mit und im Handumdrehen bist du bei uns. Übermittel mir deinen Standort.« Sie beendet das Gespräch, ehe ich etwas erwidern kann. Dieses Mal bin ich jedoch froh darüber, dass Claudia mir die Entscheidung abgenommen hat. Meine Finger zittern immer noch leicht, als ich meinen Standort mit ihr teile. Kurz darauf lehne ich mich im Sitz zurück und schließe die Augen.

Kapitel 2

»Gott, du siehst ja furchtbar aus!«, entfährt es meiner Schwester, als ich knappe dreißig Minuten später mit meinem Rucksack über der Schulter an der Türschwelle stehe. Dirk schiebt mich beherzt durch die offene Haustür weiter in den Flur hinein. Der Regen tropft mir aus den Haaren und rinnt über mein Kinn. Meine durchnässten Sandalen hinterlassen quietschende Geräusche auf den Fliesen, als ich einen Schritt auf Claudia zu mache.

»Danke«, brumme ich, weiß jedoch nicht, ob ich ihre Hilfe oder ihren sarkastischen Kommentar damit meine. Ich kann mir denken, wie mein Auftauchen hier wirken muss: völlig durchnässt und am Boden zerstört. Man muss mir meine Stimmung ansehen, denn Claudia verzieht bei meinem Anblick mitleidig das Gesicht und breitet die Arme aus.

»Was stehst du denn da wie ein begossener Pudel? Komm endlich her. Wir haben uns wirklich ewig nicht gesehen.«

»Ich werde dich ebenfalls durchnässen ... Lass mich wenigstens vorher duschen und in neue Klamotten schlüpfen«, wende ich beschämt ein, denn es behagt mir nicht, in diesem Aufzug hier aufzutauchen. Hilfe anzunehmen, fiel mir schon immer schwer, auch wenn es sich um die meiner eigenen Familie handelt. Vermutlich liegt es an der Tatsache, dass ich so viel aus eigener Kraft schaffen musste. Schließlich waren meine Eltern stets unzufrieden mit meinen Entscheidungen, weshalb ich permanent dafür kämpfen musste, Anerkennung zu bekommen.

Claudia grinst schief und zieht mich an sich, ungeachtet der Tatsache, dass ich ihren Schlafanzug durchweiche.

»Ich kann doch wohl meine kleine Schwester ordentlich begrüßen, wenn sie nach Jahren vor mir steht, oder? Was macht da ein nasser Schlafanzug? Ich habe genug Reserve und kann mich gleich umziehen. Aber du hast recht, du musst dich aufwärmen, sonst erkältest du dich. Frische Handtücher liegen im Bad. Du kannst ruhig mein Duschgel nutzen. Ich suche dir noch etwas zum Anziehen heraus, falls du nichts *Passendes* dabeihast«, plappert Claudia drauflos, wobei sie mich mustert und auf meinen Kleidungsstil anspielt. Im Gegensatz zu ihr trage ich stets Stücke, in denen ich auf der Arbeit von Kollegen sowie auch Kunden bewundernde Blicke ernte. Einen Jogginganzug für Tage auf der Couch sucht man vergebens in meinem Kleiderschrank, weshalb ich natürlich nur ein weiteres Businessoutfit in meine Tasche gepackt habe.

»Fühl dich wie zu Hause, Moni«, meint meine Schwester und schiebt mich vor sich her durch den Flur zum Bad.

Sie schließt die Tür hinter mir und verschwindet. Erneut stoße ich erleichtert die Luft aus und verharre einige Herzschläge lang gegen die Badezimmertür gelehnt, ehe ich mich endlich aus den nassen Klamotten schäle. Claudia hat recht, ich friere bereits fürchterlich. Eine warme Dusche wird mir guttun und vielleicht den Schock der vergangenen Stunde aus mir vertreiben.

Bibbernd steige ich in die Duschwanne und drehe das warme Wasser auf. Sogleich entspanne ich mich ein wenig, schließe die Lider und lasse mich vom Wasser berieseln.

Eine halbe Stunde später sitze ich in einem von Claudias kuscheligen Schlafanzügen und mit einer warmen Decke um die Schultern auf ihrem Sofa im Wohnzimmer. Mein dünnes Nachthemd, das ich üblicherweise zum Schlafen trage, habe ich in meiner Tasche gelassen, denn dafür ist mir gerade viel zu kalt. Der Kaffeebecher in meinen Händen wärmt mich zusätzlich, genau wie das Koffein, das mich wieder ein wenig belebt.

Claudia sitzt mir gegenüber in einem bequemen Ohrensessel und hält eine Tasse Tee in den Händen. Meine Schwester hat sich noch nie für Kaffee begeistern können, während ich das Zeug seit meinem Studium gefühlt literweise in mich hineinkippe, um halbwegs auf der Höhe zu bleiben. Vor allem seit meinem Job in der Designagentur trinke ich viel zu viel Kaffee, weil ich mir nicht selten wegen der Arbeit die Nächte um die Ohren geschlagen habe, um tadellose Ergebnisse abzuliefern. Wäre ich nicht so eine Perfektionistin, hätte ich vermutlich ein ruhigeres Leben. Doch ich möchte vorankommen und mehr erreichen als meine Mutter und meine Schwester. Zu gerne würde ich im Job aufsteigen, vielleicht sogar meine eigene Designagentur gründen – doch dazu fehlte mir bisher der Mut. Mein Ex-Freund Thomas ist daran nicht ganz unschuldig, denn er war es immer, der meine außerordentlichen Fähigkeiten als Grafikdesignerin nicht zu schätzen wusste. Seinetwegen habe ich mich stets so bemüht, wollte ihm beweisen, wie viel Herzblut ich in die Arbeit stecke. Doch zu welchem Preis? Statt mir die Anerkennung zu schenken, die ich als seine Angestellte und Fast-Verlobte verdient hätte, vögelte er unsere neue Praktikantin, die fast zehn Jahre jünger ist als er. Ein Glück, dass es bis zur Hochzeit noch ein gutes Jahr hin war, sodass ich alles direkt abgeblasen habe, als ich von seiner Affäre Wind bekam.

Claudia mustert mich nachdenklich von oben bis unten.

»Ich weiß immer noch nicht so recht, warum du plötzlich hier auftauchst«, meint sie nach einer Weile des Schweigens. »Ich kenne dich. Du hast die Insel schon immer gehasst. Dich aus freien Stücken hier zu sehen, ist seltsam für mich.«

Ich zucke bloß mit den Schultern und nehme einen großen Schluck meines Kaffees.

»Ich habe einen Brief von einer Anwaltskanzlei bekommen. Es geht um das Erbe von Urgroßvater Herbert«, erkläre ich ihr, denn das ist zumindest meine offizielle Ausrede. Es kommt mir gelegen, dass ich mein lästiges Erbe vorschieben kann, um nicht zugeben zu müssen, dass ich eigentlich der Arbeit und vor allem Thomas fernbleiben will. Die vergangenen Monate nach unserer Trennung waren sehr schmerzhaft für mich und jeder Gang zur Arbeit war die reinste Qual. Vor allem weil der Kerl nach der Trennung so tat, als wäre nichts zwischen uns gewesen. Als gäbe es die gemeinsamen Jahre gar nicht. So, als sei ich eine gewöhnliche Angestellte. Dabei habe ich mit diesem Typen mehrere Jahre meines Lebens verbracht – und wir wollten sogar heiraten! Mittlerweile bin ich heilfroh, sein wahres Gesicht kennengelernt zu haben, bevor ich mit ihm vor den Traualtar getreten bin.

Meine Schwester runzelt irritiert die Stirn. »Aber Urgroßvater Herbert ist schon seit Jahren verstorben. Warum wird sein Erbe erst jetzt vollstreckt? Was steht in dem Brief?«

Ich bücke mich vor und krame in meinem Rucksack, der vor mir auf dem Boden steht, herum, um schlussendlich das Schreiben des Testamentsvollstreckers herauszuziehen, das ich an Claudia weiterreiche. In wenigen Sekunden überfliegt sie den kurzen Brief, dann faltet sie das Papier sorgsam und legt es auf den Couchtisch zwischen uns. Ein verkniffener Zug legt sich um ihren Mund.

»Urgroßvater Herbert mochte dich immer schon lieber als mich oder unseren Cousin Fabian«, meint sie schließlich und nimmt einen Schluck Tee. »Es wundert mich nicht, dass er dir seinen Leuchtturm vermacht hat. Vielleicht hat er dadurch gehofft, dass du endlich nach Sylt kommst – und auch hierbleibst. Zu seinen Lebzeiten hast du ihn nie besucht.«

Schuldbewusste senke ich den Kopf. Claudia hat recht, denn nachdem ich erwachsen geworden war und mit dem Studium angefangen hatte, habe ich meine Familie auf Sylt nicht mehr besucht. Claudia ist genau zu diesem Zeitpunkt hierhergezogen, nachdem sie Dirk geheiratet hat, der auf der Insel in einem Krankenhaus arbeitet. Das ist beinahe zehn Jahre her. Seitdem war Claudia mit ihrer Familie zwar oft genug bei unseren Eltern und mir in Hamburg zu Besuch, ich jedoch noch nie in ihrem Haus zugegen. Ein bisschen schäme ich mich dafür, dass ich in der Vergangenheit so wenig Interesse an meiner Familie gezeigt und nur mein eigenes Leben gelebt habe. Nun bin ich alleinige Erbin eines Leuchtturms hier auf Sylt, von dem ich nichts wissen will.

»Ich habe kein Interesse an einem Leuchtturm«, entgegne ich entschieden. »Was soll ich damit? Ich werde mich nicht auf Sylt niederlassen. Mein Leben spielt sich in Hamburg ab. Dort habe ich meine Freunde, meine Arbeit, meinen –« Der letzte Gedanke zuckt schmerzhaft durch mein Hirn und mir bleiben die Worte im Hals stecken. Beinahe hätte ich Thomas erwähnt – doch dieser Lebensabschnitt ist längst Geschichte.

Claudia merkt sofort, was mit mir los ist. Erneut schenkt sie mir einen mitleidigen Blick.

»Neue Arbeit gibt es überall. Du kannst dich doch nicht ernsthaft an einen Job klammern, bei dem du deinem Ex tagtäglich über den Weg läufst. Schlimmer noch, er ist dein Chef!« Sie schüttelt den Kopf und sieht mich missbilligend an, wie sie es so oft in unserer Kindheit getan hat, wenn ich ihrer Meinung nach einen Fehler gemacht habe.

»Oder hast du immer noch Hoffnung, erneut mit Thomas zusammenzukommen? Immerhin wart ihr bis vor Kurzem noch verlobt. Vielleicht wäre es besser, ihr würdet noch einmal über die Sache reden ...«

»Der Kerl hat mich betrogen, Claudia. Was gibt's da noch groß zu bereden? Es ist vorbei.«

»Aber ... ihr wart doch so lange zusammen. Willst du es dir nicht noch einmal überlegen? Thomas ist ein guter Kerl – und zudem noch dein Chef. Wenn du dir keinen neuen Job suchen willst, musst du mit der Tatsache leben, dass er dich nicht mehr liebt. Kannst du das?«

»Gerade das ist ja das Schlimme an der Sache! Ich hätte mich niemals auf meinen Chef einlassen sollen. Egal, wie attraktiv und charmant er ist. Thomas weiß genau, wie er die Frauen um den Finger wickeln kann. Und ich blöde Kuh bin auf sein Gerede hereingefallen. Nun habe ich endlich gemerkt, dass ich nicht die einzige Dumme gewesen bin, der er das Blaue vom Himmel versprochen hat. Dabei habe ich mich stets verbogen, um es ihm recht zu machen. Sogar bei der Arbeit habe ich immer alles so gehandhabt, dass er zufrieden war, was nicht einmal gewürdigt wurde. Vermutlich hat er meinen Arbeitseifer als selbstverständlich angesehen, weil ich seine Freundin war. Damit ist jetzt Schluss. Ich werde nicht mehr machen als nötig. Und jetzt habe ich sowieso erst mal Urlaub!«, entgegne ich mit ernster Miene. Doch in Wahrheit stehe ich kurz davor, in Tränen auszubrechen. Auch wenn ich so tue, als wäre mir Thomas egal, schmerzt es mich höllisch, ihn täglich sehen zu müssen. Natürlich hätte ich einfach kündigen und mir eine neue Arbeit suchen können. In Hamburg gibt es haufenweise Designagenturen, die mich mit Kusshand nehmen würden. Dennoch hänge ich an meiner Arbeit, meinen Kollegen, meinen Kunden. Es ist nicht so einfach für mich, das alles hinter mir zu lassen und von vorne zu beginnen. Mit fast dreißig muss man sich eben überlegen, wo man im Leben stehen will. Ein Neuanfang macht mir Angst.

»Hat dir Thomas etwa so kurzfristig freigegeben?«

»Nun ... nicht direkt«, gestehe ich kleinlaut und drehe dabei den Kaffeebecher in den Händen. Claudia sieht mich irritiert an.

»Heißt das, du bist einfach abgehauen?«

»So würde ich das nicht unbedingt nennen«, brumme ich, denn ihr amüsierter Tonfall gefällt mir nicht. »Sagen wir mal, ich habe spontanen Urlaub auf unbestimmte Zeit eingereicht. Schließlich habe ich noch massenhaft Überstunden, sodass es sogar für ein Sabbatjahr reichen würde.«

Claudia grinst mich an. »Oh, ich kann mir zu gut Thomas' Gesicht vorstellen, wenn er morgen früh von deiner Abwesenheit erfährt. Du hast ihm doch wenigstens eine Nachricht hinterlassen?«

»Hab ihm eine Mail geschickt«, entgegne ich trocken, spüre jedoch den verräterischen Kloß im Hals drücken. Mit Thomas Schluss zu machen, ist mir nicht leichtgefallen, vor allem, weil ich meinen Job liebe und er mein Chef ist. Doch ich kann ihm das Fremdgehen und den damit einhergehenden Betrug einfach nicht verzeihen. Dies wird noch zusätzlich befeuert, weil er sich nach unserem Streit überhaupt nicht einsichtig gezeigt hat. Als wäre sein Seitensprung nicht von Bedeutung gewesen. Für mich war es jedoch ein Vertrauensbruch. Thomas war der Mann, mit dem ich mir zumindest ansatzweise eine Familie hätte vorstellen können. Obwohl er meine Arbeit nicht so wertschätzte, wie ich es gerne hätte, habe ich mir stets eingeredet, es könnte anders werden, sobald wir verheiratet sind. Immerhin war er permanent der Meinung, ich müsste mit unseren Kindern die erste Zeit zu Hause bleiben. Da bräuchte ich mich jetzt nicht so sehr in die Arbeit rein-knien, wie ich es aktuell tue. Obwohl die Trennung schon ein paar Monate her ist, habe ich meine Trauer und die Enttäuschung darüber bisher gut verdrängt und nicht aufgearbeitet. Natürlich habe ich mit Freundinnen darüber gesprochen, vor allem mit meiner Kollegin Vera. Dennoch fühle ich mich immer noch so, als habe ich mit der Geschichte nicht richtig abgeschlossen …

Claudia schüttelt amüsiert den Kopf. »Ach, Moni. Du warst schon immer so –« Sie legt Daumen und Zeigefinger ans Kinn, als würde sie angestrengt nachdenken, um das passende Wort zu finden. »Rational? Würde es das beschreiben?« Sie grinst, woraufhin ich bloß die Augen verdrehe und meinen leeren Kaffeebecher auf den Couchtisch stelle. Dann erhebe ich mich vom Sofa und lege die flauschige Decke sorgsam zusammen.

»Ich werde schlafen gehen«, verkünde ich ruhig und lasse mir meine Anspannung nicht anmerken. Diese Situation bringt mich deutlich aus dem Gleichgewicht. »Hoffentlich kann ich die Sache mit meinem Auto morgen früh schnell regeln, damit ich euch nicht länger als nötig zur Last fallen muss.«

»Du fällst uns nicht zur Last, kleine Schwester«, entgegnet Claudia und ich glaube, in ihrer Stimme eine gewisse Sanftheit zu erkennen, die ich bisher kaum erlebt habe. Sie erhebt sich ebenfalls und tritt an mich heran. Ehe ich michs versehe, finde ich mich zum zweiten Mal am heutigen Abend in ihren Armen wieder.

»Ich freue mich wirklich, dass du hier bist. Auch wenn der Grund dafür weniger schön ist. Du darfst so lange hierbleiben, wie du willst.«

Ein bisschen beschämt löse ich mich von ihr, lächle jedoch zaghaft. So enger Kontakt zu meiner Schwester fühlt sich nach all den Jahren der Distanz eigenartig an. Dennoch nicke ich dankbar, ehe ich mich von ihr abwende, um im Gästezimmer zu verschwinden.

***

Am nächsten Morgen sieht die Welt schon wieder besser aus. Zumindest für Claudias Kinder, die ich bereits zu dieser frühen Stunde unten toben höre. Mein Handy verrät mir, dass es noch nicht einmal sieben Uhr ist. Mein Tag beginnt normalerweise erst um neun in der Designagentur.

Stöhnend quäle ich mich aus dem Bett. Natürlich konnte ich nach der ganzen Aufregung am Abend nicht so schnell einschlafen, weshalb ich mich jetzt wie gerädert fühle. Der Lärm aus dem Erdgeschoss sorgt nicht gerade dafür, meine Laune zu heben. Wenn ich daran denke, dass mein Wagen heute noch in die Werkstatt muss und ich auf unbestimmte Zeit auf Sylt festhänge, sinkt meine Begeisterung für diesen unfreiwilligen Urlaub gegen null.

Ehe ich meine Beine über die Bettkante schwingen kann, höre ich es bereits im Flur vor meinem Zimmer poltern. Nur wenige Sekunden später wird auch schon die Tür schwungvoll aufgerissen und ein kleiner blonder Wirbelwind stürmt mit lautem Geschrei herein, direkt zu mir ins Bett und in meine Arme.

»Tante Moni!«, quietscht mir das Mädchen im pinken Pyjama ins Ohr, ehe sie mir einen feuchten Kuss auf die Wange drückt und mir die Arme so fest um den Hals schlingt, dass ich glaube, keine Luft mehr zu bekommen. Ich blinzle mehrmals und schiebe meine Nichte ein Stück zur Seite, damit ich mich aufrichten kann. Sie strahlt mich fröhlich an. So viel Energie hätte ich auch gerne am frühen Morgen. Doch seit einiger Zeit fühle ich mich schlapp und ausgelaugt.

»Silke, du bist ja schon wach«, brumme ich verschlafen und streichle dem Mädchen durch die blonde, zerzauste Lockenmähne. Auch meine Locken muss ich jeden Morgen mit viel Haarspray und einem Glätteisen bändigen, damit sie mir nicht wild vom Kopf abstehen. Jetzt fällt mir ein, dass ich letzteres in meiner Eile zu Hause in Hamburg vergessen habe. Na hoffentlich kann mir Claudia weiterhelfen, damit ich nicht zu furchtbar aussehe.

»Klar«, entgegnet Silke lächelnd. »Schon seit halb sechs. Ich habe auch gefrühstückt. Es gibt leckere Pfannkuchen. Wenn du dich nicht beeilst, sind gleich keine mehr übrig.« Sie rutscht von meinem Schoß und setzt sich im Schneidersitz auf die Bettdecke, damit ich mich weiter aufrichten kann.

Gähnend streiche ich mir die wirren Haare aus dem Gesicht. Claudia muss echt Nerven haben, um so früh aufzustehen und den Kindern auch noch frische Pfannkuchen zu backen. Ich schaffe es am Morgen ja gerade mal, mir einen Kaffee zuzubereiten, da ist an ein ordentliches Frühstück noch lange nicht zu denken.

Meine Klamotten hat Claudia gestern Abend in den Trockner geschmissen, weil sie völlig durchnässt waren. Also angele ich nach meinem Rucksack am Fußende des Bettes und ziehe einen Rock und einen dünnen Rollkragenpullover heraus, die ich glücklicherweise als Ersatz eingesteckt habe. Viel habe ich in meiner Eile gar nicht eingepackt. Sollte ich länger hierbleiben, müsste ich entweder shoppen gehen oder mir Sachen von Claudia leihen.

»Tante Moni? Bist du es wirklich?«, kommt es von der Tür und ein blonder Junge steckt den Kopf ins Zimmer. Hinter ihm taucht ein weiterer Junge auf, der seinen Bruder beherzt ins Zimmer schiebt. Lächelnd nicke ich den Zwillingen zu.

»Ich bin's wirklich, wer hätte das gedacht, was?«

Die Jungs zeigen mir beide wie auf Kommando ein breites Grinsen, bei dem sie stolz ihre Zahnlücken präsentieren.

»Ich habe mit Moritz gewettet, dass du dich nicht hierher traust«, meint einer der Zwillinge und hält seinem Bruder die offene Hand entgegen. »Der Euro gehört mir, Mann.« Brummend holt Moritz ein Geldstück aus der Hosentasche seiner Jeans hervor.

»Wer hätte auch ahnen können, dass du wirklich herkommst. Du hast uns noch nie besucht, das lässt nun mal Raum für Zweifel«, sagt Moritz mit einem vorwurfsvollen Blick in meine Richtung. Sein Bruder hingegen grinst bloß frech und steckt den Euro ein.

»Dürft ihr eigentlich schon um Geld wetten, Jungs?«, frage ich skeptisch. »Und müsstet ihr nicht längst … ähm … im Kindergarten sein?«

Moritz verzieht beleidigt das Gesicht, sein Bruder lacht laut auf und schüttelt den Kopf, sodass die blonden Locken umherfliegen. Claudias Kinder kommen mit ihrer Haarpracht ganz nach ihrer Mutter und mir.

Zum Glück, denn Dirk besitzt nur noch lichtes Haar, obwohl er gerade mal Ende vierzig ist.

»Kindergarten ist etwas für Babys. Wir sind vergangenen Monat acht geworden und schon in der zweiten Klasse«, erklärt Max stolz, nachdem sein Lachen verklungen ist.

»Ich gehe aber noch in den Kindergarten«, murmelt Silke neben mir.

»Du bist ja auch noch ein Baby«, kichert Max.

»Max! Moritz! Kommt endlich runter, sonst kommt ihr zu spät in die Schule«, ruft Dirk von unten. »Und wenn du nicht im Schlafanzug in den Kindergarten willst, dann ab in dein Zimmer und anziehen, Fräulein!«

Silke hüpft kichernd vom Bett und saust auch schon aus dem Raum. Max und Moritz wenden sich ebenfalls zum Gehen. Moritz dreht sich jedoch an der Tür noch einmal zu mir um und lächelt zaghaft.

»Bist du denn noch da, wenn wir heute Nachmittag zurück sind? Ich möchte dir gerne meine Modelleisenbahn zeigen.«

»Klar, bin ich noch hier. Wie es scheint, bleibe ich noch eine Weile«, sage ich mit schiefem Grinsen.

»Super!« Sein Lächeln wird breiter, dann folgt er seinem Zwillingsbruder runter ins Erdgeschoss. Einen Moment lang sehe ich meinem Neffen nach. Keine Ahnung, wie man auf die Idee kommt, seine Kinder Max und Moritz zu nennen. Damit haben Claudia und Dirk den beiden keinen Gefallen getan. Ungläubig schüttele ich den Kopf. Verrückt, wie groß die Kinder schon sind. Silke ist fünf und geht nächsten Sommer ebenfalls in die Grundschule. Bei unserer letzten Begegnung konnte sie nicht einmal laufen. Kein Wunder, dass Moritz überrascht ist, mich hier zu sehen.

Endlich stehe ich auf und schlüpfe aus Claudias Schlafanzug, ehe ich mich anziehe und im Badezimmer verschwinde. Dort wasche ich mich, lege ein leichtes Make-up auf und bändige meine Haare notdürftig mit einem Zopfgummi, weil ich in Claudias Schränken kein Glätteisen finde.

»Da bist du ja endlich«, meint meine Schwester, als ich zu ihr in die Küche komme. Hier riecht es wunderbar nach frischem Kaffee und Pfannkuchen. Tatsächlich haben mir die Kinder etwas von ihrem Frühstück übrig gelassen. Ich setze mich an den Küchentisch, auf dem Claudia bereits einen Becher mit dampfendem Kaffee abgestellt hat.

»Danke, aber normalerweise frühstücke ich nicht so früh, weil ich immer erst in die Agentur fahre ...«, erkläre ich ihr, als sie mir einen sauberen Teller für die Pfannkuchen reicht. »Kaffee genügt mir um diese Uhrzeit.«

Claudia schüttelt lächelnd den Kopf und setzt sich mir gegenüber. »In unserem Haus gilt das Frühstück als die wichtigste Mahlzeit des Tages. Ich stehe ja nicht umsonst so früh vor der Arbeit auf. Iss ordentlich, dann hast du mehr Energie.« Sie greift selbst nach einem Pfannkuchen, legt ihn auf ihren Teller und bestreicht ihn dick mit Nutella. Auch ich lange nach meinem Frühstück.

»Wäre mir viel zu aufwendig ...«

»Warte nur ab, bis du erst eigene Kinder hast. Dann wirst du deine Meinung überdenken.«

Ja, vermutlich. Doch dafür bräuchte ich erst mal einen neuen Freund. Ob ich jemals wieder für eine neue Beziehung bereit sein werde? Meine Trennung ist noch gar nicht so lange her, als dass ich mir jetzt schon darüber Gedanken machen würde.

Eine Weile essen wir schweigend, bis Claudia ihr Besteck zur Seite legt und sich den Mund mit einer Serviette abputzt.

»Bist du sicher, dass du dir die Sache mit Thomas nicht noch einmal gründlich überlegen solltest? Immerhin wirst du bald dreißig. Deine biologische Uhr müsste längst ticken.«

Genervt verdrehe ich die Augen. Ernsthaft? Jetzt klingt sie schon wieder wie unsere Mutter. Das Leben besteht nicht nur aus *Heiraten und Kinder kriegen.* Vielleicht möchte ich ja noch Karriere machen und lasse mir Zeit mit der Familienplanung? Gerade nach der Trennung nimmt der Gedanke in meinem Kopf, endlich einen Schritt nach vorne zu machen und eine eigene Designagentur zu gründen, immer mehr Form an.

»Ich werde *erst* dreißig und nein, eigentlich gefällt mir mein Leben so, wie es jetzt ist«, entgegne ich patzig. Meine Schwester zuckt mit den Schultern.

»Wie du meinst. Ich muss jetzt langsam los zur Arbeit. Sobald Dirk zurück ist, fährt er dich und deinen Wagen zu Ben in die Werkstatt. Er hat sich heute spontan Urlaub im Krankenhaus genommen, um dir zu helfen. Schließlich kennst du dich nicht auf der Insel aus.« Sie lächelt mir noch einmal zu, dann verlässt sie die Küche. Kurze Zeit später höre ich die Tür ins Schloss fallen.

Kapitel 3

Irgendwie hatte ich nicht vermutet, dass *Bens Werkstatt* auch wirklich so heißt. Nicht gerade originell, aber vermutlich hat der Inhaber keine Ahnung von Marketing und Präsenz in der Öffentlichkeit. Da es sich anscheinend um die einzige größere Werkstatt auf Westerland handelt, hat er wohl einfach Glück. In Hamburg würde er mit diesem Namen nicht weit kommen.

Ich steige aus meinem Auto und schaue kurz zu Dirk rüber, der bereits die Abschleppstange löst und im Kofferraum seines Familienvans verstaut.

»Ich schaue mal nach, ob Ben gerade da ist«, sagt er an mich gewandt und verschwindet bereits im Inneren des Bürogebäudes, das an die Werkstatt angrenzt. Mit über der Brust verschränkten Armen mache ich einige Schritte auf das große, offene Garagentor zu, aus dem Lärm zu mir dringt. Ein Auto steht auf einer Hebebühne, unter dem zwei Füße in schwarzen Sicherheitsschuhen hervorlugen. Schmunzelnd betrachte ich eine Weile den Mann bei seiner Arbeit.

»Albert, gib mir mal eben den großen Schraubenschlüssel«, kommt es plötzlich von ihm. Erschrocken zucke ich zusammen und sehe mich um. Besagter Albert scheint nicht in der Werkstatt zu sein. Erneut lasse ich den Blick schweifen, dann nähere ich mich dem Mann unterm Auto. Mit einer Hand tastet er neben sich, ohne jedoch den gesuchten Gegenstand zu erreichen. Also tue ich ihm den Gefallen und trete näher, schiebe den Schraubenschlüssel mit meinem Schuh in seine Richtung, sodass er ihn ergreifen kann.

»Danke«, brummt er, seine tiefe Stimme hallt merkwürdig unter dem Auto. Bevor ich wieder zur Seite treten kann, schiebt sich der Mann auf einem Rollbrett unter dem Auto hervor. Es sieht aus wie in einem der *Fast & the Furious* Filme, die Thomas so gerne geschaut hat. Unsere Blicke treffen sich und er hebt überrascht die Augenbrauen.

»Hätte mich auch gewundert, wenn Albert solche Schuhe tragen würde«, meint er mit einem amüsierten Blick auf meine roten High Heels. Innerlich verfluche ich mich dafür, keine Ersatzschuhe eingepackt zu haben, zeige mein Unbehagen jedoch nicht und schenke dem Mechaniker ein freundliches Lächeln. Er erhebt sich umständlich vom Rollbrett und wischt sich die ölverschmierten Hände am Blaumann ab, ehe er auf mich zukommt und mir seine Hand entgegenstreckt. Zögernd ergreife ich sie, erwidere seinen festen Händedruck jedoch nur halbherzig, um mich nicht schmutzig zu machen.

»Hey, ich bin Ben. Kann ich Ihnen helfen?«, stellt er sich mir lächelnd vor. Auf seiner rechten Wange entdecke ich ein Grübchen, das ihn mir direkt sympathisch macht. Das ist also Ben, nach dem Dirk im Büro sucht. Wo mein Schwager wohl so lange steckt? Ihm muss doch längst aufgefallen sein, dass er den Mechaniker nicht in dem vermuteten Raum antreffen wird.

Ben lässt meine Hand wieder los und sieht sich in der Werkstatt um. »Wo steckt Albert wieder, wenn man ihn mal braucht?«

»War auf dem Klo«, murmelt der schlaksige Mann, der durch eine angrenzende Tür auf uns zukommt. Er ist jung und groß, der schmutzige Blaumann sitzt an ihm locker wie ein Sack, während Ben seinen perfekt ausfüllt. Mir entgeht nicht, dass sich das schwarze Shirt um seine Oberarme spannt, als er die Hände in die Seiten stemmt und Albert ansieht. Scheinbar ist der junge Mann ein Auszubildener, denn sein Blick wirkt reumütig.

»Klar. Und bist wieder mal auf TikTok unterwegs, habe ich recht?«, entgegnet Ben lachend. Dabei sitzt der Schalk in seinen Augen und statt sich über den Azubi zu beschweren, boxt er ihm kameradschaftlich gegen den Oberarm. Wow, hier herrscht ein sehr entspanntes Arbeitsklima. Ganz anders als bei mir im Büro, denn seit der Trennung kann ich die dicke Luft förmlich mit Händen greifen. Neugierig mustere ich den Mechaniker, der seinem Auszubildenden technische Anweisungen gibt, von denen ich nur die Hälfte verstehe. Er ist groß und muskulös, wovon Zweiteres wohl von der körperlichen Arbeit hier in der Werkstatt kommt. Das Shirt unter dem Blaumann schmiegt sich wie eine zweite Haut an seinen Oberkörper. Mit einer lässigen Geste fährt sich Ben durch das kurze Haar und grinst schief. Sein Dreitagebart lässt ihn dabei ein wenig verwegen aussehen, was mir völlig überraschend einen wohligen Schauer über den Rücken jagt. Sofort wende ich den Blick von ihm ab.

»Los, mach dich wieder an die Arbeit. Du wolltest doch längst die Reifen an Günthers Motorrad wechseln. Er kommt in einer Stunde, um die Maschine wieder abzuholen.«

Albert nickt und verzieht sich nach hinten in die Werkstatt und damit aus meinem Blickfeld. Erneut wendet sich Ben mir zu.

»Also, wie kann ich Ihnen helfen?«, wiederholt er seine Frage von vorhin, auf die ich ihm noch immer keine Antwort gegeben habe. »Sie sind doch nicht bloß hier, um mir bei der Arbeit zuzusehen? Vermutlich haben Sie sich verfahren, habe ich recht? Sie scheinen nicht von hier zu sein.«

»Also, eigentlich –«, unterbreche ich seinen Redeschwall, ehe Dirk hinzukommt.

»Ach, hier bist du. Ich habe dich gesucht«, sagt er zu Ben und klopft ihm auf die Schulter.

»Nun hast du mich ja gefunden«, entgegnet Ben grinsend.

»Ich frage mich, wo du ihn die ganze Zeit über gesucht hast. Die Werkstatt scheint mir nicht sonderlich groß zu sein«, meine ich mit gerunzelter Stirn. Dirk lacht auf, dann vollführt er eine wegwerfende Geste mit der Hand.

»Sorry, aber habe mich mit Gaby verquatscht. Sie hat mir von den neuen Hundewelpen erzählt, die sie –«

Ich räuspere mich und bringe Dirk damit zum Schweigen. »Dirk, wir sind nicht zum Quatschen hergekommen.«

»Ach, richtig. Ramona hatte gestern Abend einen Auffahrunfall und seitdem springt ihr Wagen nicht mehr an. Könntest du ihn dir ansehen?«

Ben sieht erst meinen Schwager, dann mich einen Augenblick lang an, ehe er nachdenklich die Stirn in Falten legt. Das freche Grübchen verschwindet wieder.

»Nun ja ... eigentlich müsstet ihr erst einen Termin machen. Diese Woche bin ich verdammt voll, weil Dieter noch im Urlaub ist«, erklärt er. Seine Augen fixieren mich dabei ernst und abermals spüre ich dieses eigenartige Prickeln auf meiner Haut. Seine graublauen Iriden weisen eine gewisse Ähnlichkeit mit der rauen See auf, der ich rein gar nichts abgewinnen kann. Dennoch kann ich mich nicht abwenden und halte seinem prüfenden Blick stand.

»Es ist wirklich dringend«, sage ich mit Nachdruck. Ben schüttelt bedauernd den Kopf.

»Ich kann nicht helfen.«

Mist. Was mache ich denn jetzt? Schließlich kann ich hier keine Woche lang festsitzen! Dabei glaube ich nicht, dass sich mein Termin beim Testamentsvollstrecker über Tage hinziehen wird. Eigentlich wollte ich die Sache schnellstmöglich abhaken und in mein Leben zurückkehren. Dann muss ich wohl oder übel ohne mein Auto nach Hamburg begeben ...

»Gibt's denn keine andere Werkstatt hier?«, frage ich an Dirk gewandt, denn der Gedanke, so schnell wieder zurückzufahren, behagt mir ebenso wenig, wie hierzubleiben. Daran ist bloß Thomas schuld! Hätten wir uns nicht getrennt, müsste ich mich nicht mit solch widersprüchlichen Gefühlen herumplagen.

Mein Schwager zuckt mit den Schultern. »Schon, aber ich denke nicht, dass du dort mehr Glück haben wirst. Die Insel ist ein Dorf – und die wenigen Werkstätten hier ziemlich ausgelastet mit der Arbeit wegen der vielen Touristen in den Sommermonaten. Nicht nur du musst dich da in Geduld üben.«

»Doch wenn ihr schon mal hier seid, kann ich den Wagen ja auf die Warteliste für nächste Woche setzen«, meint Ben versöhnlich. »Soll ich mir den Schaden eben ansehen?«

Er wartet meine Antwort nicht ab, sondern geht an mir vorbei ins Freie zum Parkplatz, auf dem Dirk mein Auto notdürftig abgestellt hat. Wir folgen dem Mechaniker. Mit abschätzendem Blick läuft er langsam um mein Auto herum, begutachtet den äußeren Schaden von Frontscheinwerfern, Kühlergrill und Stoßstange, ehe er sich mir erneut zuwendet.

»So, wie ich das sehe, haben Sie einen ziemlichen Blechschaden.«

»Schlaumeier, das sehe ich selbst«, entfährt es mir patzig und sogleich beiße ich mir auf die Lippe, weil mir mein Kommentar peinlich ist. Normalerweise habe ich mich besser im Griff, doch gerade heute ist meine Zündschnur ziemlich kurz. Seitdem ich hier auf der Insel bin, scheine ich vom Pech verfolgt zu werden. Verärgert verschränke ich die Arme vor der Brust, recke das Kinn vor und sehe Ben herausfordernd an.

»Kriegst du das überhaupt hin, wenn der Schaden doch ach so enorm ist?«, frage ich in provozierendem Tonfall, um eine Reaktion aus ihm herauszukitzeln. Sein Grinsen vertieft sich.

»Sind wir also schon beim *Du*? Von mir aus.« Er macht einen Schritt auf mich zu und kommt mir dabei gefährlich nahe. Langsam hebe ich den Blick und sehe Ben an. Er ist circa einen Kopf größer als ich, obwohl ich nicht gerade klein bin. Überrascht erkenne ich aus der Nähe die dichten Wimpern, die seine graublauen Augen umrahmen. Einen Moment lang starre ich ihn stumm an und kann die widersprüchlichen Gefühle in meinem Inneren nicht kontrollieren. Einerseits möchte ich erneut etwas Freches erwidern, um ihn zu necken. Andererseits kann ich es kaum erwarten, dieser unangenehmen Situation so schnell wie möglich zu entfliehen, denn dieser Mann übt eine ganz seltsame Anziehungskraft auf mich aus, die mir nicht geheuer ist.

»Schlüssel.«

Ich blinzle irritiert. Ben streckt seine Hand aus.

»Schlüssel«, wiederholt er. Jetzt erst begreife ich, dass er die Autoschlüssel meint. Ich ziehe den gewünschten Gegenstand aus meiner Rocktasche und reiche ihn ihm. Dabei streifen seine Fingerkuppen kurz meine Handinnenfläche. Seine Haut ist rau und fühlt sich ganz ungewohnt an. Jedoch alles andere als unangenehm. Schnell verdränge ich dieses Gefühl und versuche, mich aufs Wesentliche zu konzentrieren.

Schweigend geht der Mechaniker erneut zu meinem Auto und setzt sich hinters Steuer. Gespannt warte ich ab, bis etwas passiert, doch auch jetzt springt der Motor nicht an. Ich höre nicht einmal ein kleines Ruckeln, kein Quietschen – gar nichts. Ist das jetzt ein schlechtes Zeichen?

Ben steigt wieder aus und öffnet die Motorhaube, beugt sich tief über deren Inhalt. Dirk und ich gehen zu ihm und ich schaue neugierig ins Innere.

»So, wie es aussieht, hast du einen Motorschaden«, stellt Ben fest. Erschrocken reiße ich die Augen auf.

»Was? Nur wegen eines Auffahrunfalls? Das kann doch nicht sein!«, entfährt es mir entsetzt. Ben schließt die Motorhaube mit einem Knall, der mich zusammenzucken lässt. Dann lehnt er sich gegen mein Auto und verschränkt die Arme vor der Brust.

»So etwas kommt schleichend. Vermutlich war der Aufprall einfach der letzte Tropfen auf dem heißen Stein. Ist dir denn bisher nichts Ungewöhnliches aufgefallen? Fast jeder Motorschaden macht sich akustisch bemerkbar. Er kann verstärkt brummen, doch dieses Geräusch kann auch vom Auspuff kommen.« Er zieht nachdenklich die Augenbrauen zusammen. »Und wenn er quietscht, hat möglicherweise eine Materialermüdung am Keilriemen eingesetzt, dieser könnte demnächst reißen. Das ist jedoch bei dir nicht mehr der Fall. Bei gravierenden Motorschäden kann man den Motor überhaupt nicht mehr starten.«

Fassungslos blicke ich Ben an, dann zu meinem Auto. Das kann einfach nicht wahr sein! Dabei war dieser Unfall nicht einmal der Rede wert. Nun sitze ich buchstäblich fest. Verdammt!

»Was mache ich denn nun?«, sage ich mehr zu mir selbst als zu den beiden Männern. Dirk zuckt mit den Schultern.

»Du könntest erst mal bei uns unterkommen, bis wir eine Lösung gefunden haben. Oder musst du dringend zurück nach Hamburg?«

Die Falte auf Bens Stirn wird tiefer und etwas an seinem Gesichtsausdruck lässt mich stutzen. Er wirkt auf einmal verschlossen und unnahbar. Nichts von der offenen Ausstrahlung, mit der er mich noch vor wenigen Minuten begrüßt hat, ist mehr zu erkennen.

»Nein, ich denke nicht, dass ich so schnell zurückmuss«, wende ich zögernd ein, weil ich mir selbst noch nicht sicher bin. Bisher hat sich niemand von der Arbeit gemeldet. Normalerweise hätte Thomas auf meine Mail von gestern Abend antworten müssen, noch ist jedoch nichts in meinem Postfach angekommen, obwohl ich die Mails heute schon zweimal gecheckt habe.

»Nun, ich kann ja schauen, was ich noch für dich tun kann«, bietet mir Ben an und ein Lächeln kehrt auf sein Gesicht zurück. »Aber ich will dir nicht zu viel versprechen. Eine Reparatur lohnt sich nur in seltenen Fällen und ist außerdem sehr kostspielig. Es wäre fast schon sinnvoller, den Wagen zu verkaufen, gerade, wenn es sich um ein älteres Baujahr handelt. Aber an deiner Stelle würde ich erst mal mit der Versicherung sprechen. Vielleicht übernehmen sie die Reparaturkosten ja.«

»Wohl kaum, immerhin war ich am Unfall schuld. Ich bin ja schon froh, keine Anzeige bekommen zu haben«, entgegne ich mit einem Seufzen. Ben löst sich aus seiner Position und geht rüber zur Werkstatt.

»Albert, jag mir mal die Karre vom Bernd von der Hebebühne runter. Wir haben hier noch ein Problemkind, das Vorrang hat.« Er zwinkert mir zu, dann verschwindet er im Inneren der Werkstatt, meinen Autoschlüssel hält er dabei immer noch in der Hand.

Kapitel 4

Ungeduldig wippe ich mit dem Fuß vor und zurück. Die Absätze meiner High Heels klackern auf dem polierten Parkettboden. Seit einer halben Stunde sitze ich schon im Wartebereich der Anwaltskanzlei Kaiser & Söhne und warte auf den Testamentsvollstrecker meines Urgroßvaters. Den Termin habe ich direkt nach Erhalt des Schreibens auf der Fahrt hierher gemacht, um die Sache so schnell wie möglich hinter mich zu bringen.

Nachdem Ben gemeinsam mit seinem Azubi Albert meinen Wagen in die Werkstatt geschoben und versprochen hat, sich bei mir zu melden, sobald er Näheres in Erfahrung bringen konnte, hat mich Dirk direkt in die Kanzlei gefahren. Ich solle mich bei ihm melden, sobald ich fertig bin. In der Zwischenzeit wollte er die Kinder von der Schule und aus dem Kindergarten abholen, weil Claudia heute Nachmittag an einer Besprechung auf Arbeit teilnehmen muss.

Zum wiederholten Mal sehe ich auf mein Smartphone, um die Uhrzeit zu checken. Es wundert mich, dass sich Thomas noch nicht bei mir gemeldet hat. Dabei müsste er meine Mail spätestens heute Vormittag gelesen haben. Ob er sauer ist, weil ich mir aus heiterem Himmel Urlaub genommen habe, ohne meine laufenden Aufträge zu beenden? Schließlich kenne ich seine Launen nur zu genau, waren wir doch lange genug ein Paar. Er spielte viel zu gerne die beleidigte Leberwurst, wenn es mal nicht nach seiner Nase ging. Unzählige Male haben wir uns beharrlich angeschwiegen, bis ich mich bei ihm entschuldigt hatte, um die dicke Luft zwischen uns zu vertreiben. Dabei war es unerheblich, ob unser Streit meine schuld war oder nicht.

Seufzend stecke ich das Handy wieder in die Rocktasche und verschränke meine Finger ineinander. Dieser Anwalt lässt sich ganz schön viel Zeit. Langsam verliere ich die Geduld. Ich erhebe mich und streiche meinen Rock glatt, danach mache ich einen Schritt auf die Anmeldung zu, um mich bei der Sekretärin nach meinem Termin zu erkundigen. Wenn dieser Herr Kaiser unser Treffen vergessen hat, dann wäre es wohl das Mindeste, mich darüber zu informieren.

Bevor ich die Frau ansprechen kann, öffnet sich zu meiner Rechten eine Glastür und ein großer, breitschultriger Mann in einem eleganten grauen Anzug tritt heraus. Ich wirbele herum – und erstarre augenblicklich. Ach. Du. Scheiße. Wieso zur Hölle passiert ausgerechnet mir so etwas? Wenn dieser Mann mein Testamentsvollstrecker ist, dann würde ich am liebsten auf der Stelle im Boden versinken.

Vermutlich starre ich ihn gerade mit offenem Mund an, denn er grinst breit und macht einen Schritt auf mich zu.

»Guten Tag, Sie müssen Frau Siebert sein. Entschuldigen Sie die Verspätung, aber ich hatte ein wichtiges Telefonat, das sich leider etwas in die Länge gezogen hat«, sagt der Mann zu mir und tut gerade so, als wüsste er nicht, dass ich ihm gestern Abend aufgefahren bin. Erinnert er sich wirklich nicht oder will er mich gerade mit seinem übertrieben höflichen Verhalten auf den Arm nehmen?

Stumm schüttele ich die mir dargebotene Hand. Ohne mich loszulassen, legt er mir die andere Hand zwischen die Schulterblätter und schiebt mich in Richtung der geöffneten Tür.

»Mein Name ist Simon Kaiser. Lassen Sie uns die Angelegenheit in meinem Büro klären. Möchten Sie eine Tasse Kaffee?« Ohne meine Antwort abzuwarten, wendet er sich an die Sekretärin. »Heike, bringst du uns bitte zwei Tassen Kaffee?« Danach schließt er die Tür und geht zu seinem Schreibtisch. Mit einem zufriedenen Lächeln setzt er sich und legt seine Arme locker über die Lehnen des bequemen Lederstuhls. Ein wenig verloren und überrumpelt von dieser Begegnung, stehe ich immer noch mitten im Raum und sehe den Anwalt an. Sein Lächeln wird breiter und die dunklen Augen funkeln belustigt.

»Na, hat es dir die Sprache verschlagen, mich zu sehen, Ramona?«, fragt er mit einem unterdrückten Lachen. Okay, nun bin ich mir sicher, dass der Kerl sich über mich lustig macht. Ich straffe die Schultern und setze ein souveränes Lächeln auf, ehe ich auf dem Stuhl vor seinem Schreibtisch Platz nehme. Demonstrierend verschränke ich die Arme vor der Brust.

»Und *dir* scheint dein Auto ja doch nicht so wichtig zu sein, denn sonst hättest du dich wohl längst wegen der Versicherung bei mir gemeldet«, entgegne ich und nutze sofort das zwanglose Du, das dieser Typ scheinbar bevorzugt. Sein Lächeln wird milder und er schüttelt leicht den Kopf. Dabei fallen ihm einige der dunklen Strähnen in die Stirn, die sich dadurch aus der ordentlichen Frisur lösen. Mit einer lässigen Geste streicht er sich die Haare zurück und sieht mich fest an.

»Nachdem ich zu Hause deine Karte gesehen habe, hatte ich es nicht mehr nötig, dich so früh zu behelligen. Immerhin haben wir heute sowieso einen Termin«, meint er dann und deutet mit einem Kopfnicken auf eine schmale Mappe vor sich auf dem ordentlich aufgeräumten Schreibtisch. Für einen Moment hatte ich den Grund meines Besuchs völlig aus den Augen verloren. Richtig, ich bin wegen des Testaments hier. Nicht, um mich mit diesem Kerl wegen des Unfalls herumzuärgern.

»Außerdem habe ich mein Auto noch gestern Abend in der Werkstatt meines Vertrauens durchchecken lassen. Bis auf ein paar Kratzer scheint nichts passiert zu sein. Also bin ich so nett und sehe von einer Schadensmeldung ab. Immerhin bist du ja meine Mandantin.«

»Wie großzügig«, brumme ich und verdrehe die Augen, denn es ist mir egal, was er von mir hält. Er scheint ja wirklich von sich überzeugt zu sein.

»So bin ich nun mal.« Er lächelt verschmitzt, dann schlägt er die Mappe auf, in der sich vermutlich die Unterlagen zum Testament befinden. »Und jetzt zum Wesentlichen: Es geht um das Testament des alten Leuchtturmwärters Herbert Siebert.« Er überfliegt die Zeilen in wenigen Sekunden, ehe er mich erneut ansieht.

»Dieser Leuchtturm ist – gelinde ausgedrückt – eine Bruchbude. Er ist so marode und baufällig, dass ich selbst nicht verstehen kann, warum der alte Herbert dieses Ding nicht zu seinen Lebzeiten hat abreißen lassen.« Simon schüttelt missbilligend den Kopf. »Denkmalschutz hin oder her. Stattdessen wohnte er noch bis zu seinem Tod ganz allein in der Wohnung. Ohne eine vernünftige Heizung oder richtigen Strom. Kein Wunder, dass man ihn erst viel später gefunden hat, denn in den letzten Jahren vor seinem Tod hatte er sich von den Inselbewohnern abgeschottet und wollte keine Hilfe annehmen ...«

Mir läuft ein Schauer über den Rücken und ein unangenehmes Frösteln überkommt mich. Die Vorstellung, dass mein Urgroßvater nach seinem Tod noch Stunden, möglicherweise Tage alleine in seiner Wohnung lag, ist wirklich gruselig.

Simon schlägt die Mappe mit den Unterlagen wieder zu. »Wie dem auch sei. Schließlich war es seine Entscheidung. Nun müssen wir uns mit seinem letzten Willen herumplagen.« Er mustert mich eingehend. Seine dunklen Augen wandern über meinen Körper, was mir eine seltsame Gänsehaut beschert. Simon ist attraktiv, keine Frage, und seine Blicke sind mir nicht unangenehm. Dennoch fühlt es sich merkwürdig an, immerhin entsprach unsere erste Begegnung nicht gerade freundschaftlicher Natur. Schließlich habe ich seinen Wagen gerammt, woraufhin er mir mit der Polizei gedroht hat.

»Du wirkst auf mich nicht wie jemand, der auf alte Leuchttürme steht.«

Ich recke das Kinn vor. »Ach, und worauf stehe ich deiner Meinung nach?«, entgegne ich frech. Meint er wirklich, mich nach nur wenigen Minuten einschätzen zu können? Insgeheim muss ich ihm diesbezüglich recht geben, denn ich habe tatsächlich kein Interesse an diesem Erbe. Eigentlich will ich mit der Insel so wenig wie möglich zu tun haben. Durch diesen Leuchtturm an Sylt gebunden zu sein, ist das Letzte, worauf ich Lust habe. Andererseits jedoch ... es stellt im Moment eine willkommene Ablenkung von meinem festgefahrenen Alltag dar.

»Du scheinst jemand zu sein, der das Stadtleben zu sehr liebt, um hier auf Westerland festzusitzen. Der Leuchtturm befindet sich am Ellenbogen, so nördlich, wie es nur geht. Mir ist bekannt, dass du aus Hamburg kommst. Dort tobt das Leben, ich weiß das deshalb, weil ich dort studiert habe. Wenn's nach mir ginge, dann würde ich so schnell, es geht, zurückfahren. Doch meine Meinung zählt hier nicht, ausschließlich der Wille des alten Herberts.« Er grinst mich an.

»Warum gerade jetzt? Mein Urgroßvater ist schon eine ganze Weile tot. Und warum hat er gerade mich ausgewählt, wo ich ihn seit meiner Kindheit nicht mehr auf Sylt besucht habe? Wieso hat er den Leuchtturm nicht an meine Schwester vererbt?«, frage ich irritiert, denn mir erschließt sich die ganze Sache nicht. Simon zuckt mit den Schultern.

»Wer weiß schon, was im Kopf des alten Leuchtturmwärters vor sich ging. Alte Menschen haben so ihre Eigenheiten, und ich sage dir – Herbert bildete da keine Ausnahme. Jeder hier auf Westerland kannte ihn. Er war ein sonderbarer Geselle. Ein Eigenbrötler. Immer allein nach dem Tod seiner Frau vor zwanzig Jahren. Ich selbst habe nicht viel Kontakt zu ihm gehabt, weil

er in den letzten Jahren sehr zurückgezogen im Leuchtturm gelebt hat. Doch mein Vater kannte ihn gut und
hat so manche Geschichte erzählt.«

Er blättert in der Mappe, dann schiebt er die Doku-
mente zu mir rüber.

»Da ich der Annahme bin, dass du sowieso kein Interesse an deinem Erbe hast, kannst du es mit einer Un-
terschrift hier –« Simon deutet mit der Kugelschreiber-
spitze auf eine Zeile unter dem Text, den ich nur flüch-
tig überfliege, »ausschlagen.«

Nachdenklich mustere ich den Anwalt. Warum ist er
so erpicht darauf, dass ich ausschlage? Dieses ganze Gespräch mit ihm wies einen grundlegend negativen Te-
nor auf. Als wäre er nicht begeistert darüber, mir diesen Leuchtturm, der offiziell mein Erbe ist, zu überlas-
sen. Simon lächelt mich selbstsicher an und legt sachte
seinen Kugelschreiber auf das Dokument.

»Und?«

Einen Moment lang überlege ich, bevor ich ihm ebenfalls ein Lächeln schenke.

»Ich möchte mir die Sache noch ein wenig durch den
Kopf gehen lassen.«

Ich kann förmlich sehen, wie ihm für einen Wim-
pernschlag die Gesichtszüge entgleiten, ehe er sich wieder professionell gibt. Innerlich triumphiere ich, weil
ich Simon mit meiner spontanen Entscheidung aus
dem Konzept gebracht habe.

Er faltet seine Hände auf dem Schreibtisch. »Natürlich ist es dein gutes Recht, dir ein eigenes Bild zu machen während der Frist von –«

»Richtig«, falle ich ihm ins Wort, sodass er seinen Satz
nicht beenden kann. »Ich bin nicht umsonst persönlich

hierhergefahren. Und weil mein Auto gerade sowieso in der Werkstatt ist, habe ich nichts weiter vor. Also kann ich mir mein Erbe genauso gut aus der Nähe ansehen.« Siegessicher nehme ich die Mappe in beide Hände und beschließe, mich ein bisschen näher mit meinem Erbe auseinanderzusetzen. Immerhin habe ich nichts Besseres zu tun, während ich darauf warte, dass sich Ben wegen meines Autos bei mir meldet. Je nachdem, wie schnell er es reparieren kann, werde ich meinen Aufenthalt hier auf Sylt planen.

»Du möchtest dir den Leuchtturm ansehen?«, fragt er mich und ich nicke zustimmend.

»Warum nicht? Schließlich will ich sehen, was mein Urgroßvater mir hinterlassen hat. Wann kannst du mich hinbringen?«

»Warum glaubst du, dass ich dich hinbringen werde?«

»Du bist der Testamentsvollstrecker. Müsstest du mir dann nicht alles aufs Genaueste erklären? Sicher beinhaltet deine Tätigkeit auch, mir das Objekt zu zeigen.«

Simon schweigt einen Moment lang. »Gut. Aber da muss ich erst in meinen Terminkalender schauen. Diese Woche steht so viel an. Ach, und beinahe hätte ich meinen Auswärtstermin vergessen. Wir sind vorerst fertig. Du entschuldigst mich?« Mit diesen Worten erhebt er sich und geht bereits um seinen Schreibtisch herum zur Tür, durch die gerade seine Sekretärin Heike mit einem Kaffeetablett hereinkommt.

»Oh, müssen Sie schon weg?«, ruft sie Simon hinterher, der ohne ein Wort sein Büro verlässt.

Kapitel 5

Den restlichen Nachmittag verbringe ich damit, mir den Kopf zu zerbrechen. Über Simons eigenartiges Verhalten. Thomas betreffend, der sich nicht bei mir meldet. Auch Ben geistert mir durch den Kopf, der mir eine kurze Sprachnachricht via WhatsApp geschickt hat. Seine Nummer hat er mir umgehend gegeben, damit er sich in den kommenden Tagen wegen des Autos mit mir in der Werkstatt treffen kann. Scheinbar konnte er sich bereits einen groben Überblick bezüglich des Schadens verschaffen. Doch warum hatte er heute Vormittag noch gesagt, er hätte keine Kapazitäten mehr frei? Die Männer hier auf Sylt sind eigenartig …

Statt Dirk nach meinem Termin in der Anwaltskanzlei anzurufen, damit er mich abholt, bin ich einfach zu Fuß losgegangen, um meine Gedanken ein wenig zu ordnen. An der frischen Luft kann ich besser reflektieren. Außerdem habe ich im Internet gelesen, dass es hier ein nettes Strandcafé geben soll. Ein Kaffee ist jetzt genau das Richtige, um meine Laune zu heben. Damit ich mich nicht erneut verlaufe, weil für mich alle Straßen hier gefühlt gleich aussehen, suche ich online nach dem Café und lasse mich von meinem Handynavi dorthin lotsen.

Bereits von Weitem erkenne ich das weiß gestrichene Haus mit der geschwungenen Aufschrift »Monas Café« auf der Fassade. Gemächlichen Schrittes folge ich dem hölzernen Steg von der Straße hinunter zum Strand. Der Weg ist zwar nicht weit, doch weil der Himmel bedeckt und die graue Nordsee stürmisch ist, scheint alles viel weiter entfernt zu sein. Fröstelnd schlinge ich die Arme um meinen Oberkörper. In der Hast habe ich mir gestern Abend keine Jacke mitgenommen und der dünne Pullover schützt mich nicht vor der kühlen Nordseeluft. Dabei ist es in Hamburg für Mitte September noch verdammt warm. Deshalb habe ich gar nicht mehr daran gedacht, dass die Nordsee allgemein für nasses und kaltes Klima bekannt ist.

Die letzten Meter bis zum Café beschleunige ich meine Schritte – und bleibe direkt mit dem Absatz meines Schuhs zwischen den Holzbrettern des Steges stecken.

»Ach, verdammt!«, fluche ich verärgert und zerre den Absatz heraus. Beinahe wäre ich gestolpert, hätte ich nicht in letzter Sekunde mit einer Hand nach dem Geländer gegriffen. Missmutig begutachte ich meinen Schuh. War ja klar, dass mir so etwas passiert. Seit meiner Ankunft in Westerland werde ich regelrecht vom Pech verfolgt.

Seufzend stoße ich die Tür des Cafés auf. Mein Eintreten wird mit einem Klingeln angekündigt. Die Frau hinter der Theke schaut zu mir herüber und grüßt mich freundlich. Ich nicke ihr zu, dann sehe ich mich im Inneren des Cafés um. Die runden Tische mit den weißen Tischdecken und den kleinen Blumengestecken sehen sehr einladend aus. Unterschiedliche Stühle im Vintage-Stil bringen Gemütlichkeit in die helle Einrichtung. An den großen Fenstern hängen Gardinen mit Rüschen und kleinen gelben Blümchen. Ein bisschen zu kitschig für meinen Geschmack, aber es passt zu den Vibes des Cafés. Der Raum ist beinahe leer, bis auf vier ältere Damen, die sich an einem Tisch in der Nähe der Theke angeregt unterhalten. Sie sind so laut, dass einige der Gesprächsfetzen zu mir herüberwehen. Sie diskutieren angeregt über eine Hochzeit, die kürzlich stattfand.

Weil bisher nicht viel los ist, mache ich mir nicht die Mühe, die Bedienung zu fragen, welchen Tisch ich nehmen kann. Zielstrebig steuere ich etwas Freies am Fenster an und setze mich. Es dauert nur wenige Minuten, bis die Bedienung zu mir tritt.

»Hallo, ich bin Mona«, stellt sie sich mir mit einem freundlichen Lächeln vor. »Möchtest du etwas bestellen?«

»Einen schwarzen Kaffee und –« Abermals werde ich auf den Nachbartisch aufmerksam, weil die Frauen in Gelächter und verzückte Rufe ausbrechen, als eine von ihnen Fotos herumzeigt. Auch Mona schaut kurz zu ihnen herüber, dann grinst sie.

»Lass dich von Clärchen und ihren Freundinnen nicht stören. Die Damen vom Rommé Club sind hier fast täglich zum Nachmittagskaffee anzutreffen. Sie gehören praktisch zum Inventar«, erklärt sie auf meinen irritierten Blick hin. »Clärchen ist gerade ziemlich aus dem Häuschen, weil meine Schwester ihrem Neffen vor wenigen Wochen einen Sohn geboren hat. Der Kleine ist wirklich ein richtiger Wonneproppen. Ach ja,

Kaffee wolltest du, richtig?« Sie notiert sich meine Bestellung auf ihrem Block. »Ich habe gerade frischen Apfelkuchen reinbekommen. Möchtest du davon auch ein Stück?«

Ich nicke knapp und kurz darauf rauscht die Cafébesitzerin bereits davon. Einige Sekunden später vernehme ich das Brummen des Kaffeeautomaten. Schon eigenartig, wie frei heraus sie einer Wildfremden einfach aus ihrem Leben erzählt. Die Menschen hier auf der Insel scheinen viel offener zu sein. Auch Ben wirkte auf mich so, als würde er gerne auf Menschen zugehen, um Kontakt zu suchen. So ein Verhalten kenne ich aus meinem Umfeld nicht ...

Erneut wende ich meinen Blick aus dem Fenster. Tatsächlich hat man von hier aus einen sehr schönen Blick auf den Strand, denn das Café befindet sich an der Promenade nur wenige Meter vom Meer entfernt. Der helle Sand wird am Ufer von den schäumenden Wellen aufgewirbelt, der vermutlich Muscheln und kleine Steine anspült. Fasziniert darüber lasse ich einfach meine Gedanken schweifen. Schaue zum weiten Horizont hinaus. Es ist erstaunlich, wie nah die Wolken hier erscheinen. In Hamburg wirkt der Himmel ganz anders als an diesem Ort.

»Bitte schön, dein Kaffee«, kommt es von Mona. Ihre fröhliche Stimme reißt mich aus meinen Gedanken.

»Danke schön«, sage ich schnell und bemühe mich, mir meine Verwirrung nicht anmerken zu lassen. Ich bin stets darauf bedacht, souverän zu wirken, dass mir diese Angewohnheit schon ins Blut übergegangen ist. Die Cafébesitzerin lächelt mich an, deutet auf das Stück

Kuchen neben mir und macht weiterhin keine Anstalten, mich allein zu lassen. Fragend mustere ich die Frau, die sich dann kurzerhand zu mir an den Tisch setzt.

»Du bist nicht von hier, das habe ich gleich bemerkt. Aber die Touristensaison auf Sylt ist fast vorbei. Was verschlägt dich in unser Örtchen?«, will sie neugierig wissen.

»Ich bin aus privaten Gründen hier«, entgegne ich kurzum und nehme einen Schluck von meinem Kaffee. Das warme Getränk belebt mich augenblicklich.

»Ah, verstehe«, sagt sie gedehnt und zwinkert mir zu. »Tatsächlich kommen viele Menschen hierher, wenn sie vor ihrem Leben *davonlaufen*.«

»Davonlaufen?« Ich horche auf und sie nickt bekräftigend.

»Weißt du, erst letzten Sommer kam mein Schwager Robert hierher, weil sein Leben ziemlich aus den Fugen geraten ist. Eigentlich wollte er nicht bleiben und wäre fast nach Hamburg zurückgekehrt, hätte er sich nicht in meine jüngere Schwester verliebt. Das war ein Durcheinander, sag ich dir!« Sie lacht hell auf. »Aber am Ende ist alles gut gegangen und die beiden haben kürzlich geheiratet. Hier in meinem Café. Da war was los, meine Güte.« Bevor sie mir noch mehr Details über diese Hochzeit erzählen kann, wird sie jedoch von den Rommé-Damen gerufen. Gemächlich erhebt sie sich von ihrem Platz an meinem Tisch.

»Wenn du also etwas wissen möchtest, bist du bei mir an der richtigen Adresse. Ich erfahre den neuesten Klatsch immer zuerst. Die Insel ist ein Dorf«, erklärt sie zwinkernd und wendet sich bereits zum Gehen, um die

Bestellung der älteren Damen aufzunehmen. Mitten in der Bewegung hält sie jedoch inne und dreht sich noch einmal zu mir um. »Du bist Ramona, richtig? Die Ähnlichkeit mit Claudia ist nicht zu übersehen. Alle sprechen schon darüber, dass du den Leuchtturm des alten Herberts geerbt hast. Wirst du dort einziehen oder ihn verkaufen? Wäre wirklich schade, wenn dieses Schmuckstück abgerissen wird. Man munkelt, dass es Kaufinteressenten gibt, die oben am Ellenbogen ein Hotel bauen wollen. Aber bestimmt wirst du es zu verhindern wissen, da bin ich mir sicher, weil du ja die alleinige Erbin bist.«

Woher zum Geier weiß sie diese Dinge über mich? Hat Claudia etwa über mich geredet? Es ist eigenartig, warum sich die Leute Gedanken um einen maroden Leuchtturm machen, der sie eigentlich nichts angeht. Mein Testamentsvollstrecker hatte beteuert, dass es bei diesem Gebäude nichts zu holen gibt. Hatte er unrecht? Vielleicht sollte ich mir selbst ein Bild von meinem Erbe machen, ehe ich es ausschlage …

Seufzend trinke ich meinen Kaffee aus und zähle einige Münzen auf dem Tisch, ehe ich mich erhebe. Diese Insel ist wirklich ein Dorf. Nachdem ich aufgegessen und bezahlt habe, verlasse ich das Café.

Draußen vor der Tür empfängt mich erneut eine frische Brise. Die Luft schmeckt salzig und kribbelt in meiner Nase. Einen Moment bleibe ich ziellos vor dem Café stehen, unsicher, wohin ich jetzt gehen soll. Theoretisch wäre Claudia schon von der Arbeit zurück und würde sich bestimmt über meine Gesellschaft freuen. Doch sie wird mich sicherlich erneut mit Fragen über mein Privatleben löchern, auf die ich ihr zum jetzigen

Zeitpunkt einfach keine zufriedenstellende Antwort geben kann. Meine ältere Schwester hatte es immer schon leichter als ich, alles richtig zu machen. Genau wie es sich unsere Eltern gewünscht haben, absolvierte sie eine medizinische Ausbildung und heiratete einen Arzt, was vor allem unseren Vater sehr freute. Dirk und er sind ein Herz und eine Seele, weil mein Schwager ebenfalls in der Kindermedizin tätig ist. Deshalb war es für mich seit jeher nicht so leicht, einen Zugang zu Claudia zu bekommen. Jeder sah mich als schwarzes Schaf der Familie an, weil ich meinen eigenen Kopf durchsetzen wollte. Erst meine Beziehung zu Thomas stimmte meine Mutter zufrieden. Doch seitdem wir Schluss gemacht haben, scheint sie erneut von mir enttäuscht zu sein. Ich hingegen will es nicht jedem recht machen müssen, denn das habe ich unter Thomas' Fuchtel lange genug getan.

Das Rauschen der Wellen erregt erneut meine Aufmerksamkeit. Also beschließe ich, noch ein wenig hier am Strand zu bleiben, um die Zeit bis zum Abendessen totzuschlagen. Umständlich stapfe ich durch den Sand und verfluche innerlich meine Schuhe. Meine Knöchel schmerzen bereits, also bücke ich mich seufzend und ziehe die High Heels von den Füßen. Der Sand ist kühl und kribbelt zwischen den Zehen. Das Gefühl verursacht eine Gänsehaut auf meinen Armen. Sandstrand ist zwar schön und gut, aber man genießt ihn am besten auf Mallorca bei dreißig Grad im Schatten.

Ich mache noch ein paar Schritte ans Ufer und bleibe stehen, um den Wellen zuzuschauen. Die Nordsee ist heute stürmischer, als ich vermutet habe. In der Ferne kann ich sogar eine Person auf einem Surfbrett ausmachen. Verrückt.

Kaltes Wasser spült mir um die Füße und lässt mich erschaudern. Hier ist es definitiv anders als auf Mallorca. Keine Ahnung, warum so viele Prominente gerade auf Sylt ihren Sommerurlaub verbringen wollen. Bisher kann ich dieser Insel nichts abgewinnen, da sie mich nicht gerade wohlwollend begrüßt hat.

Die Wellen spülen einen kleinen Krebs an, der neben meinem rechten Fuß vorbeiläuft. Fasziniert beobachte ich das Tier auf seinem Weg in ein Sandloch. Um dem Krebs aus dem Weg zu gehen, mache ich einen Schritt rückwärts. Sogleich spüre ich etwas Scharfkantiges an meinem Fußballen unterhalb meines großen Zehs.

»Autsch!«, entfährt es mir und ich strauchele bei der nächsten Welle, die mich von den Füßen reißt. Kreischend lande ich auf meinem Hintern im matschigen Sand. Gott, muss das wirklich sein?! Mein Rock ist stellenweise nass und mein Fuß pocht vor Schmerzen. Mühsam rappele ich mich auf und krieche auf allen vieren vom Ufer weg, ehe mich eine weitere Welle erfassen kann. Keuchend bleibe ich im Sand hocken und hole erst einmal tief Luft.

»Hey, ist alles okay bei dir?« Eine tiefe Männerstimme dringt zu mir durch. Erschrocken ruckt mein Kopf zur Seite und ich erkenne Ben, der, in einen schwarzen Neoprenanzug gekleidet, auf mich hinunterblickt. Wasser tropft aus seinen dunkelbraunen Haaren und in seinen Augen liegt aufrichtige Besorgnis. Verdammt, hat er meinen peinlichen Auftritt etwa mitangesehen?

»Ich ... ähm ... ja, sicher. Ich ruhe mich hier nur ein bisschen aus«, entgegne ich in viel zu hohem Ton und lache gekünstelt, um meine unangenehme Lage zu überspielen. Ben zieht fragend die Augenbrauen zusammen, dann hockt er sich vor mich in den Sand.

»Sah für mich nicht so aus, als hättest du die Situation im Griff. Die Wellen können tückisch sein. Es ist schon so manch unachtsamer Badegast ertrunken, der die Nordsee unterschätzt hat. Vor allem bei Ebbe ist es gefährlich, wenn man den Gezeitenkalender missachtet. Wolltest du schwimmen gehen?«

»Quatsch. Sehe ich etwa so aus?«, brumme ich verstimmt. Er grinst breit und mustert mich kurz. Unter seinem prüfenden Blick beginnt mein Herz, aufgeregt in meiner Brust zu hüpfen. Ich schäme mich wegen meines kleinen Missgeschicks. Statt mich in Ruhe zu lassen, umfasst er mit seinen Händen meinen Knöchel und zieht meinen Fuß ein Stück zu sich hoch. Schmerzerfüllt verziehe ich das Gesicht.

»Kein Wunder, dass du gestolpert bist. Du hast dich an einer Miesmuschel geschnitten. Diese Dinger sind hier überall und wenn man nicht aufpasst, kann man sich wirklich verletzen.« Seine Warmen Finger auf meiner Haut sorgen für eine Gänsehaut auf meinen Armen. Er drückt mit seinem Zeigefinger kurz gegen meinen verletzten Fußballen, was mich vor Schmerzen wimmern lässt. Dann hält er mir eine kleine schwarze Schale entgegen.

»Du hast Glück, dass es nur eine kleine abgebrochene Spitze war, auf die du getreten bist. Aber es blutet jetzt ein bisschen. Am besten, du spülst die Wunde mit Salzwasser aus und ziehst deine Schuhe wieder an. Bestimmt hat Mona oben im Café ein Pflaster für dich«, erklärt er mir lächelnd.

»Bist du zu jedem so nett?«, frage ich zögernd und betrachte meinen Fuß. Der Schmerz hat bereits nachgelassen, doch aus der kleinen Wunde tritt Blut. Ich folge seinem Rat und halte meinen Fuß für ein paar Sekunden in die schäumenden Wellen, dann schiele ich zu meinen High Heels, die einige Meter von mir entfernt im Sand liegen. Bei meinem uneleganten Sturz habe ich sie fallen lassen. Auch Bens Blick wandert zu den Schuhen. Erneut zieht er irritiert die Augenbrauen zusammen, ehe er sich erhebt und sie holt.

»Das ist nicht das passende Schuhwerk für den Strand«, meint er grinsend und hält mir die Schuhe hin, die ich ihm beinahe aus der Hand reiße, um sie schnell anzuziehen. Mühsam rappele ich mich auf und vernehme erneut den stechenden Schmerz, als die kleine Wunde mit der Schuhsohle in Berührung kommt. Ben stützt meinen Arm, als ich für wenige Sekunden das Gleichgewicht verliere.

»Und ja, ich bin immer nett«, greift er meine Frage von eben wieder auf, während er mich in Richtung von Monas Café führt. »Warum auch nicht? Du hättest mir sicher auch geholfen, hättest du mich durch den Sand kriechen sehen.«

Seine Worte sind mir peinlich. Ich muss wirklich lustig ausgesehen haben. Ein Wunder, dass er mich nicht damit aufzieht ... Ich straffe die Schultern und drehe mich am Eingang des Cafés noch mal zu ihm um.

»Müsstest du nicht in der Werkstatt sein, wenn angeblich so viel zu tun ist?«, frage ich ihn, um vom Thema abzulenken. Aber es interessiert mich tatsächlich, wieso ich ihm aus heiterem Himmel am Strand über den Weg laufe. Obwohl wir uns heute Morgen erst kennengelernt haben, benimmt er sich mir gegenüber so, als wären wir alte Freunde.

Mit einem Lächeln deutet er über seine Schulter hinweg zum Ufer, an dem etwas abseits der Stelle, wo er mich aufgesammelt hat, ein Surfbrett liegt. Zumindest vermute ich, dass es sich um eines handelt. Es ist mit einem Segel ausgestattet, so wie ich es schon ein paarmal auf Plakaten am Straßenrand gesehen habe.

»Windsurfen?«

Nickend deutet er auf seine Brust. »Deshalb auch dieser sexy Aufzug«, meint er mit einem Lachen. Vermutlich soll das ein Scherz sein, doch tatsächlich steht ihm der schwarze Neoprenanzug verdammt gut. Wie eine zweite Haut schmiegt sich der Stoff an seine hochgewachsene Gestalt. Ich muss ihn wohl zu lange angestarrt haben, denn sein Grinsen wird immer breiter. Dann greift er sich in einer flinken Handbewegung an den Reißverschluss vorne am Kragen und zieht ihn auf. Bevor ich wegsehen kann, schiebt er sich das Kleidungsstück bereits über die Arme. Dieser Kerl zieht sich einfach in aller Öffentlichkeit aus!

»Ähm ...« Vor Überraschung bleiben mir die Worte im Halse stecken, als hätte ich binnen Sekunden vergessen, was ich eigentlich hatte sagen wollen. Okay, auf diesen Anblick war ich nicht vorbereitet. Sein definierter Oberkörper kann sich sehen lassen. Schmunzelnd macht Ben einen Schritt auf mich zu, sodass ich instinktiv nach hinten ausweiche und die Cafétür im Rücken spüre. Sogleich beschleunigt sich mein Puls, als wir uns einen Moment lang in die Augen sehen. Dieser Augenblick währt jedoch nicht lange, denn Ben greift mit der Hand an mir vorbei zur Bank, die neben dem

Caféeingang steht. Mir ist gar nicht aufgefallen, dass dort ein Rucksack liegt …

»Meine Klamotten«, erklärt er auf meinen irritierten Blick hin und zerrt einen Pullover aus dem Rucksack, den er sich schnell über den Kopf zieht. »Mona weiß Bescheid, dass ich meine Sachen hier abstelle. Es geht nichts verloren, denn jeder kennt jeden. Die Insel ist ein Dorf.«

Kurz darauf schlüpft er ungeniert aus dem Neoprenanzug, zieht Hose und Socken an und steigt in seine Sneakers, die er unter der Bank hervorgezogen hat.

»Wollen wir?«

»Was?« Endlich habe ich meine Sprache wiedergefunden. Ben lacht erneut, was mich insgeheim ärgert. Es ist ungewohnt, so sehr die Fassung zu verlieren, doch dieser Kerl schafft es binnen weniger Sekunden, mich gehörig durcheinanderzubringen. Das amüsiert ihn scheinbar noch.

Ben deutet mit einer Handbewegung auf die Tür in meinem Rücken. »Wir wollten doch Mona nach einem Pflaster für dich fragen. Oder brauchst du keins mehr?«

***

Zum zweiten Mal an diesem Tag sitze ich an einem der runden Tische am Fenster in Monas Café. Doch jetzt ist hier deutlich mehr los und auch ich bin in angenehmerer Begleitung als noch vor einer Stunde. Natürlich hat mir Mona direkt ein Pflaster gegeben, als Ben von meinem kleinen Malheur erzählt hat. Danach hat sie mir einen Kaffee gebracht, dazu nochmals ein Stück Apfelkuchen.

Ben sitzt mir gegenüber. Er hat seine süße Leckerei längst aufgegessen.

»Also«, beginne ich erneut ein Gespräch mit ihm, um die unangenehme Stille zwischen uns zu vertreiben, »warum bist du nicht mehr in der Werkstatt?«

»Weil ich trainiert habe«, erklärt er ohne Umschweife. »Gut für dich, denn wäre ich nicht in dem Moment vor Ort gewesen, dann hätte dein Sturz böse enden können. So ein Schnitt ist nicht ohne, wenn man die Muschel nicht direkt sorgfältig entfernt. Glaub mir, ich weiß, wovon ich spreche. Ich habe mir schon so einige Splitter am Strand eingefangen.« Er lächelt mich offen an, nachdem er genüsslich von seinem Kaffee getrunken hat. Schon wieder redet er um den heißen Brei herum und kommt nicht zum Punkt. Eine etwas anstrengende Eigenschaft.

»Aber du hast doch angeblich so viel zu tun, wie du heute Morgen behauptet hast.« Ich lasse nicht locker. Schließlich geht es um mein Auto. Wenn Ben sich so viel Zeit mit der Reparatur lässt, komme ich nie zurück nach Hamburg.

»Albert hält die Stellung, wenn die Wellen günstig sind. Es war nicht gelogen, dass viel zu tun ist«, wirft der Mechaniker ein. »Doch es ist auch so, dass wir auf viele Teile warten müssen. Die meisten Autos in meiner Werkstatt sind alt, fast schon Oldtimer. Hierfür benötige ich oft ganz spezielle Ersatzteile, die schwer zu beschaffen sind. Natürlich ist auch der ein oder andere neue Wagen eines Touristen dabei, doch die meisten Inselbewohner wenden sich an mich, statt in eine der anderen Werkstätten zu fahren. Der gute Ruf meines

Großvaters eilt mir nun mal voraus und ich setze alles daran, ihn stolz zu machen.«

»Ach so …«, meine ich nachdenklich. »Aber mein Auto –«

»Ist vermutlich genauso alt wie du, schätze ich?«, fällt er mir schmunzelnd ins Wort, was mich erröten lässt. Klar, fahre ich nicht gerade das neueste Modell und Thomas hat mich schon oft genug wegen dieser alten Möhre aufgezogen, aber ich liebe meinen Beetle nun mal. Das Auto habe ich mir nach meiner bestandenen Führerscheinprüfung ausgesucht und fahre es seitdem. Tatsächlich musste ich an dem Wagen bisher kaum etwas reparieren lassen.

»Ich wollte mit dir über dein Auto sprechen, deshalb trifft es sich super, dass wir hier zusammensitzen«, redet er weiter, ohne meine Antwort abzuwarten. »Leider ist der Schaden größer als vermutet. Der Motor ist hinüber. Ihn auszutauschen, wird eine ganze Weile in Anspruch nehmen. Zwar ist das Auto ansonsten gut gepflegt, dennoch würde ich dir raten, darüber nachzudenken, dir ein moderneres zuzulegen.«

Seine Nachricht trifft mich hart, denn eigentlich habe ich nicht damit gerechnet, hier so lange festzusitzen. Ein neues Auto möchte ich mir auch nicht kaufen, weil ich an meinem Beetle hänge.

»Gibt es keine Möglichkeit, die Reparatur zu beschleunigen? Ich zahle auch einen Aufpreis«, schlage ich in der Hoffnung vor, Ben umzustimmen. Dieser schüttelt jedoch den Kopf.

»Bei den aktuellen Lieferzeiten sehe ich da schwarz. Aber warum bist du so darauf fixiert? Du hast doch Urlaub, oder? Von Dirk weiß ich, dass du wegen des

Leuchtturms hier bist. So hast du genug Zeit, dich um deine Erbangelegenheit zu kümmern. Überlass dein Auto mir, wenn du es reparieren lassen willst. Da ist es in den besten Händen.« Ich bin erst einen Tag hier und gefühlt jeder, mit dem ich bisher Kontakt hatte, weiß über mich und meine Situation Bescheid, wohingegen ich niemanden kenne. Diese Insel scheint tatsächlich ein Dorf zu sein. Also überrascht es mich nicht, dass auch Ben wegen des Leuchtturms informiert ist. Bestimmt war der Tod meines Urgroßvaters das Gesprächsthema Nummer eins.

Sein charmantes Lächeln hätte mich beinahe umgestimmt. Tatsächlich wäre es verlockend, etwas länger dem Alltag zu entfliehen, auch wenn Westerland dafür nicht gerade meinem Traumreiseziel entspricht. Doch kurz darauf taucht Thomas' vorwurfsvoller Blick vor meinem inneren Auge auf, weil ich ohne vorherige Rücksprache der Arbeit fernbleibe.

»Ehrlich gesagt, habe ich beruflich in Hamburg zu tun, weshalb ich nicht lange hierbleiben kann. Es würde mir wirklich helfen, die Reparatur zu beschleunigen«, bitte ich ihn. Er zuckt bloß mit den Schultern, dann trinkt er seinen Kaffee aus und schiebt die Tasse beiseite.

»Ich werde mein Bestes geben, aber übers Wochenende werden die Teile nicht geliefert, weshalb du so oder so bis kommenden Montag warten musst. Damit wirst du wohl oder übel leben müssen. Deshalb wäre es doch eine gute Gelegenheit, einfach ein bisschen die Insel zu erkunden.«

»Weiß nicht«, meine ich nachdenklich. Ob ich Claudia oder Dirk fragen sollte? Sie könnten mir einige

Spots zeigen oder mich wenigstens zum Leuchtturm begleiten. Es ist mir nicht ganz geheuer, alleine dorthin zu fahren, falls sich Simon diese Woche nicht mehr wegen eines neuen Termins bei mir meldet. Sein Verhalten war ohnehin eigenartig, weil ich das Erbe nicht direkt ausgeschlagen habe ...

Ben muss mir meine Fragen an den Augen abgelesen haben, denn er beugt sich ein Stück über den Tisch und sieht mich fest an.

»Ich kann dich gerne ein wenig herumführen.«

»Musst du nicht eigentlich arbeiten, statt für eine Wildfremde den Reiseführer zu mimen?«, entgegne ich sogleich. Erneut lächelt er mich an und sorgt dadurch dafür, dass mir auf einmal ganz warm wird. Wieso zur Hölle hat dieser Kerl so ein einnehmendes Lächeln?

»Nach Feierabend nehme ich mir gerne Zeit für dich. Außerdem sind wir uns nicht mehr fremd, immerhin hast du mir dein *Baby* anvertraut.« Er zwinkert mir zu und erhebt sich von seinem Platz mir gegenüber. Danach wendet er sich zum Gehen, ehe er sich in einigem Abstand noch mal zu mir umdreht. »Wenn du dich dazu entschließt, länger hierzubleiben, dann solltest du dir als Erstes ein Paar ordentlicher Gummistiefel zulegen. Sicher leiht dir Claudia welche. Damit dir so etwas wie vorhin nicht mehr passiert.«

Kapitel 6

Als ich wenig später zurück bei meiner Schwester bin, erwartet mich ihre Familie längst zum Abendessen.

»Du warst aber lange unterwegs«, meint Claudia, als ich zur Küchentür hereinkomme. Die Kinder sitzen bereits am Tisch. Dirk hatte mir für meinen Aufenthalt bei ihnen seinen Ersatzschlüssel mitgegeben, damit ich nicht jedes Mal klingeln muss, wenn ich aus dem Haus gehe. So hilfsbereit und zuvorkommend hatte ich meinen Schwager nicht in Erinnerung.

Dirk sieht von seiner Zeitung hoch. »Hat dein Termin bei Kaiser & Söhne so lange gedauert? Wundert mich ja, weil ich Simon heute Nachmittag kurz im Biomarkt getroffen habe.«

Ich setze mich neben Silke, die die ganze Zeit über aufgeregt mit der Hand auf den freien Stuhl zu ihrer Rechten geklopft hat.

»Hat er über mich gesprochen?«, frage ich neugierig. Dirk schüttelt den Kopf.

»Er war ziemlich kurz angebunden. Hat bloß gegrüßt und ist direkt weitergegangen.«

Claudia kommt mit einer großen Auflaufform an den Tisch. Sie stellt das Abendessen in die Mitte. Sogleich schnappt sich einer der Jungs – ich vermute, es ist Max – den Servierlöffel, um sich eine große Portion der köstlich duftenden Lasagne auf den Teller zu häufen. Dann reicht er den Löffel an seinen Bruder weiter.

»Es ist unhöflich, sich vor unserem Gast etwas auf den Teller zu tun«, mahnt ihn meine Schwester, doch ihr Ton ist dabei nicht streng, sondern mild. Genau wie der Blick aus ihren Augen.

»Sorry«, murmelt Max mit vollem Mund, grinst mich dabei jedoch an, weil es ihm vermutlich gar nicht leidtut. Ich erwidere seine Geste, denn so schlimm finde ich sein Benehmen nicht. Schließlich ist er ein Kind. Nachdem auch mein Teller gefüllt ist, probiere ich von der Lasagne. Es schmeckt vorzüglich.

»Also, wie ist dein Termin nun ausgegangen?«, will Claudia neugierig wissen.

»Ich bin mir nicht ganz sicher«, entgegne ich nachdenklich und erinnere mich an die Unterlagen in meinem Rucksack, die ich aus der Anwaltskanzlei mitgenommen habe. »Ich habe das Erbe noch nicht angenommen, aber –«

»Du willst es tatsächlich ausschlagen?«, kommt es überrascht von Dirk.

»Warum?«, hakt meine Schwester direkt nach. »Dieser Leuchtturm ist seit Generationen im Familienbesitz. Es wäre ein Jammer, ihn verkommen zu lassen. Denkst du darüber nach, ihn zu verkaufen?«

»Da wirst du Schwierigkeiten haben, glaube ich«, wirft Dirk erneut ein. »Erstens ist er denkmalgeschützt. Da würde sich ein Verkauf in die Länge ziehen. Und zweitens müsste man ihn ordentlich sanieren, um überhaupt einen Käufer dafür zu finden. Ich kenne den Leuchtturm noch aus Lebzeiten deines Urgroßvaters. Er ist ein Wahrzeichen der Insel, dennoch wirklich baufällig, wenn man genauer hinsieht. Bestimmt hast du für all das nicht so viel Zeit, wo du doch noch nicht mal bis nächste Woche bleiben möchtest ...«

Ratlos zucke ich mit den Schultern. Ein Verkauf wäre tatsächlich am naheliegendsten. »Was soll ich mit diesem Leuchtturm? Ich habe kein Interesse daran, nach Westerland zu ziehen«, werfe ich ein. »Mein Leben spielt sich in Hamburg ab. Dort sind meine Freunde, mein Job, mein –«

Kurz zuckt der Gedanke an Thomas durch meinen Kopf, doch ich verdränge ihn sogleich, ehe es mir wieder schwer ums Herz wird. Ich sollte diesen Typen vergessen, was mir aufgrund der Tatsache, dass er mein Chef ist, verdammt schwerfällt.

»Na ja, wie auch immer.« Ich räuspere mich, um meine Gedanken zu ordnen. »Ich bin nur vorrübergehend hier. Ich kann Sylt einfach nichts abgewinnen, so wie du.«

»Weil du der Insel keine Chance gibst«, sagt Claudia mit Nachdruck. »Es ist wirklich schön hier, vor allem im Sommer.«

»Oh, ich habe eine Idee«, meldet sich Silke aufgeregt zu Wort. »Ich werde dir die Insel zeigen, Tante Moni. Meine liebsten Spielplätze und den Eisladen, an dem es das beste Eis gibt. Und –«

»Das ist sehr lieb von dir«, falle ich meiner Nichte ins Wort. Ich schenke ihr ein Lächeln und streichele ihr kurz über den Kopf.

»Tante Moni hat doch kein Interesse an Spielplätzen«, meint Max und kichert. »Spielplätze sind was für Babys.«

Silke streckt ihrem Bruder die Zunge heraus.

»Wir könnten in einen Erlebnispark fahren. Oder skaten. Schwimmen. Ins Aquarium. In die Kletterhalle«, schlägt Moritz eifrig vor. Es rührt mich, dass die Kinder mir die Insel zeigen wollen. Plötzlich erinnere ich mich an Bens Angebot, ebenfalls mit mir Sylt unsicher machen zu wollen. Sogleich kribbelt etwas tief in meinem Inneren. Ganz leicht, kaum spürbar. Ich horche in mich hinein. Möchte ich überhaupt die Insel sehen? Bevor ich jedoch etwas auf die Vorschläge der Kinder erwidern kann, vibriert das Handy in meiner Rocktasche. Ich ziehe es heraus und sogleich sinkt meine Laune. Es ist Thomas. Diesem Gespräch habe ich mit gemischten Gefühlen entgegengefiebert.

Augenblicklich erhebe ich mich von meinem Platz. »Sorry, aber da muss ich kurz rangehen«, entschuldige ich mich und verlasse die Küche. Erst, nachdem ich die Tür im Gästezimmer hinter mir geschlossen habe, nehme ich das Gespräch entgegen.

»Ramona«, sagt Thomas, ohne mich zu begrüßen. Seine tiefe Stimme jagt mir einen Schauer über den Rücken. Doch dieses Gefühl ist alles andere als angenehm.

»Thomas«, antworte ich automatisch. Mit dem Handy am Ohr setze ich mich aufs Bett.

»Du warst nicht auf der Arbeit.« Sein Ton klingt vorwurfsvoll, obwohl er in seiner Wortwahl neutral bleibt. Dadurch hatte er schon immer das Talent, mir ein schlechtes Gewissen zu bereiten.

»Ich habe dich in einer Mail über meine Abwesenheit informiert«, kontere ich und versuche dabei, so gelassen wie möglich zu klingen. Seitdem wir getrennt sind, fällt es mir immer schwerer, ihn *nur* als meinen Chef anzusehen. Ihn scheint der Umstand, dass wir viele

Jahre lang ein Paar und sogar schon verlobt gewesen waren, völlig kaltzulassen.

»Ich hatte den ganzen Tag über Meetings und habe deine Mail eben erst gelesen. Wenn du das nächste Mal grundlos der Arbeit fernbleiben willst, dann melde dich bitte im Sekretariat ab. Ich habe wirklich keine Zeit für dein persönliches Drama.«

Seine kaltherzigen Worte verletzen und ärgern mich fürchterlich. Persönliches Drama? Schon wieder nimmt er mich nicht ernst. In der Mail habe ich ihn zwar nur kurz darüber informiert, dass ich wegen einer familiären Angelegenheit ein paar Tage frei brauche, das heißt jedoch nicht, dass er so abfällig über meine Beweggründe sprechen kann.

»Nun, hör mal«, setze ich an, um meinem Ärger Luft zu machen.

»Tut mir leid, wenn du dich ungerecht behandelt fühlst, Ramona. Aber ich kann dir keine Sonderbehandlung zuteil kommen lassen, nur weil du meine Freundin warst«, unterbricht er mich sofort. »Wo kämen wir denn hin, wenn sich jeder hier in der Agentur freinehmen kann, wie es ihm passt? Hast du gar nicht an die Termine und Aufträge gedacht, die ich wegen deines *plötzlichen* Verschwindens verschieben muss? Mareike hängt seit einer Stunde am Telefon, um deine Kunden zu vertrösten. Das wirft uns um Wochen zurück und kostet die Agentur viel Geld.«

Darauf kann ich nichts erwidern, denn ich bin zu geschockt. Statt sich Gedanken zu machen, was bei mir vorgefallen sein könnte, weil ich Hals über Kopf nach Sylt aufgebrochen bin, macht er sich Sorgen um finanzielle Einbußen. Dabei ist er nicht einmal auf meine Arbeitskraft angewiesen, weil er mich noch nie mit wirklich wichtigen Projekten betraut hat.

»Verdammt, ich war wirklich blind, dein egoistisches Verhalten so lange zu ertragen«, schmettere ich ihm entgegen. »Und wenn es dir wirklich nur um den Job geht, dann kannst du mich ja rausschmeißen. Es gibt sicher genug junge Hüpfer, die gerne für dich arbeiten. Besonders wichtig war ich dir doch sowieso nie. Nicht als Angestellte und erst recht nicht als Freundin.«

Bevor er noch etwas erwidern kann, lege ich auf. Tränen der Wut treten in meine Augen. Ich weiß, wie gut Thomas mit Worten umgehen kann. Wenn es zu seinem Vorteil gereicht, dann schmiert er jedem Honig ums Maul. Doch sobald irgendetwas nicht nach seiner Nase läuft, wird er ungehalten. Ich habe definitiv keine Lust, mir seine Vorwürfe anzuhören. Tatsächlich weiß ich nicht, was mich in seiner Designagentur noch hält. Kurzerhand fasse ich den Entschluss, doch noch länger in Westerland zu bleiben. Zumindest so lange, bis mein Auto repariert ist und ich die Erbschaftsangelegenheit zufriedenstellend geklärt habe. Jetzt brauche ich wegen einer vorzeitigen Abreise auch nichts mehr zu überstürzen. Zurück auf die Arbeit will ich gerade unter gar keinen Umständen. Alleine in meiner Wohnung in Hamburg rumhängen, ist ebenfalls keine Option, weil mir dort die Decke auf den Kopf fällt. Außerdem weiß ich, dass mich meine Freundin Vera mit Fragen löchern wird, weil ich nicht auf der Arbeit erschienen bin. Schließlich war ich bisher kaum krankgeschrieben und wenn ich Urlaub plante, war sie meistens die erste, die davon erfuhr. Dass sie sich bisher noch nicht bei mir gemeldet hat, grenzt an ein Wunder. Bestimmt ist auf der Arbeit viel los und sie muss länger machen ...

Das Gespräch hat mir den Appetit verdorben, weshalb ich Claudia kurzerhand sage, sie solle mein Essen für später in den Kühlschrank stellen. Dann hole ich meinen Rucksack aus dem Flur, um mir die Erbschaftsunterlagen genauer durchzulesen. Während meines Termins bei Simon Kaiser bin ich nicht ganz auf der Höhe gewesen, da mich die ganze Situation mit ihm in diesem Moment verwirrt hat. Nun jedoch habe ich mich ein bisschen besser unter Kontrolle, sodass ich mich endlich mit dem Papierkram auseinandersetzen kann. Ich ziehe die schmale Mappe aus meinem Rucksack hervor. Dabei fällt ein weißer Umschlag heraus, der mir während meines Termins nicht aufgefallen ist. Irritiert hebe ich ihn vom Boden auf. Darin befindet sich ein handschriftlicher Brief. Es bereitet mir Mühe, die Schrift zu entziffern.

Liebe Ramona,
wenn du diese Zeilen liest, bin ich längst nicht mehr
hier. Ich war alt und habe ein glückliches und zufrie-
denes Leben hinter mir. Du hingegen hast noch so viel
vor, wofür du dich begeistern kannst. Ich erinnere
mich noch zu gut an das lebhafte kleine Mädchen, das
du gewesen bist. Es schmerzt mich, dass wir uns nur
ein einziges Mal begegnet sind, denn du sprühtest vor
Lebenskraft und Neugierde. Jemand wie du sollte sich
niemals in ein Muster drängen lassen, und ich denke,
dass du mit deiner Frohnatur stets deinen eigenen
Weg gegangen bist. Du hast mich damals schon an

deine verstorbene Urgroßmutter erinnert. Diese Zeilen schreibe ich in der Hoffnung, dass du sie lesen wirst. Und dass du das Erbe, dass ich dir hinterlasse, genauso zu schätzen weißt, wie ich es getan habe. Keines meiner Kinder oder Enkel hat mich zu meinen Lebzeiten so inspiriert wie du mit deiner Lebensfreude. Deshalb hoffe ich, dass du verstehst, welche Freiheit dir dieser Leuchtturm geben kann. Hoffentlich wirst du diese wunderschöne Insel genauso lieben, wie ich es getan habe.
Dein dich aus der Ferne liebender Urgroßvater Herbert

Mit zitternden Fingern lasse ich den Brief auf die Matratze sinken. Ein Kloß bildet sich in meinem Hals. Ich habe keinerlei Erinnerungen an meinen verstorbenen Urgroßvater. Zwar weiß ich, dass ich in meiner Kindheit einige Male mit meinen Eltern Urlaub auf Sylt gemacht habe, doch ich war viel zu klein, um diese Erlebnisse im Gedächtnis zu behalten. Und so, wie Herbert mich beschrieben hat, bin ich schon lange nicht mehr. Vielleicht war ich irgendwann mal lebensfroh und neugierig, doch daran erinnere ich mich genauso wenig wie an ihn und den Leuchtturm. Ich bin eine erwachsene Frau, die ihre Wünsche und Bedürfnisse schon viel zu oft hintangestellt hat, um anderen zu gefallen. Zwar habe ich mich gegen meine Eltern behaupten können, die mir ein Medizinstudium aufdrängen wollten. Doch in meiner Beziehung zu Thomas ist es mir nicht gelungen, ich selbst zu bleiben. Wir waren einfach zu lange zusammen, weshalb ich mich verloren habe.

Seufzend streiche ich mir über die Lider. Vielleicht ist das jetzt der Zeitpunkt, um aus meinem festgefahrenen Leben auszubrechen? Den Alltag in Hamburg hinter mir zu lassen und neu anzufangen? Der Job in der Agentur kann mir gestohlen bleiben, wenn Thomas so schlecht über mich denkt und meine Leistungen nicht wertschätzt. Immerhin habe ich lange genug alles getan, was er von mir verlangt hat. Nun bin ich dran!

Lächelnd lege ich die Mappe mit den Dokumenten beiseite und ziehe mein Smartphone heraus. Es wird Zeit, mir diesen Leuchtturm genauer anzusehen.

***

Leider hat mich Simon mit ziemlich fadenscheinigen Ausreden auf die kommende Woche vertröstet, um mit mir gemeinsam zum Leuchtturm zu fahren. Da ich jedoch nun alle Zeit der Welt habe, kann ich meinen Aufenthalt auch verlängern. Wenn Thomas mir deswegen kündigt, dann soll er es doch tun. Sobald ein bisschen Gras über die Sache gewachsen ist, werde ich vermutlich selbst ein Kündigungsschreiben aufsetzen. Zwar kann ich dem Wetter hier und der Nordsee im Allgemeinen nicht so viel abgewinnen, doch der Ort ist eigentlich ganz nett. Am Wochenende bin ich mit Claudia ein bisschen durch die Geschäfte gebummelt und habe mir das ein oder andere Kleidungsstück gekauft, das für die kühlen Tage hier besser geeignet ist. Vor allem habe ich mir Bens Rat zu Herzen genommen und mir Gummistiefel zugelegt.

»Eine wirklich kluge Entscheidung«, sagte meine Schwester, nachdem ich die Stiefel anprobiert hatte.

»Gerade für den Strand sind Gummistiefel sehr praktisch, wenn du durch das Watt wandern möchtest. Ich persönlich gehe gerne barfuß, aber die Temperaturen sinken mit jedem Tag und du bist das Klima nicht gewohnt, weshalb du dich schnell erkälten könntest. Außerdem handelt es sich wirklich um eine originelle Farbe, die gut zu dir passt.«

Nach der Shoppingtour kauften wir uns an einem Imbiss am Strand ein Fischbrötchen, das mich ein bisschen an Hamburg erinnerte. In den vergangenen zwei Tagen habe ich so gut, es geht, vermieden, an meinen Job zu denken. Selbst meinen Mailaccount auf dem Handy habe ich deaktiviert, damit mich in meiner kleinen Auszeit keine Anfragen von Kunden der Designagentur erreichen können. Soll sich doch Thomas mit den Terminverschiebungen auseinandersetzen.

Seitdem habe ich regelmäßig nach dem Mittagessen einen kurzen Spaziergang am Strand gemacht, weil meine Schwester und die Kinder normalerweise sowieso nicht zu Hause sind. Aktuell kränkelt Silke jedoch ein bisschen, sodass es besser ist, wenn die Kleine etwas mehr Ruhe hat.

Der Stand ist trotz des windigen Wetters gut besucht. Ich sehe einige Spaziergänger mit Hunden und kleine Kinder, die im Sand nach Muscheln graben. Das Wasser ist zurückgegangen, ich kann es einige Meter entfernt erkennen. Auf mich wirkt das Watt nicht gerade einladend, dennoch scheint es genug Touristen und Einheimische zu faszinieren. Nicht umsonst gibt es etliche Wattwanderungen, mit denen in den Reiseführern geworben wird. Auch jetzt kann ich Familien in einiger Entfernung durch das Watt spazieren sehen.

Ich nähere mich noch ein Stück dem Ufer, setze vorsichtig einen Fuß auf das glitschige Nass. Dank meiner neuen Gummistiefel merke ich nichts, doch der graue Schlick sieht echt eklig aus. Ich kann mir einfach nicht vorstellen, wie man barfuß eine Wattwanderung machen soll. Bei dieser Vorstellung stellen sich meine Nackenhaare auf und ich schüttele mich instinktiv.

Meine Füße sinken leicht in den weichen Untergrund, sodass ich schnell einen Schritt vorwärts mache. Selbst das Laufen fällt mir schwerer als sonst. Missmutig schüttele ich den Kopf. Ich kann dem Watt einfach nichts abgewinnen. Dennoch gehe ich einige Schritte tiefer hinein und nach einer Weile fällt es mir tatsächlich leichter, mich zu bewegen. Ich sehe in die Ferne auf das noch weit entfernte Wasser und dann nach oben. Der Himmel über mir scheint zum Greifen nah zu sein. Obwohl der Wind mir eisig um die Ohren bläst, ziehen bauschige Schäfchenwolken wie aus Bilderbüchern über mir vorüber. Tief atme ich die salzige Meeresluft ein und schließe für einen Moment die Augen, um die Stille um mich herum zu genießen.

»Ramona? Hey, was machst du denn da? Komm zurück!« Eine Männerstimme dringt immer lauter an mein Ohr. Erschrocken fahre ich herum und sehe, wie jemand auf mich zueilt. Jetzt erkenne ich, wie weit ich mich vom Ufer entfernt habe. Mist, mir kam der Weg gar nicht so weit vor. Jetzt stehe ich praktisch irgendwo mitten in der Nordsee ...

Ich rühre mich erst, als Ben schwer atmend vor mir zum Stehen kommt.

»Hey«, grüße ich ihn, doch er greift bereits nach meinem Handgelenk und zieht mich mit sich.

»Was hast du dir dabei gedacht, so weit hineinzugehen?«, fährt er mich an, während ich völlig überrumpelt hinter ihm her zum Ufer stolpere. Ich versuche, mich aus seinem Klammergriff zu befreien, weil er mir damit wehtut, doch Ben lässt mich erst los, nachdem wir wieder *festen* Boden unter den Füßen haben.

»Mensch, was soll das denn?«, frage ich verärgert und reibe mir mit der anderen Hand über mein Handgelenk. Das angenehm warme Prickeln auf meiner Haut wird durch den leichten Schmerz überdeckt.

Ben baut sich vor mir auf und stemmt die Hände in die Hüften.

»Weißt du denn nicht, wie gefährlich die Nordsee um diese Uhrzeit ist? Die Flut kann unerwartet kommen, wenn man nicht auf die Gezeiten achtet. Sei froh, dass ich dich zufällig gesehen habe. Es hätte, verdammt noch mal, böse ausgehen können«, schnauzt er mich an. Seine Augen funkeln zornig. Nun verstehe ich überhaupt nichts mehr. Ich war doch bloß ein bisschen spazieren …

Ben fährt sich mit einer Hand durch sein kurzes Haar, dann wird sein Blick milder.

»Sorry, ich wollte dich nicht so anfahren. Aber als ich dich so weit draußen gesehen habe …« Er deutet mit einer Handbewegung hinter mich, sodass ich kurz über meine Schulter blicke. Die Flut hat eingesetzt, und an der Stelle, an der ich eben noch spazieren war, steht das Wasser bereits kniehoch. Mir läuft ein Schauer über den Rücken und Ben nickt, als habe er meine Gedanken erraten.

»Ich weiß zwar nicht, ob du eine gute Schwimmerin bist, aber es ist schon so mancher Urlauber ertrunken, weil er die Gezeiten unterschätzt hat. Also, ich wollte bloß helfen.« Er steckt seine Hände in die Hosentaschen und sieht jetzt sogar ein bisschen verlegen aus, was mich zum Schmunzeln bringt. Ob ihm seine überstürzte Fürsorge peinlich ist?

»Wolltest du mich wieder retten? Wie du siehst, habe ich mir heute das passende Schuhwerk angezogen«, witzele ich, um den Ernst dieser Situation zu entschärfen. Ich will mir gerade nicht vorstellen, wie ich mich mühsam aus den Fluten befreie …

Er sieht zu meinen Füßen. »Schicke Gummistiefel«, meint er dann. »Rot steht dir gut.«

»Danke«, entgegne ich und erwidere seinen Blick. Tatsächlich hat mich dieses leuchtende Rot angesprochen, weshalb ich diese Stiefel schlussendlich gekauft habe. »Mach dir also keine Sorgen, ich bin schon ein großes Mädchen und kann auf mich aufpassen. Aber … es war trotzdem nett von dir, mir *erneut* zu helfen.«

»Allzeit bereit«, entgegnet er und ein freches Grinsen umspielt dabei seine Lippen. Sofort beschleunigt sich mein Puls, denn seine charmante Ausstrahlung sorgt dafür, dass mein ganzer Körper zu kribbeln beginnt. Wenn ich's nicht besser wüsste, dann würde ich meinen, auf Ben zu stehen. Doch das ist Blödsinn, denn Männer sind gerade echt das Letzte, womit ich mich herumschlagen will. Dafür steckt mir die Trennung von Thomas immer noch zu tief in den Knochen. Nach seinem Seitensprung werde ich mich wohl nicht so schnell auf eine Beziehung einlassen können.

»Was machst du eigentlich hier? Hast du auf die Wellen gewartet? Oder gehofft, mich hier anzutreffen?«, necke ich ihn, weil wir in Schweigen verfallen sind. Es fühlt sich eigenartig an, denn Ben macht keine Anstalten, sich von mir verabschieden zu wollen, obwohl wir eigentlich nichts miteinander zu besprechen haben. Schließlich kennen wir uns kaum. Will ich ihn überhaupt kennenlernen?

»Ich habe mein Windsurfboard zu Maik zurückgebracht. Er hatte es mir fürs Training geliehen, aber nun habe ich ein eigenes«, erklärt er mir, während wir nebeneinander über den Strand zurück zum Holzsteg gehen. »Maik ist ein Kumpel von mir und betreibt ein kleines Geschäft mit Wassersportartikeln. Gerade zur Hochsaison vor den ganzen Surf-Cups ist bei ihm immer viel los.«

»An einem Sonntagnachmittag?«

»Wie gesagt, Maik ist ein Kumpel und hat seinen Laden für mich außerhalb der regulären Zeiten geöffnet.«

Ich nicke verständnisvoll. Richtig. Jetzt erinnere ich mich daran, wie er gesurft ist, als wir uns zum ersten Mal hier am Strand getroffen haben. Neugierig schaue ich zu Ben herüber.

»Wofür trainierst du eigentlich?«

»Für den Windsurf World Cup am Brandenburger Strand. Er findet jährlich Ende September hier in Westerland statt. Tatsächlich bereits kommendes Wochenende, doch dafür bin ich noch nicht gut genug. Ich möchte mich für nächstes Jahr qualifizieren.«

»Wow, das habe ich nicht vermutet ...«

»Dass ich surfen kann?« Er zieht fragend eine Augenbraue nach oben. »Na ja, jeder braucht ein Hobby ...«

»Das meine ich nicht«, sage ich schnell, um nicht unhöflich zu erscheinen, zumindest nicht noch mehr als sowieso schon. »Eher, dass es so ein Event hier auf Sylt gibt. Hier ist doch sonst nichts los ...«

»Oh, da hast du aber ein völlig falsches Bild von dieser Insel! Sylt hat kulturell sowie landschaftlich verdammt viel zu bieten. Nicht umsonst machen hier die Reichen und Schönen gerne Urlaub. Allein schon die Einwohner sind einen Besuch wert«, erklärt er mit erhobenem Zeigefinger, als wäre er ein Lehrer. Über seine Art muss ich schmunzeln.

»Ach ja? Und was genau ist so toll hier? Ein Ort wie jeder andere ...«, entgegne ich frech und stemme nun meinerseits die Hände in die Hüften. Wir haben Monas Café erreicht. Irgendwie kommt es mir so vor, als wäre dieser kleine Laden Dreh- und Angelpunkt der Insel. Ben lächelt mich erneut an. Mal ehrlich, tun ihm von diesem Dauergrinsen nicht bald die Wangen weh? Doch eigentlich mag ich es, wenn er lächelt.

»Hallo, die Menschen machen viel aus! Schau dir mich an. Bin ich nicht die Freundlichkeit in Person?«, witzelt er in übertrieben heiterem Tonfall, was mich zum Lachen bringt. »Du hast doch schon selbst bemerkt, dass ich zu *jedem* so nett bin.«

Ich nicke knapp. »Dennoch sind die Menschen ja nicht der Grund, warum *mir* Sylt gefallen muss.«

»Du musst der Insel eine Chance geben, Ramona. Und ich habe schon die perfekte Idee, wie ich dich vom Gegenteil überzeugen kann, damit du freiwillig auf Sylt bleibst. Kommendes Wochenende nehme ich dich zum World Cup mit! Die Party danach ist legendär«, meint er und schaut kurz auf sein Handy, das just in diesem Moment klingelt. »Sorry, da muss ich rangehen. Wir sehen uns Samstag. Keine Widerrede, ich hole dich bei

Dirk ab. Bis dann!« Ohne meine Antwort abzuwarten, eilt er bereits mit dem Smartphone am Ohr über den Holzsteg hinauf zur Straße.

»Hey, was ist eigentlich mit meinem Auto?«, rufe ich Ben nach, doch er hört mich nicht mehr, weil er längst hinter den hohen Dünen verschwunden ist.

Kapitel 7

Am Montagmorgen bekomme ich einen Anruf von Simons Sekretärin Heike wegen eines Besichtigungstermins am Nachmittag. Endlich kommt die Sache in Gang, da ich seit unserem ersten Termin nichts mehr vom Anwalt gehört habe. Irgendwie war ich auch zu sehr mit mir selbst beschäftigt, sodass ich bis auf Urgroßvaters Brief keine weiteren Unterlagen gesichtet habe.

Nachdem Claudia mit den Kindern das Haus verlassen hat und auch Dirk zur Arbeit ins Krankenhaus gefahren ist, bleibe ich wie immer allein zurück. Es ist eigenartig, nichts tun zu können und nur herumzusitzen. Jetzt bin ich schon fast fünf Tage auf der Insel, was sich weiterhin fremd anfühlt. So lange habe ich bisher nie bei der Arbeit gefehlt, da ich mich selbst bei einer Erkältung nur widerwillig krankschreiben lasse. Je länger ich jedoch über die vergangenen Wochen und Monate nachdenke, desto enttäuschender wird die Erkenntnis, dass mein Arbeitsverhältnis alles andere als harmonisch ist. Mein Chef dankt es mir nicht, wenn ich mit viel Arbeitseifer meinen Job erledige. Honoriert meine Leistung nicht durch anerkennende Worte, sondern nimmt alles als selbstverständlich hin. Es ärgert mich regelrecht, weil mir diese Tatsache erst nach der

Trennung von Thomas und vor allem nach unserem letzten Telefonat so richtig bewusst geworden ist. Schlussendlich war ich in meinem Job nicht in dem Maße zufrieden, wie ich geglaubt habe. Lediglich die Beziehung zu meinem Chef hat mich all die Zeit über geblendet.

Diese neuen Erkenntnisse deprimieren mich, weshalb ich froh bin, mich hier auf Sylt etwas ablenken zu können. Seien es die langen Spaziergänge am Strand, die ich nun täglich unternehme. Oder meine Zeit bei Mona im Café. Die Cafébesitzerin ist eine sehr freundliche und gesellige Frau, die wirklich jeden in Westerland zu kennen scheint. Sie hat mir bereits die ein oder andere Anekdote von Menschen erzählt, die mir gänzlich fremd sind, für Mona jedoch gute Freunde darstellen. Außerdem habe ich gestern nach meiner spontanen Begegnung mit Ben noch einen Kaffee bei ihr getrunken und dabei ihren kleinen Neffen kennengelernt. Der Junge ist nur wenige Monate alt und ein richtiger Sonnenschein.

Weil ich bis zu meinem Termin mit Simon nicht viel vorhabe, mache ich mir einen zweiten Kaffee und räume den Frühstückstisch ab, was Claudia in der Eile nicht mehr geschafft hat. Ihr ein bisschen mit der Kinderbetreuung und dem Haushalt zu helfen, ist das Mindeste, was ich als Gegenleistung für ihre Gastfreundschaft tun kann. Es ist nett von ihr, mich hier zu beherbergen, obwohl ich genauso gut in ein Hotel ziehen könnte. Leider weiß ich nicht, wie lange sich mein Aufenthalt hier auf Sylt noch hinziehen wird.

Während der Kaffee in meinen Becher läuft, nehme ich mein Smartphone zur Hand und scrolle gelangweilt durch meine Social-Media-Kanäle. Weil es dort nichts Interessantes zu lesen gibt, schließe ich Instagram wieder und öffne den Internetbrowser, um mich ein bisschen über Sylt schlauzumachen. Wenn ich schon hier bin, sollte ich mich vielleicht ein wenig mehr mit der Insel vertraut machen, wie Ben mir geraten hat. *Ben …* Der Gedanke an ihn lässt meine Wangen glühen. Ich habe seine Einladung fürs Wochenende nicht vergessen. Ob er seine Worte ernst gemeint hat?

Einer spontanen Idee folgend, gebe ich *Bens Werkstatt* in die Suchleiste ein. Tatsächlich wird mir an dritter Stelle der Link zu einer Internetseite angezeigt, dem ich neugierig folge. Der Aufbau der Homepage ist sehr schlicht gehalten und würde ich Ben nicht bereits kennen, dann hätte sein Internetauftritt nicht meine Neugier geweckt. Hier war wohl ein Amateur am Werk. Vielleicht sollte ich ihm ein paar Tipps geben, was Design und Marketing betrifft?

Schnell überfliege ich die wenigen Informationen der Seite. Die technischen Leistungen, die angeboten werden. Einige Kundenreferenzen. Das alles könnte man tatsächlich noch optimieren und mit ein paar guten Fotos für potenzielle Kunden attraktiver gestalten. Einzig und allein Bens Foto, das groß auf der Startseite prangt, lockt die Besucher an, auf der Homepage zu verweilen. Ich betrachte sein Bild, vergrößere es sogar auf meinem Handy. Selbst auf dem Foto kann man seinem freundlichen und charmanten Lächeln kaum widerstehen. Sogleich beginnt mein Herz, viel schneller zu schlagen, weil der Gedanke an unser Date wieder präsent wird. Gott, ist das überhaupt ein Date? Daran sollte ich gar nicht erst denken!

Unter dem Bild stehen nur ein paar wenige Details zu seiner Person:

Ben Kaiser, 33 Jahre alt, Mechaniker mit Leib und Seele.

Diese Beschreibung lässt mich schmunzeln. Tatsächlich sieht er jünger aus als dreiunddreißig. Bei unserer ersten Begegnung habe ich ihn auf Mitte zwanzig geschätzt. Doch sein Nachname lässt mich stutzen. Mein Testamentsvollstrecker heißt ebenfalls Kaiser. Ob die beiden vielleicht verwandt sind? Würde mich nicht wundern, da diese Insel von fast jedem als *Dorf* bezeichnet wird.

Bevor ich länger über Ben und seine Verbindung zu Simon nachdenken kann, klingelt das Smartphone in meiner Hand. Der ungewohnt laute Ton erschreckt mich für einen Moment, sodass es mir beinahe auf den Küchentisch fällt. Es kommt nur sehr selten vor, dass ich mein Handy nicht stumm schalte.

»Hey, Vera«, grüße ich meine Freundin, nachdem ich das Gespräch angenommen habe.

»Ramona! Na endlich erreiche ich dich«, kommt es sofort.

Irritiert runzele ich die Stirn. »Warum? Du warst es doch, die mich bisher nur mit kurzen Nachrichten abgespeist hat.«

»Sorry.« Vera kichert. »Deshalb meine ich ja, endlich! Gott, ich hatte die vergangenen Tage so viel um die Ohren, da habe ich kaum Zeit gefunden, dich anzurufen. Auf der Arbeit ist die Hölle los und am Wochenende hatte ich noch Stress mit Oliver. Du kannst dir nicht vorstellen, was er gemacht hat!«

»Kann ich auch nicht, also erzähl«, sage ich sofort, weil ich spüre, dass meine Freundin erst einmal Dampf ablassen muss, ehe wir vernünftig miteinander sprechen können. Oliver ist ihr Freund, mit dem sie kürzlich zusammengezogen ist. Außerdem interessiert mich, was auf der Arbeit los ist.

»Er hat einen herrenlosen Streuner angeschleppt, der uns direkt aufs Sofa gepinkelt hat!«, empört sie sich. »Ich habe ja nichts gegen Hunde und dieser Golden Retriever ist an sich ganz süß, aber er hätte mich wenigstens vorher fragen können, statt so eine Entscheidung allein zu treffen. Deshalb gab es Krach.«

»Oh, das tut mir leid«, meine ich mitfühlend. In Sachen Tierliebe gehen bei den beiden die Meinungen auseinander. Während Oliver als selbsternannter Tierschützer und Umweltaktivist am liebsten jedem verwahrlosten Geschöpf Obdach gewähren würde, steht Vera diesem Thema skeptisch gegenüber. Ich kann ihren Widerwillen verstehen, denn die Wohnung ist nun mal nicht besonders groß, um einen Hund artgerecht zu halten. Außerdem ist der Vermieter strikt gegen Tiere, was auch explizit im Mietvertrag vermerkt wurde.

»Ja …«, brummt Vera verstimmt. »Wir haben uns echt gezofft deswegen, bis er versprochen hat, den Hund ins Tierheim zu bringen. Danach herrschte erst mal einen Abend lang Funkstille zwischen uns, doch jetzt ist wieder alles okay.« Sie seufzt tief. »Aber nun zu dir: Was zur Hölle machst du denn auf Sylt? Thomas verbreitet hier die wildesten Gerüchte, dass du ihm immer noch hinterhertrauerst und deshalb der Arbeit fernbleibst, weil du es nicht erträgst, ihn tagtäglich zu sehen. Stimmt das? Dabei dachte ich, du wärst über eure Trennung längst hinweg.«

Bei ihren Worten muss ich erst einmal schlucken, um meinen Ärger zu unterdrücken. War ja klar, dass mein Ex ein großes Drama aus dieser Sache macht. Außerdem habe ich hier auf Sylt etwas zu erledigen, was ich ihm nicht explizit auf die Nase binden will. Es geht ihn nichts mehr an, was sich in meinem Leben abspielt. Vermutlich kratzt es an seinem Ego, weil ich mir einfach die Freiheit herausgenommen habe, so spontan Urlaub zu nehmen, ohne ihn in meine genauen Pläne einzuweihen, wie er es aus unserer langjährigen Beziehung gewohnt ist. Jetzt fürchtet er vermutlich um sein Ansehen als Chef, weshalb er mich in einem schlechten Licht dastehen lässt.

»Und du glaubst tatsächlich den Quatsch, den er erzählt?«, frage ich schnaubend.

»Natürlich nicht. Aber andere tun dies bestimmt. Beispielsweise Kerstin aus der Buchhaltung. Und Thorben. Er musste übrigens eins deiner Projekte fertigstellen und ist jetzt echt schlecht auf dich zu sprechen«, erzählt sie eifrig. Genervt verdrehe ich die Augen.

»Ich glaube, unsere Trennung kratzt mehr an Thomas' Ego, als dass es mir etwas ausmacht. Ich bin über ihn hinweg, und dass ich hier auf Sylt bei meiner Schwester bin, hat private Gründe und nichts mit der Arbeit zu tun«, erkläre ich meiner Freundin.

»Verstehe ich. So eine Auszeit stelle ich mir toll vor. Das Meeresrauschen, die frische Luft. Spazieren am Strand. Die vielen Schafe ...«

»Schafe habe ich noch keine gesehen«, sage ich sofort. Als ob mich Schafe interessieren würden. »Ich bin wegen eines Testaments hier, das mein Urgroßvater vor seinem Tod vor fünf Jahren aufgesetzt hat.«

»Vor fünf Jahren?«, hakt Vera verwundert nach. »Warum wurde das Testament denn erst jetzt eröffnet?«

Ich zucke mit den Schultern, obwohl meine Freundin das natürlich nicht sehen kann, und nehme meinen Kaffeebecher von der Anrichte, den ich vergessen habe. Natürlich ist das Getränk längst kalt.

»Damals war ich wohl noch zu jung für so eine Verantwortung ...« Bei Urgroßvaters Tod war ich gerade mal vierundzwanzig und hatte erst bei meinem Job in der Designagentur angefangen. Obwohl – hätte ich schon vor fünf Jahren von diesem Leuchtturm gewusst, dann wäre ich womöglich schon viel früher nach Westerland gekommen. Die Beziehung zu Thomas wäre so nie zustande gekommen, was mir eine Menge Ärger erspart hätte. Vielleicht hätte ich dann auch der Nordsee viel mehr abgewinnen können, hätte schon viel früher Ben kennengelernt ...

Ich ziehe scharf die Luft ein, weil ich schon wieder unbewusst an den attraktiven Mechaniker gedacht habe. Dieser Typ geistert seit unserer ersten Begegnung durch meinen Kopf, was mir Unbehagen bereitet. Vor allem aber verwirrt mich dieses blöde Date mit ihm, das ich nicht einmal abgelehnt habe.

»Moni?«

»Ja?«

»Du seufzt. Alles okay?«, fragt Vera besorgt.

»Ja. Natürlich. Alles bestens«, entgegne ich schnell und räuspere mich. Dabei verdränge ich den Gedanken an mein bevorstehendes Date, das ganz sicher keines ist. Leider kann ich nicht leugnen, dass mich Ben neugierig macht. Außerdem muss ich zwangsläufig mit ihm in Kontakt bleiben, wenn ich mein Auto so schnell, es geht, wiederhaben will.

»Wann kommst du denn wieder zurück nach Hamburg? Mareike aus der Personalabteilung meinte, du hättest auf unbestimmte Zeit Urlaub eingereicht. Geht das denn so einfach?«, hakt meine Freundin nach. Verärgert beiße ich die Zähne zusammen. Sicher denken sich meine Kollegen wieder ihren Teil, weil ich mal mit dem Chef zusammen gewesen bin. Wegen dieser Beziehung war ich vielen sowieso ein Dorn im Auge, nun jedoch glauben sie, ich hätte immer noch eine privilegierte Stellung in der Agentur inne. Dass dies nie der Fall gewesen ist, können sie natürlich nicht wissen. Thomas hatte mir sogar noch viel weniger Aufträge anvertrauet, gerade *weil* wir ein Paar waren. Er wollte Privates und Berufliches so gut wie möglich voneinander trennen, war immer seine Ausrede, als ich ihn nach einer neuen Herausforderung und mehr Verantwortung gefragt habe. Seine Worte wollten mir nie in den Sinn, denn dann hätte er sich nicht in eine seiner Grafikdesignerinnen verlieben dürfen. Obwohl ich mich jetzt mittlerweile frage, ob er überhaupt aufrichtige Gefühle für mich hatte ...

»Keine Ahnung«, meine ich nachdenklich und puste in meinen Kaffeebecher, obwohl das Getränk längst kalt ist. »Ich habe hier ein Problem mit meinem Auto und dann ist da noch dieser Leuchtturm, den ich mir ansehen muss. Ehrlich gesagt, weiß ich nicht, wie lange ich bleiben muss ...«

»Mmh. Verstehe. Und du bist sicher, dass deine Abwesenheit nicht doch etwas mit Thomas zu tun hat? Er sagte nämlich –«

»Nein«, falle ich ihr sofort ins Wort. »Dieser Kerl hätte wohl gern, dass sich alles um ihn dreht. Doch dieses Mal muss er einfach akzeptieren, dass ich mein eigenes Ding mache, statt immer nur zu tun, was er will. Ich bin wegen des Erbes hier – und bleibe noch eine Weile. Und weißt du was? Ich habe sogar schon jemanden kennengelernt. Das kannst du Thomas gerne aufs Brot schmieren, falls er wieder irgendwelche Lügen über meinen Liebeskummer auf der Arbeit herumerzählt.«

Die Worte sind schneller heraus, als dass ich darüber nachdenken kann. Noch während ich sie ausspreche, bereue ich es sogleich. Mist, *das* hätte ich Vera nicht erzählen dürfen. Ich kenne sie sehr gut, weshalb ich es eigentlich besser wissen müsste. Nun wird meine Freundin nicht lockerlassen, ehe sie nicht jedes noch so kleine Detail über meine vermeintliche Bekanntschaft aus mir herausgekitzelt hat. Zum Glück ist sie nicht hier, denn am Telefon kann ich sie wenigstens abwimmeln.

Ich höre Vera aufgeregt nach Luft schnappen. »Du hast jemanden kennengelernt?«, wiederholt sie. »Ich möchte alles wissen: Wie heißt er, was macht er so und wo habt ihr euch getroffen? Wirst du ihn wiedersehen? Gott, Moni, das ist ja wahnsinnig aufregend! Ich bin so froh, dass du dich wieder Männern gegenüber öffnest, wo ich doch befürchtet habe, dass dir die Trennung von Thomas wirklich an die Nieren gegangen ist.«

»Er heißt Ben und ist der Mechaniker, der mein Auto repariert. Mehr gibt's nicht zu erzählen«, berichte ich ihr knapp, weil ich ihr nicht von dem verräterischen Kribbeln in meinem Magen erzählen will, das ich in Bens Gegenwart verspüre. Auch verschweige ich die Tatsache, dass er mir schon einige Male unbewusst aus der Patsche geholfen hat, was ihn in meinen Augen noch sympathischer macht. Von unserem Treffen am Wochenende will ich erst gar nicht anfangen ...

»Oh, das ist ja so spannend! Halte mich unbedingt auf dem Laufenden, ja? Und wenn Thomas wieder schlecht über dich spricht, dann werde ich ihm deine neue Romanze unter die Nase reiben, um ihn ein bisschen eifersüchtig zu machen. Vielleicht überlegt er es sich ja noch mal wegen der Trennung und kehrt zu dir zurück.« Vera kichert amüsiert.

»Gott, bitte! Ben repariert bloß mein Auto, das ist alles«, werfe ich ein, damit meine Freundin keine Gerüchte in die Welt setzt. »Außerdem will ich von Thomas nichts mehr wissen. Es ist mir egal, ob er eifersüchtig wird oder nicht.«

Ich seufze genervt, weil ich mich habe hinreißen lassen, über Ben zu sprechen. Fieberhaft überlege ich, wie ich meine Aussage entkräften kann, doch das muss ich gar nicht, weil ich einen mir bekannten schwarzen Wagen aus dem Küchenfenster heraus erspähe. Es ist Simon, der in diesem Moment in die Einfahrt gerollt kommt. Ich hätte nicht gedacht, mich über diesen Anblick zu freuen, doch er kommt tatsächlich wie gerufen.

Mit dem Handy am Ohr und meinem Kaffeebecher in der anderen Hand gehe ich rüber zur Spüle, um den Inhalt wegzukippen.

»Vera, es tut mir wirklich leid, aber ich muss auflegen. Ich habe jetzt einen Termin mit dem Testamentsvollstrecker. Wir wollen uns gemeinsam den Leuchtturm ansehen. Wir hören uns, tschüss«, erkläre ich ihr und lege schnell auf. Dann schlüpfe ich in meine High Heels und ziehe Claudias leichte Jeansjacke vom Garderobenhaken, die ich überstreife, bevor ich das Haus verlasse.

Simon lehnt lässig gegen die Beifahrertür seines schwarzen BMW und raucht eine E-Zigarette. Als er mich im Türrahmen stehen sieht, hebt er überrascht die Augenbrauen.

»Du bist ja flott. Dabei bin ich extra früher hergefahren«, meint er mit einem amüsierten Grinsen. »Konntest es wohl kaum erwarten, was?«

»Lass uns die Sache schnell hinter uns bringen«, entgegne ich und komme eiligen Schrittes auf ihn zu. Er steckt die E-Zigarette in die Brusttasche seines dunkelgrauen Jacketts, ehe er sich ein Stück von der Tür entfernt und sie mit einer eleganten Bewegung öffnet.

»Bist du sicher, dass du *so* fahren willst?«, fragt er und sieht hinab auf meine Schuhe. Auch ich blicke an mir hinunter. Ich trage eine enge Jeans und dazu die High Heels, mit denen ich nach Westerland gekommen bin. Die verdreckten Gummistiefel wollte ich zu unserem Termin nicht anziehen und Claudias Schuhe sind mir viel zu groß.

»Ja, warum nicht?«, entgegne ich kampfeslustig und recke das Kinn vor, um Simon in die Augen zu sehen. Sein spöttischer Blick ärgert mich, doch ich lasse es mir nicht anmerken. Der Anwalt schüttelt leicht den Kopf, dann bedeutet er mir, einzusteigen.

»Musst du ja wissen. Dann wollen wir mal los.« Er schließt die Beifahrertür hinter mir und geht um den Wagen herum, um sich hinters Steuer zu begeben.

Kapitel 8

Während der Fahrt schweige ich demonstrativ, und auch Simon scheint nicht in bester Plauderlaune zu sein. Ob es ihm gegen den Strich geht, mich hier herumzuchauffieren? Keine Ahnung, inwieweit diese Besichtigung in seinen Aufgabenbereich als Testamentsvollstrecker fällt, aber ich für meinen Teil will zumindest sehen, was Urgroßvater Herbert mir hinterlassen hat, ehe ich das Erbe ausschlage. Zwar haben mich die Worte in seinem Brief gerührt – doch was soll ich mit einem maroden Leuchtturm irgendwo an der Nordsee anfangen? Ich könnte ihn verkaufen, doch wie Claudia bereits sagte, würde dieses Unterfangen bestimmt wahnsinnig viel Zeit in Anspruch nehmen. Das Erbe einfach abzutreten, wäre vermutlich der einfachste Weg, um so schnell, es geht, wieder von hier verschwinden zu können. Soll sich doch Simon oder sonst wer mit der Sache herumschlagen ...

Gedankenverloren betrachte ich die vorbeiziehende Landschaft. Von Claudia weiß ich, dass dieser Leuchtturm einer von zwei Stück ist, der sich am nördlichsten Punkt Deutschlands befindet. Verrückt, dass überhaupt jemand auf die Idee gekommen ist, dort zu leben. Hier gibt es bestimmt nichts außer die See und das karge Land drum herum.

Die Straße wird immer schmaler, der Himmel über uns jedoch weiter. Irritiert sehe ich Simon dabei zu, wie er eine Gebühr bei einem Kassenhäuschen mitten auf dem Weg bezahlt, damit wir die Strecke passieren können.

»Das hier ist eine Privatstraße«, erklärt mir der Anwalt auf meinen fragenden Blick hin. »Der westliche Leuchtturm liegt komplett abseits an einem Hang, umgeben von Klippen und Strandhafer. Hier gibt's nichts als Sand und Schafe.«

»Schafe? Wirklich? Sind sie freilaufend?«, frage ich überrascht, weil ich überhaupt nicht verstehen kann, was zur Hölle Schafe hier zu suchen haben. Simon nickt und lenkt seinen Wagen weiter zwischen hohen Dünen hindurch einen geraden Weg entlang, der kaum mehr an eine Straße erinnert, sondern eher wie ein Trampelpfad aussieht.

»Freilaufende Schafe, richtig. Der *Ellenbogen* ist sogar bekannt dafür, dass man die Tiere in ihrem natürlichen Lebensraum bewundern kann. Aber freu dich nicht zu früh, sie sind alles andere als zahm und kuschelig, wie man es vom Streichelzoo kennt. Es handelt sich um wilde Schafe. Sehr scheu und nicht selten angriffslustig, wenn sie sich bedroht fühlen.«

Ein Schauer lässt mich frösteln und plötzlich sehe ich wilde Killer-Schafe vor meinem geistigen Auge, die mit trampelnden Hufen und lautem Blöken zu Hunderten auf mich zueilen. Sogleich schüttele ich diesen verwirrenden Gedanken ab. In der Ferne kommt der Leuchtturm in Sicht. Statt jedoch weiterzufahren, parkt Simon das Auto und schaltet den Motor aus.

»Wollen wir nicht weiterfahren?«, will ich wissen. »Soll ich mir den Leuchtturm etwa nur aus der Ferne ansehen?«

»Mit dem Auto kommen wir nicht weiter. Den restlichen Kilometer müssen wir zu Fuß gehen, denn die Durchfahrt ist gesperrt«, erklärt er in neutralem Ton, doch sein kleines Grinsen verrät ihn. Es amüsiert ihn, dass ich in meinen High Heels nun auch noch durch den Sand stöckeln muss.

»Einen Kilometer weit?«, echoe ich fassungslos. O Gott, nun werde ich mir meiner Sache immer sicherer, diesen Leuchtturm so schnell wie möglich loswerden zu wollen. Keine zehn Pferde bekommen mich dazu, in diese Ödnis zu ziehen. Wie zur Hölle hat es mein Urgroßvater nur hier ausgehalten? Schließlich musste er irgendwann mal einkaufen. Hat er die Lebensmittel etwa zu Fuß bis zu seinem Haus geschleppt, weil er das Auto nicht bis vor die Tür fahren konnte?

»Komm schon. Oder willst du lieber umkehren?«

Entschieden schüttele ich den Kopf und steige aus. Ich will nicht, dass Simon sich noch weiter über mich lustig macht. Seine Meinung über mich ist bisher nicht gerade positiv, weil ich sein Auto demoliert habe und auch noch unfreundlich gewesen bin. Vermutlich denkt er sich, dass ich als Stadtmensch nicht hart im Nehmen bin – was natürlich stimmt –, dennoch will ich ihn in diesem Gedanken nicht auch noch bestärken. Also gehe ich ihm voraus über den sandigen Weg, wobei ich mich bemühe, in meinen High Heels das Gleichgewicht zu halten, da meine Absätze im lockeren Boden immer wieder einsinken und ich Mühe habe, schnell voranzukommen. Innerlich verfluche ich mich, nicht die neuen Gummistiefel angezogen zu haben, nach außen jedoch lasse ich mir nichts anmerken und lächele bloß.

Simon überholt mich mühelos und ich muss mich anstrengen, mit ihm Schritt zu halten. Doch als ich endlich den Hügel erklommen habe, starre ich völlig überwältigt geradeaus. Vor mir erstreckt sich ein langer Strand mit feinem, weißem Sand. Die Wolken über meinem Kopf scheinen zum Greifen nah zu sein. Das blau schimmernde Meer in der Mittagssonne zeichnet sich als schmaler Streifen in der Ferne ab, weil vermutlich gerade Ebbe herrscht. Gott, dieser Anblick ist atemberaubend! Ich verharre in meiner Position und versuche, diese Schönheit in mir aufzunehmen. Trotz meiner Vorurteile der Nordsee gegenüber kann ich nicht leugnen, dass dieser Anblick mir die Sprache verschlägt. Es ist so still und friedlich um mich herum, dass ich glaube, das leise Rauschen der Wellen vernehmen zu können, auch wenn sie viel zu weit weg sind. Eine Möwe fliegt über meinen Kopf hinweg und landet einige Meter entfernt unter den Dünen, um mit dem Schnabel ins Watt zu picken.

»Kommst du?«, höre ich Simon laut rufen – und der Zauber des Augenblicks verfliegt. Hastig eile ich den Hang wieder hinab und stolpere prompt über im Sand liegenden Strandhanf, in dem sich mein Absatz verheddert. Glücklicherweise kann ich einen Sturz gerade noch verhindern, indem ich wenig elegant mit beiden Armen rudere, um mein Gleichgewicht zu halten.

Erleichtert atme ich aus, als ich den Leuchtturm erreiche, der am Fuß einer Klippe majestätisch vor mir in die Höhe ragt. Die weiß gestrichene Fassade wirkt aus der Nähe jedoch weniger märchenhaft als auf Bildern im Internet. Die Farbe ist fleckig und blättert an vielen Stellen bereits ab. Die rote Turmspitze sieht aus wie die Zipfelmütze einer der vielen Zwerge im Garten meiner Eltern.

Ich stelle mich neben Simon an die schmale Eingangstür und lege den Kopf in den Nacken, um hinaufzusehen. Dieser Leuchtturm ist wahrlich riesig, wenn man genau danebensteht. Wir befinden uns direkt unter der runden Brüstung, auf die man durch eine kleine Tür oben in der Turmspitze hinausgehen kann, um über das Meer in die Ferne zu blicken. Zwei Möwen haben sich auf das rot gestrichene Geländer gesetzt und schreien fürchterlich.

Gedankenverloren stelle ich mir vor, wie Urgroßvater Herbert in stürmischen Nächten genau dort oben thronte und das manuelle Leuchtfeuer bedient hat. Sicherlich gibt es Leuchttürme mit automatischen Warnsignalen, doch so alt, wie dieses Gebäude ist, glaube ich kaum, dass es hier moderne Vorrichtungen dafür gibt.

»Wollen wir uns erst das Nebengebäude ansehen?«, fragt Simon und schwenkt einen Schlüsselbund in seiner rechten Hand.

»Ach, es gibt ein Nebengebäude?«, frage ich wenig geistreich, weil ich ziemlich in Gedanken versunken war. Noch einmal sehe ich hinauf zur Turmspitze, zu den beiden Möwen, die noch immer auf dem Geländer sitzen, dann nicke ich Simon zu.

»Klar, das Nebengebäude. Ist wohl besser, wenn ich mir alles genau ansehe.«

Gerade mache ich einen Schritt zur Seite, um ihm zu folgen, als ich etwas Feuchtes an meiner rechten

Wange spüre. Erst bin ich verwirrt, weil ich dieses klebrig warme Gefühl nicht zuordnen kann, doch als ich mit den Fingern mein Gesicht berühre, kreische ich fast augenblicklich auf. Simon fährt erschrocken zu mir herum und reißt bereits alarmiert seine Lider auf, ehe er nach einem kurzen Moment der Stille in schallendes Gelächter ausbricht. Ich bin zu perplex, als dass ich mich über seinen Gefühlsausbruch wundern kann. Bisher kam mir der Anwalt ziemlich zugeknöpft vor und dementsprechend hätte ich nicht damit gerechnet, dass er so laut lachen kann. Doch diese Situation ist alles andere als lustig.

»Du hast Vogelkacke im Gesicht. Ich fasse es nicht!«, kommt es prustend von Simon. Angewidert und verärgert zugleich, weil ich mir abermals vor diesem Mann die Blöße geben muss, wische ich erneut mit der Handfläche über meine Wange, um die Vogelkacke loszuwerden. Diese Möwen sorgen nicht gerade dafür, dass mir Sylt sympathischer wird. Am liebsten würde ich jetzt auf dem Absatz kehrtmachen, in mein Auto steigen und so schnell, es geht, zurück nach Hamburg fahren. Doch mein Auto befindet sich in der Werkstatt und in Hamburg wartet mein Ex-Freund auf mich, der Lügen über unsere Beziehung im Büro verbreitet. Was ist wohl das kleinere Übel? Von Möwen angekackt zu werden oder mich dem Geschwätz meiner Arbeitskollegen stellen zu müssen, denen ich sowieso ein Dorn im Auge bin?

Simon räuspert sich und versucht dabei, sein Lachen zu unterdrücken. »Sorry, aber das ist einfach zu komisch.« Er zieht eine Packung Taschentücher aus der

Seitentasche seines Jacketts, als wäre er für solche Vorfälle ausgerüstet. Doch anstatt mir die Packung zu reichen, zupft er eines der Tücher heraus und reibt damit wie selbstverständlich über meine Wange. Ich bin viel zu beschämt, als dass ich mich gegen diese Geste wehren könnte. Hitze steigt mir ins Gesicht, denn es ist mir äußerst peinlich, von ihm wie ein Kleinkind behandelt zu werden. Endlich erwache ich aus meiner Starre und schiebe seine Hand entschieden weg. Simon gibt mir das Taschentuch, damit ich meine Hände abputzen kann.

»Nun ... wie auch immer«, meint er in lockerem Ton und dreht sich wieder um. »Wir wollten uns das Nebengebäude ansehen.«

Ich folge ihm um den Leuchtturm herum, hinter dem ein winziger Anbau steht, der mit dem Turm verbunden ist. Zuerst ist mir dieses Nebengebäude nicht aufgefallen, das eher wie ein Schuppen als ein Wohnraum aussieht. Simon schließt die vergilbte Tür auf und wir treten in einen dämmrigen Raum. Eine surrende Deckenlampe springt erst nach wenigen Sekunden an, nachdem Simon den Lichtschalter neben der Tür betätigt hat. Ich rümpfe die Nase wegen des muffigen Gestanks im Inneren.

»Ist nicht gerade einladend hier«, sagt Simon und ich glaube, den Anflug eines gehässigen Grinsens auf seinem Gesicht erkennen zu können. »Keine Ahnung, ob nach dem Tod von Herrn Siebert jemals wieder gelüftet wurde, geschweige denn geputzt. Der Leuchtturm liegt brach und wurde nicht genutzt. Ich war kurz hier, ehe ich dir den Brief wegen des Testaments geschickt hatte ...«

Gott, das ist doch bereits fünf Jahre her. Es schüttelt mich bei dem Gedanken an den Dreck und die Spinnenweben in den Ecken. Simon klingt nicht reumütig. Vermutlich freut er sich innerlich über den Ekel in meinem Gesicht, den ich nach der Möwenattacke leider nur schwer verbergen kann. Liegt ihm nicht viel daran, dass ich mein Erbe wohlwollend annehme? Dieses Gefühl hatte ich bereits bei unserem Termin in der Kanzlei. Mona hatte erwähnt, dass es andere Kaufinteressenten gibt. Ist Simon einer davon oder vertritt vielleicht jemanden, der aus diesem Leuchtturm eine Goldgrube machen will? Doch warum bemüht er sich dann trotzdem, den Schein zu wahren und mich hier herumzuführen, statt mit offenen Karten zu spielen?

»Soll ich dir alles zeigen?«, fragt der Anwalt und ich nicke bloß. Gerade wegen Urgroßvaters Brief möchte ich diesem Leuchtturm eine Chance geben, mich zu überzeugen.

»Gut.« Er vollführt eine ausladende Geste mit der Hand. »Dieser Anbau wurde vor knapp zehn Jahren nachträglich angebracht und diente als Küche und Wohnraum. Tatsächlich hat der alte Herbert nicht immer hier gelebt. Erst, nachdem seine zweite Frau verstorben war, hat er sich in diese Einöde zurückgezogen. Wäre es nämlich nach Ursula gegangen, dann hätte er den Leuchtturm noch zu Lebzeiten verkauft und mit dem Geld eine Kreuzfahrt mit ihr gemacht. Doch es kam nie dazu, denn Ursula starb noch, bevor die Dinge überhaupt spruchreif waren. Na ja, da hat sich Herbert in diesem Leuchtturm häuslich eingerichtet. Hier ist alles sehr einfach gehalten, wie du unschwer erkennen kannst.«

Er deutet auf die schmale Küchenzeile an der gegen-
überliegenden Wand.

»Durfte er denn anbauen?«, frage ich neugierig und
sehe mich um. Meine Freundin Vera hätte sicherlich
sofort ein Bild vor Augen, wie man diese schlichten und
sogar altmodischen vier Wände wohnlich gestalten
könnte. Ihre eigene Wohnung sieht so aus, als wäre sie
aus einem noblen Wohnmagazin entsprungen.

»Ja, denn tatsächlich hatte er das Grundstück vor etli-
chen Jahren vom Erbverpächter erworben. Es gab da
wohl einen rechtlichen Streit, der deinem Urgroßvater
zugesprochen wurde. Keine Ahnung, so weit ins Detail
bin ich bei der Geschichte nicht gegangen«, erklärt er
mir schulterzuckend und durchquert den Raum bis zur
anderen Seite, an der eine kleine Tür angebracht ist.
»Wäre ich an seiner Stelle gewesen, dann hätte ich ein
weitaus moderneres Gebäude errichten lassen als diese
Bruchbude hier. Es gibt ja nicht einmal Strom und flie-
ßend Wasser ...«

Überrascht reiße ich die Augen auf, doch bevor ich
ihn fragen kann, wie mein Urgroßvater so leben
konnte, setzt Simon bereits zu einer Erklärung an.

»Strom wird durch einen Generator an der Rückseite
des Gebäudes erzeugt. Man muss allerdings beim Hinausgehen aufpassen, denn die Klippe an dieser Seite ist
steil und der schmale Weg nur spärlich beleuchtet. Bei
heftigem Sturm ist der Strom häufig ausgefallen, weil
allein schon das Warnsignal verdammt viel davon benötigt. Regenwasser wird in einem großen Boiler ge-
speichert und durch eine angebrachte Filteranlage im
Badezimmer genutzt.«

Der Anwalt schließt die Tür vor sich auf und lässt mir den Vortritt. Im schummrigen Licht erkenne ich eine steile Treppe, die hinauf bis zur Spitze führt. Der Durchgang ist sehr schmal und erinnert mich ein bisschen an den Aufstieg zum Kölner Dom, wo ich vor Jahren bei einem Ausflug mit einigen Freunden gewesen bin. Ein beklemmendes Gefühl beschleicht mich, als ich auf wackeligen Beinen Stufe um Stufe erklimme.

»Gibt's hier kein Licht?«, frage ich und schaue über meine Schulter hinweg zu Simon, der dicht hinter mir geht. Dieser schüttelt den Kopf.

»Keine Ahnung.« Er erreicht mich und steht so dicht hinter mir, dass ich in diesem engen Treppenhaus seine Körperwärme vernehmen kann. Seine Nähe irritiert mich, weshalb ich mich beeile, weiter hinaufzugelangen. In meinen High Heels ist es jedoch verdammt anstrengend, denn die Stufen sind schmal und nur halb so hoch wie bei normalen Treppen.

Als ich bereits eine Dachluke über mir ausmachen kann, spüre ich plötzlich einen Luftzug an meinem Gesicht und ein dunkler Schatten huscht dicht an meinem Kopf vorbei. Dabei streift er weich mein Ohr. Erschrocken schreie ich auf und wedele mit den Händen vor meinem Gesicht, um dieses seltsame Etwas zu verscheuchen. Dabei setze ich einen Fuß nach hinten und trete mit dem Absatz ins Leere. Sofort verliere ich das Gleichgewicht und stolpere kreischend rückwärts. Stünde Simon nicht so dicht hinter mir, wäre ich vermutlich die Treppe heruntergestürzt. So jedoch pralle ich bloß gegen seine Brust und drücke ihn mit meinem Gewicht gegen das Mauerwerk.

»Gott, du bist viel schwerer, als du aussiehst«, ächzt Simon und umfasst meine Schultern, um mich von sich wegzuschieben. Der Schock lähmt mich.

»Was zur Hölle war das?«, entfährt es mir atemlos und ich japse nach Luft. Simon grinst mich an.

»Vermutlich eine Fledermaus«, meint er ungerührt und zwängt sich an mir vorbei die Stiege hinauf zur hölzernen Dachluke, die er mühelos aufstößt und nach oben verschwindet.

»Fledermaus?«, echoe ich ungläubig, bevor ich den Kopf zur Luke hereinstrecke. Zu meiner Überraschung empfängt mich oben ein kreisrunder, lichtdurchfluteter Raum mit einer hohen Decke und großen Fenstern. Ich ziehe mich hinauf und krieche auf allen vieren von der Luke weg, um mich aufzurichten. Durch die wenigen Möbel wirkt der Raum riesig. Die Fenster lassen, ganz anders als der dunkle Anbau, viel Tageslicht herein und machen den Turm wohnlich.

»Hier hat Herr Siebert geschlafen und gleichzeitig gearbeitet«, erklärt Simon und deutet auf das schmale Bett an der einen, dann auf eine Tür an der anderen Seite. »Dort befindet sich ein kleines Badezimmer.«

Wenigstens musste Herbert nicht die schmale Treppe hinuntersteigen, wenn er nachts plötzlich zur Toilette wollte. Irgendwie ist es für mich unvorstellbar, wie er hier die letzten zehn Jahre seines Lebens verbracht haben konnte. Ich für meinen Teil würde alles andere diesem Leuchtturm vorziehen, der keinerlei Komfort besitzt. Strom durch einen Außengenerator, Regenwasser zum Duschen, ein Gasherd in der Küche – das alles sind

Dinge, die ich mir für meine Wohnung nicht im Entferntesten vorstellen kann. Vor allem, wenn hier auch noch Fledermäuse unter den Dachgiebeln leben!

»Und, was meinst du? Schick hier, oder?«, fragt er mit Unschuldsmiene. »Jetzt hast du eine kleine Vorstellung davon, was für eine Bruchbude dir dein Urgroßvater vererbt hat. Es schreit doch geradezu danach, diesen Leuchtturm loswerden zu wollen, oder?«

Warum ist Simon so erpicht darauf, dass ich das Erbe ausschlage?

»Wenn du nach dieser Besichtigung also ablehnen solltest, dann würde ich das natürlich verstehen ...« Er scheint sich seiner Sache ziemlich sicher, denn sein Grinsen verrät ihn. Diese Genugtuung will ich ihm jedoch nicht geben und ihn noch ein bisschen zappeln lassen. Also präsentiere ich ihm ein strahlendes Lächeln.

»Ach, weißt du, ich möchte noch ein bisschen über meine Möglichkeiten nachdenken«, entgegne ich und merke gleich, wie seine Gesichtszüge für den Bruchteil einer Sekunde entgleisen. Der Anwalt fasst sich jedoch so schnell, dass ich doch noch glaube, mich geirrt zu haben. Er räuspert sich.

»Klar, das ist natürlich dein gutes Recht. Doch wenn du heute keine Entscheidung triffst, dann müssen wir unseren nächsten Termin um eine Woche verschieben. Ich habe Urlaub und fliege nach Mallorca«, sagt er bemüht lässig, auch wenn sein verkniffener Gesichtsausdruck seinen Gemütszustand verrät. Muss ich jetzt noch eine Woche länger auf Sylt bleiben? Obwohl ich mir ein bisschen Auszeit gönnen wollte, ist es dennoch nervig, weil sich dadurch der Erbprozess unnötig in die

Länge zieht. Zwar stößt mir dieser Gedanke sauer auf, doch ich lächele lediglich, während wir den Leuchtturm schweigend wieder verlassen.

Kapitel 9

»Ich kann kaum glauben, dass du uns tatsächlich zum Windsurf Cup begleiten willst«, wiederholt Claudia bestimmt zum fünften Mal an diesem Nachmittag. Die gesamte Familie ist wegen dieses Events bereits ganz aufgeregt. Dieser Surf-Wettbewerb scheint tatsächlich eine größere Sache zu sein, wenn jeder hier deswegen so aus dem Häuschen ist. Selbst die Kinder konnten es kaum erwarten.

»Dort gibt es ganz tolle Sachen«, schwärmt die kleine Silke mit leuchtenden Augen, während sie auf dem Sofa neben mir kaum stillsitzen kann. Ihre Beine baumeln aufgeregt vor und zurück und sie kann sich nicht richtig auf den Trickfilm im Fernsehen konzentrieren. »Ein Karussell, ein Riesenrad, Autoscooter, Eis und Zuckerwatte. Vielleicht sogar Clowns.«

»Das war auf der Kirmes vergangenen Herbst, du Dummchen«, fällt Max seiner Schwester lachend ins Wort. Silke streckt ihrem Bruder beleidigt die Zunge heraus.

»Kinder, hört auf, euch zu streiten«, kommt es ruhig von Claudia, die gerade das Wohnzimmer betritt und eine Schüssel Popcorn auf den Couchtisch stellt. »Ein Karussell gibt es ganz bestimmt, mein Schatz. Was das Riesenrad betrifft, muss ich deinem Bruder zustimmen.

Ich glaube kaum, dass am Strand eins aufgebaut wird bei diesem Wetter. Es ist verdammt windig.«

»Logisch, es ist ja auch ein *Windsurf* Cup. Ohne ordentlichen Wind können die Teilnehmer nicht um die Wette segeln«, erklärt Moritz mit erhobenem Zeigefinger. Seine ernste Miene lässt mich schmunzeln. Obwohl er der jüngere der beiden Zwillinge ist, benimmt er sich viel erwachsener als Max.

»Ob Ben dieses Jahr ebenfalls antritt?«, überlegt meine Schwester laut, setzt sich auf den freien Platz neben mich und greift mit einer Hand in die Popcornschüssel. Sie starrt auf den Fernseher, wo Tom gerade Jerry jagt und in die Falle der frechen Maus tappt. Bei Erwähnung des Mechatronikers werde ich augenblicklich nervös. Von meinem Date habe ich Claudia absichtlich nichts erzählt, damit sie die Sache nicht weiter aufbauscht. Immerhin ist nichts dabei, wenn ich mich ungezwungen mit einem Mann treffe und mich ein bisschen auf der Party amüsiere. Claudia würde gleich eine neue Liebschaft in mein Verhalten interpretieren – oder glauben, ich würde mich aus Frust über meine Trennung zu Thomas auf Ben einlassen. Doch beides ist nicht der Fall. Ich will mich lediglich nicht den ganzen Samstagabend über alleine im Haus langweilen, während sich meine Familie amüsiert.

»Ich weiß, dass er für den Cup trainiert hat«, kommt es von Dirk, der in einem bequemen Ohrensessel sitzt und in einem Sportmagazin blättert. »Das hat mir Maik vergangene Woche erzählt, als ich bei ihm neues Zubehör für meine Angel gekauft habe.«

Maik ist doch Bens Kumpel, von dem er mir erzählt hat ... Gott, diese Insel ist tatsächlich ein Dorf!

»Vielleicht treffen wir ihn ja zufällig«, meine ich beiläufig und versuche, mir meine Aufregung nicht anmerken zu lassen. Ben will mich heute Abend zur Party abholen. Zum Glück befindet sich meine Familie zu diesem Zeitpunkt noch am Strand, denn sie wollen sich die Show der Lenkdrachen ansehen. Wenn sie nach Hause kommen, bin ich mit Ben gerade auf dem Weg zur Fete ...

Spätestens morgen früh wird Claudia von meinem Date erfahren, doch diesen Puffer will ich auf jeden Fall nutzen, um mir eine gute Ausrede für ihre Spekulationen ausdenken zu können. Ich werde mich mit ihm treffen, etwas trinken, Small Talk betreiben und nach einer Stunde wieder abhauen. Zumindest ist das der Plan, den ich mir fest vorgenommen habe.

Als endlich der Abspann des Trickfilms läuft, hüpft Silke aufgeregt vom Sofa.

»Mama, können wir jetzt los? Bitte!«

Claudia lächelt ihre Tochter an. »Gleich, sobald mir Melanie die Nachricht schickt, dass ihr Baby wach geworden ist. Du weißt doch, dass wir uns mit ihr und Robert beim Event treffen. Aber du kannst dir schon deine Gummistiefel schnappen und für einen Moment mit den Jungs in den Garten gehen, ja?«

»Super!« Silke klatscht begeistert in die Hände. »Dann kann ich bestimmt wieder mit Nina und Sherlock spielen. Ich freue mich!« Meine Nichte flitzt aus dem Wohnzimmer und kurze Zeit später höre ich sie im Flur herumwerkeln, ehe die Tür zum Garten geräuschvoll zufällt. Max und Moritz sehen sich kopfschüttelnd an, dann verziehen sie sich nach draußen.

»Du kommst doch jetzt mit, oder? Dann kannst du Melanie kennenlernen. Wir arbeiten zusammen, doch gerade ist sie in Elternzeit.«

»Tatsächlich muss ich noch etwas wegen der Arbeit klären. Ein paar Telefonate führen, du weißt schon. Ich werde etwas später nachkommen«, rede ich mich heraus. Das ist nicht einmal gelogen, denn bereits vor ein paar Tagen trudelten Mails über den Firmenaccount auf meinem Handy ein, weil ich ihn bisher noch nicht deaktiviert habe. Auch wenn Thomas gerade schlecht auf mich zu sprechen ist, können meine Kunden nichts für meine missliche Lage. Es gibt zwei kleinere Projekte, die ich eigentlich noch abschließen müsste, bevor ich den Job in Thomas' Designagentur an den Nagel hängen kann. Keine Ahnung, ob sich die Wogen bis zu meiner Rückkehr geglättet haben und Thomas mir meine spontane Abreise nicht mehr übel nimmt, dennoch werde ich seiner Firma wohl den Rücken kehren …

Claudia nickt und erhebt sich vom Sofa, dann bedeutet sie Dirk, ihr zu folgen, um sich für das Event fertig zu machen. Eine halbe Stunde später bin ich alleine im Haus. Ein paar Minuten surfe ich mit dem Handy durchs Netz, ehe ich die Mails beantworte, statt wie erwähnt die Telefonate zu tätigen. Dann begebe ich mich ins Gästezimmer, um mich für mein Date zurechtzumachen.

Ich habe absolut keine Ahnung, was ich zu dieser Veranstaltung anziehen soll, weshalb ich ratlos die wenigen Klamotten betrachte, die ich auf dem Bett ausgebreitet habe. Weil ich bloß Kleidung für wenige Tage eingepackt habe, ist nichts annähernd Schickes dabei, das partytauglich wäre. Wobei ich nicht einmal weiß, womit ich es heute Abend zu tun haben werde. Schlussendlich entscheide ich mich für eine schwarze Skinny Jeans und die rot gepunktete Bluse mit Fledermausärmeln, in der ich angereist bin. Vermutlich wird es nicht schaden, nächste Woche durch die Geschäfte zu bummeln und mir ein oder zwei neue Teile zu besorgen.

Ich bin gerade mit dem Make-up fertig, als es auch schon klingelt. Mist, ist es bereits so weit? Hastig schnappe ich mir meine Handtasche und eile zur Tür. Es ist tatsächlich Ben, der mit gesenktem Kopf vor mir steht, die Hände hinterm Rücken versteckt.

»Hey«, grüßt er mich mit strahlendem Lächeln und erneut muss ich mich fragen, warum dieser Kerl nur so verdammt attraktiv ist, ohne überheblich rüberzukommen. Sein Charme haut selbst mich um, obwohl ich wegen der kürzlichen Trennung weiß Gott andere Probleme habe, als Gedanken an Männer zu verschwenden. Ein prüfender Blick auf seine Gestalt lässt mich erleichtert aufatmen. Ich hatte schon Bedenken, underdressed zu erscheinen, doch auch Ben hat einen zwanglosen Style aus Jeans und einfachem T-Shirt gewählt. Ein graues Sweatshirt hängt ihm zusammengeknotet über den Hüften wie einem Teenager aus vergangenen Tagen.

Ein schüchternes Lächeln huscht über sein Gesicht. »Ich weiß, ich bin etwas zu früh dran. Ein Glück, bist du schon fertig. Ich dachte, wir könnten uns vor der Party noch eine Kleinigkeit zu essen holen. Als Basis für den Alkohol sozusagen.«

Meine Augenbrauen fliegen überrascht in die Höhe. »Hast du etwa vor, dich heute Abend zu betrinken?«

Sein schelmischer Gesichtsausdruck lässt mich schmunzeln. In diesem Augenblick sieht er deutlich jünger aus, als er ist. Der Bartschatten in seinem Gesicht und die leicht zerzausten, kurzen Haare verleihen ihm einen verwegenen Look, der seine Wirkung bei mir leider nicht verfehlt. Entschieden straffe ich die Schultern und setze eine neutrale Miene auf, obwohl mir das Herz gerade bis zum Hals schlägt.

»Du bist doch fertig, oder?«, hakt er nach, weil ich keine Anstalten mache, von der Tür zu weichen und immer noch im Hausflur stehe.

»Ja, klar.«

Bevor ich jedoch über die Türschwelle treten kann, zieht er seine Hand hinterm Rücken hervor und ich muss mehrmals blinzeln, ehe ich realisiere, was er mir entgegenhält: ein kleiner Strauß roter Rosen. Es handelt sich um ein schlichtes Gesteck mit drei Rosen, kurzstielig, und ein wenig Grün umrahmt von einer Papiermanschette. Ein Strauß, den man an der Tankstelle bekommt. Aber … Mann, er hat mir ernsthaft Blumen mitgebracht!

Mit offenem Mund starre ich ihn an. Was zur Hölle …?! In all den Jahren, in denen ich mit Thomas zusammen gewesen bin – und es kam mir tatsächlich verdammt lange vor –, hat mein Ex sich nie die Mühe gemacht, mir Blumen mitzubringen. Nicht einmal zum Valentinstag, denn er hielt es für Geldverschwendung.

»Nach spätestens drei Tagen verwelken sie sowieso«, hat er stets gemeint, wenn ich Andeutungen in diese Richtung gemacht habe. Scheiße … für Ben scheint es das Normalste der Welt zu sein, einer ihm noch völlig fremden Frau Rosen zum ersten Date mitzubringen.

Er amüsiert sich offensichtlich sehr über meinen perplexen Gesichtsausdruck, denn seine vollen Lippen kräuseln sich zu einem leichten Lächeln, dann wird sein Grinsen breiter, bis er auflacht. Komischerweise wirkt es überhaupt nicht unangenehm oder beleidigend, sondern steckt mich sogar an. Endlich erwache ich aus meiner Starre und nehme den kleinen Blumenstrauß entgegen.

»Irgendwie komme ich mir wie bei meinem Abschlussball vor«, sage ich kichernd zu ihm und schnuppere an einer der Rosen. Ein wohliges Kribbeln breitet sich in mir aus und ich lasse dieses Gefühl einen Moment zu, ehe ich es verdränge und mich wieder Ben widme.

»Danke«, sage ich zu ihm und verschwinde kurz im Haus, um den Blumenstrauß in eine Vase zu stellen. Diese bringe ich direkt ins Gästezimmer, damit Claudia sich nicht darüber wundert, wenn sie nachher nach Hause kommt. Morgen kann ich mir dafür immer noch eine Ausrede einfallen lassen, oder einfach die Wahrheit sagen. Je nachdem, wie dieser Abend ausgehen wird …

Diese eigenartigen Gedanken lassen mich zögern, zu Ben zurückzukehren. Doch weil ich nicht so unhöflich sein will, eile ich zu ihm.

»Also dann, lass uns gehen.«

»Prima! Ich habe schon mächtig Hunger und freue mich auf ein Fischbrötchen«, meint er gut gelaunt und geht bereits voraus. Kurz bleibe ich stehen und sehe mich um.

»Bist du denn gar nicht mit dem Auto hier?«, will ich wissen, nachdem ich ihn mit wenigen Schritten eingeholt habe.

»Warum sollte ich? Wir machen einen kleinen Spaziergang«, entgegnet er und sieht mich an, als hätte ich ihn gefragt, warum die Erde keine Scheibe ist.

»Aber ... der Brandenburger Strand ist doch ziemlich weit weg. Claudia und Dirk sind wegen der Kids mit dem Auto los«, werfe ich ein, folge ihm jedoch über die Straße und um die nächste Ecke. An einer Fußgängerampel müssen wir kurz warten, bis es wieder grün wird.

»Es sind doch nur knappe zwei Kilometer. Mit dem Auto bräuchten wir viel länger, weil wir außen herum fahren müssten. Wir nehmen eine Abkürzung und gehen einfach am Strand entlang. Außerdem werden die Parkplätze beim Hauptstrand völlig überfüllt sein. Zudem –« Er zwinkert mir zu. »Ich wollte dir doch die schönen Seiten Westerlands zeigen. Was bietet sich da besser an als ein Spaziergang am Strand bei bestem Wetter?«

Nun, da hat Ben vermutlich recht. Dennoch war ich nicht darauf vorbereitet, so weit zu Fuß zu gehen. Ben sieht sich nach allen Seiten um, dann überquert er abermals die Straße und schlägt einen schmalen Weg ein, der uns von der Wohnsiedlung wegführt. Gemeinsam gehen wir zwischen hohen Dünen voller Strandhafer über einen hölzernen Steg. Die Holzbretter knacken unter meinen Absätzen. Um nicht schon wieder zu stolpern, mache ich nur kleine Schritte. Aber es scheint Ben nicht aufzufallen, wie langsam ich bin. Er hat selbst keine Eile. Gemächlich schlendert er neben mir her, die Hände in den Hosentaschen und den Blick geradeaus auf den Horizont gerichtet.

»Toll, oder?«, fragt er nach einer Weile, in der wir schweigend über den Steg gegangen sind, als wir endlich die Kurpromenade erreichen. Verwirrt blicke ich ihn an, weil ich gerade nicht verstehe, was genau so toll an all dem ist. Meint er den Wind, der mir durchs Haar weht und meine Frisur durcheinanderbringt? Oder den kühlen Sand, der zwischen meinen Zehen reibt, weil ich mit den Absätzen immer wieder einsinke? Oder geht es um die Tatsache, dass wir alleine am Strand sind und die Sonne schon tief am Horizont steht? Ihre wärmenden Strahlen sind fort und man merkt direkt, dass der Sommer eigentlich längst vorbei ist.

Fröstelnd schlinge ich meine Arme um den Oberkörper. »Richtig toll«, murmele ich, jedoch nur, um nicht stumm zu bleiben. Neben Ben zu schweigen, fühlt sich irgendwie eigenartig an. Es ist ganz anders als mit Thomas, wo ich jede stille Minute mit belanglosen Worten gefüllt habe. Mit Ben ist es nicht so, total ungewohnt, sodass ich bereits aus Reflex etwas sagen will, um nicht in peinliche Stille zu verfallen. Doch es ist eher eine Gewohnheit meinerseits als tatsächlich unangenehm.

»Ist es denn noch weit bis zum Brandenburger Strand? Wir sollten uns vielleicht beeilen, wenn wir pünktlich sein wollen«, werfe ich ein, als Ben keine Anstalten macht, schneller zu gehen. Er bleibt stehen und dreht sich zu mir um, weshalb auch ich anhalte.

»Zu einer Party kann man nicht zu spät kommen.« Er grinst schelmisch. »Oder gehörst du etwa zu den Leuten, die als Allererstes auf der Tanzfläche sind, bevor die Musik überhaupt richtig aufgedreht wurde?«

»Ähm ...« Hält er mich etwa für so spießig?

Ben senkt den Blick auf seine Schuhspitzen und kratzt sich am Hinterkopf. »Außerdem hatte ich den Eindruck, dass du nicht willst, dass deine Schwester etwas von unserem Treffen mitbekommt.«

»Oh.« Verblüfft starre ich ihn an. Wie lange kennen wir uns? Ein paar Tage? Trotzdem kann dieser Kerl in mir lesen, als wäre ich für ihn ein offenes Buch. Sind meine Beweggründe und Handlungen tatsächlich so offensichtlich? Eigentlich habe ich von mir geglaubt, ich wäre weniger leicht zu durchschauen. Immerhin musste ich Thomas immer alles haarklein vorkauen und auf einem Silbertablett unter die Nase halten, bevor er meine Gedanken richtig interpretieren konnte. Mehr und mehr beschleicht mich das Gefühl, dass sich mein Ex nur deshalb so schwergetan hat, auf meine Wünsche einzugehen, weil er sich einfach viel zu sehr um sich selbst gekümmert hat, statt mich richtig zu *sehen*. Musste ich erst auf die Insel flüchten, einen Unfall bauen und einen Mechaniker mit verdammt charmantem Lächeln kennenlernen, um zu begreifen, wie einseitig meine alte Beziehung gewesen ist? Die Fassungslosigkeit über diese Erkenntnis lähmt mich. Na, Gott sei Dank bin ich Thomas zumindest in meinem Privatleben los ...

»Wie kommst du denn darauf?«, murmele ich verlegen, auch wenn er den Nagel so ziemlich auf den Kopf getroffen hat. Ben zuckt mit den Schultern.

»Dirk war vor zwei Tagen bei mir in der Werkstatt und hat sich nach deinem Auto erkundigt«, erzählt er und ich hebe überrascht die Augenbrauen, weil ich gar nicht mitbekommen habe, dass sich mein Schwager für die Reparatur interessiert. Ich war zu sehr in Gedanken wegen des Leuchtturms und meines Jobs, weshalb ich Dirks Hilfsbereitschaft gar nicht richtig zu schätzen wusste. Morgen früh werde ich ihn unbedingt darauf ansprechen und mich bedanken.

»Er hat mich auf den Wettbewerb angesprochen und auf die Party danach. Es klang so, als wüsste er gar nicht, dass ich in Begleitung komme. Also habe ich nichts erwähnt.«

Er lächelt mich an, dann setzt er sich wieder in Bewegung. Einen Herzschlag lang verharre ich an Ort und Stelle, verfolge ihn mit meinen Blicken. Ich betrachte seinen Hinterkopf, die breiten Schultern, die sich deutlich in dem Shirt abzeichnen, obwohl es locker seinen Körper umspielt. Ben gibt sich so natürlich. An ihm ist nichts gespielt, sodass ich mich neben ihm wie eine Hochstaplerin fühle. Selbst diese Schuhe an meinen Füßen trage ich bloß aus Gewohnheit, weil Thomas der Meinung war, meine Beine sähen darin viel schlanker aus.

Aus einem Impuls heraus streife ich die High Heels von meinen Füßen und laufe barfuß durch den kühlen Sand, um Ben einzuholen. Er schenkt mir einen erstaunten Blick, als er die Schuhe in meiner Hand bemerkt, sagt jedoch nichts, sondern lächelt lediglich. Ich erwidere seine Geste, was sich irgendwie gut anfühlt. Als hätte ich eine Schicht meines Kostüms abgestreift.

Seitdem ich in Westerland bin, löse ich mich Stück für Stück von Thomas' Einfluss.

»Wo wollen wir uns denn etwas zu essen holen? Ich habe schon Hunger«, sage ich zu ihm, um die Stille endlich zu durchbrechen.

»Das wirst du gleich sehen. Wir sind fast da.« Ben deutet mit der Hand nach rechts und ich drehe den Kopf. In einiger Entfernung erkenne ich ein Restaurant. Die Aufschrift »Die Seenot« prangt in großen Lettern über dem Eingang.

»Dort?«

Er nickt und schlendert auf das Gebäude zu. Als Ben etwas von einem *Fischbrötchen* erzählte, hatte ich erst gedacht, er würde mit mir die Festmeile an der Strandpromenade abklappern wollen, statt in ein Lokal zu gehen. Doch dieses Vorhaben passt besser zu seiner rücksichtsvollen Art, nicht meiner Schwester und ihrer Familie in die Arme zu laufen. Zwar habe ich Claudia zugesichert, dass wir uns beim Surf-Event treffen, aber eigentlich war es mehr oder weniger eine Notlüge, um nicht mit ihr diskutieren zu müssen.

Die Seenot ist eine Strandbar mit angrenzendem Restaurant, das bereits von außen sehr nobel aussieht. Die Veranda lädt mit den hölzerneren Bänken und Tischen unter hübschen Sonnenschirmen im Vintage-Stil zum Verweilen ein. Bestimmt ist vor allem in den späten Abendstunden viel los, weil man von hier aus einen schönen Blick auf den Strand und das Meer hat, um den Sonnenuntergang beobachten zu können. Hier will er sich etwas auf die Hand holen? Scheint, als würde er mich unter einem Vorwand zum Essen ausführen wollen …

»Setz dich einfach irgendwohin, ich spreche kurz mit Carsten«, sagt er zu mir und deutet mit einer allumfassenden Geste auf die freien Plätze. Zögernd setze ich mich auf die erstbeste Bank.

»Du kennst den Besitzer?«, frage ich verwundert und er nickt bestätigend.

»Den Koch, ja. Ich habe vor zwei Jahren nach einem schlimmen Unfall seine geliebte Harley wieder repariert. Glaub mir, das Ding war eigentlich schrottreif und Carsten hatte Glück, dass es überwiegend nur ein Blechschaden war und er mit einem Beinbruch davongekommen ist. Na ja, seitdem verstehen wir uns echt super und ich habe was gut bei ihm. Also warte hier kurz, bin gleich zurück.«

Er geht zur offen stehenden Glastür, aus der bereits ein gedrungener Mann mit schwarzer Schürze und Halbglatze heraustritt. Als dieser Ben entdeckt, hellt sich sein rundliches Gesicht auf und beide Männer begrüßen sich mit einer kurzen, aber herzlichen Umarmung. Es fasziniert mich, wie freundlich Ben mit jedem umgeht, dem er begegnet. Er ist ein richtiger Strahlemann und eine Frohnatur. Vielleicht ist er deshalb wahnsinnig beliebt bei den Bewohnern hier in Westerland. Wahrscheinlich läuft seine Werkstatt genau aus diesem Grund so gut, ohne dass er übertrieben viel Marketing betreiben muss, denn seine Internetpräsenz ist wirklich ein bisschen eingerostet. Trotzdem könnte ich ihm den Vorschlag unterbreiten, mich um ein Homepage-Makeover zu kümmern. So hätten wir zumindest ein Gesprächsthema für heute Abend.

Worüber die beiden Männer reden, kann ich von meinem Platz aus nicht hören, doch mir fällt der neugierige Blick auf, den mir Carsten über Bens Schulter hinweg immer wieder zuwirft. Er nickt mehrmals, dann folgt Ben ihm ins Innere des Restaurants, statt zu mir zurückzukehren. Ob er die Karten selbst holen will?

Während ich auf meinen Begleiter warte, nehme ich das Handy aus der Handtasche. Veras Nachricht hatte ich bisher gar nicht bemerkt, die nun nach dem Entsperren auf dem Display aufleuchtet. Neugierig öffne ich sie.

Vera: Scheiße, Moni, hier in der Agentur geht das Gerücht rum, dass du gekündigt wurdest? Warum hast du mir nichts davon erzählt? Haben sich etwa Kunden beschwert?

Einen Moment lang bleibt mir vor Schreck die Luft weg. Erzählt mein Ex etwa herum, dass er mich wegen mangelhafter Leistung gekündigt hat? Gott, das ist wirklich die Höhe und äußerst lächerlich! Sogar für Thomas ist es unter seiner Würde, mich für etwas schlecht zu machen, das völlig aus der Luft gegriffen ist. Seitdem ich im Designbüro als Grafikerin arbeite, gab es keinen einzigen Tag, an dem sich überhaupt *irgendjemand* über mich beschweren konnte. Da sieht man mal wieder, wie gerne Thomas die Tatsachen verdreht, um selbst gut dazustehen. Denn dass ich, eine seiner besten Angestellten, aus freien Stücken kündigen könnte, kann er einfach nicht akzeptieren.

Um die Gerüchte zu zerstreuen, schicke ich Vera direkt eine Antwort.

Ramona: Quatsch! Thomas kann es vermutlich einfach nicht auf sich sitzen lassen, dass ich einmal mehr meinen Willen durchgesetzt habe. Sobald ich zurück bin, werde ich selbst kündigen, sollte er immer noch sauer auf mich sein. Ich habe einfach keine Lust mehr, seine Launen zu ertragen.

Vera: Gott, bitte nicht. Was soll ich hier ohne dich nur machen? Die letzte Woche war schon endlos langweilig. Komm bitte schnell zurück und denk ja nicht über eine Kündigung nach! Du wirst mir fehlen.

Ramona: Leider hat sich wegen des Leuchtturms noch nichts Konkretes ergeben, weil sich der Papierkram weiterhin in die Länge zieht. Im Fernsehen wirkt alles immer so einfach, wenn es um ein Erbe geht.

Kaum habe ich meine letzte Nachricht verschickt, klingelt mein Handy und der Name meiner besten Freundin leuchtet auf dem Display auf. Weil Ben immer noch nicht zurück ist, nehme ich das Gespräch entgegen.

»Ehrlich, ich kann einfach nicht verstehen, warum Thomas dich in der Agentur so schlecht macht«, wettert sie direkt gegen meinen Ex-Freund. »Er muss doch wissen, dass er dadurch nur Zwiespalt unter den Kollegen sät.«

»Oh, das weiß Thomas nur zu gut, glaub mir«, entgegne ich seufzend. Dieses Thema geht mir langsam wirklich auf die Nerven. »Er ist sauer, weil ich durch meinen ungefragten Aufbruch seine Autorität als Chef untergraben habe. Hätte ich ihn nach Urlaub gefragt, hätte er ihn mir bestimmt unter irgendeinem Vorwand verweigert. Genau das weiß Thomas ebenfalls. Deshalb benimmt er sich wie ein beleidigtes Kleinkind.«

Vera kichert am anderen Ende. »Du hast wenigstens Glück, dass du ihn gerade nicht ertragen musst. Er ist furchtbar schlecht gelaunt. Da ist so ein kleiner Spontanurlaub im Spätsommer doch optimal. Sag, wie ist das Wetter?«

»Na ja ... Ziemlich windig«, antworte ich gedehnt und schaue über den Strand hinweg zum Wasser, das leichte Wellen schlägt. Die Sonne steht bereits tief am Horizont und färbt den Himmel golden. Der Ausblick ist wunderschön, und für einen Moment verliere ich mich in dem Zusammenspiel von Wolken und Wasser, die in der Ferne zu einem gemeinsamen Bild verschmelzen.

»Hey, bist du noch dran?«, kommt es wieder von Vera.

»Klar. Was gibt's noch?«, frage ich etwas ruppig, weil ich Ben entdecke, der mit zwei Tüten auf mich zukommt.

»Ich wollte wissen, wie die Sache mit deinem Auto ausgegangen ist. Und mit dem Mechaniker.« Es entsteht eine bedeutungsschwere Pause, während Ben sich auf den freien Platz mir gegenübersetzt und mir eine der weißen Brötchentüten rüberschiebt.

»Ähm ... da gibt's noch nichts zu erzählen«, antworte ich hastig, weil ich Angst habe, dass Ben etwas von meinem Gespräch mitbekommt.

»Aber du hast doch erzählt, dass du jemand Neuen kennengelernt –«

»Vera, die Verbindung ist plötzlich so schlecht. Ich melde mich später bei dir«, sage ich und beende das Gespräch. Ben sieht mich mit hochgezogenen Augenbrauen an. »Ähm, bloß eine Kollegin«, erkläre ich ihm und stecke das Smartphone wieder in meine Handtasche. »Es war nichts Wichtiges.«

»Ach so«, meint er lediglich und wickelt sein Brötchen aus dem Papier, dann beißt er genießerisch hinein. Ich sehe skeptisch auf das Fischbrötchen vor mir, das aus der weißen Papiertüte hervorlugt.

»Was ist? Hast du keinen Hunger?«, fragt Ben irritiert. »Es ist vorzüglich. So etwas Gutes hast du bestimmt noch nicht gegessen.«

»Hast du vergessen, dass ich aus Hamburg komme? Dort gibt's Fischbrötchen an jeder Ecke ...«

»Aber nicht diese gute Nordseescholle mit Dijon-Senfsoße. Das ist eine Spezialität des Hauses. Okay, normalerweise gibt's das nicht im Brötchen, aber für mich macht Carsten gerne eine Ausnahme. Ich habe bei ihm ja einen Stein im Brett. Jetzt probier, der Fisch wird dich schon nicht beißen.« Er unterstreicht seinen Wortschwall, indem er noch einen großen Bissen von seinem Brötchen nimmt und genüsslich den Mund verzieht. Tatsächlich hat er mich überzeugt, also probiere ich ebenfalls ein kleines Stück. Der Fisch schmeckt unglaublich gut, weshalb ich mehrmals hintereinander hungrig hineinbeiße.

»Wow, wirklich nicht schlecht«, lobe ich mein frühes Abendessen mit vollem Mund. Ben grinst mich breit an. Er hat sein Brötchen längst verspeist.

»Sag ich doch. Es ist die reinste Geschmacksexplosion!«

Über diesen Ausdruck im Zusammenhang mit einem gewöhnlichen Fischbrötchen muss ich plötzlich lachen, sodass ich mich an ein paar Krümeln verschlucke. Immer noch kichernd, huste ich und schnappe nach Luft. Dass sich Ben scheinbar über die einfachsten Dinge freut, macht ihn wirklich sympathisch. Er streckt die Hand über den Tisch aus und klopft mir ein paarmal beherzt auf den Rücken. Ich hebe den Blick und sehe geradewegs in seine graublauen Augen, die auf einmal einen ernsten Glanz angenommen haben. Seine Hand, die noch vor wenigen Sekunden auf meinem Rücken lag, schwebt plötzlich vor meinem Gesicht. Ich ziehe scharf die Luft ein, als er ohne Vorwarnung mit seinem Daumen über meinen Mundwinkel streicht. Diese Berührung ist sanft und seine Fingerkuppen unerwartet weich für einen Automechaniker. Einen Herzschlag lang halte die den Atem an und mein Puls beschleunigt sich unweigerlich, weil er keine Anstalten macht, seine Hand wieder wegzunehmen. Stattdessen fährt er mit dem Daumen die Kontur meiner Unterlippe nach und ich öffne den Mund instinktiv, um irgendetwas zu sagen, obwohl kein Wort über meine Lippen kommt. Ich bin wie erstarrt, mir schlägt das Herz bis zum Hals und mein Magen überschlägt sich. Es ist verdammt lange her, seitdem ein Mann mir wieder so nahe gekommen ist.

»Du hattest da noch etwas von der Soße«, meint Ben schließlich und zieht seinen Daumen weg, um diesen ungeniert kurz in den Mund zu nehmen.

»Ähm ...« Fassungslos starre ich ihn an. Dieser Moment war verdammt filmreif – und hätte eigentlich nicht so viel Herzklopfen bei mir hinterlassen sollen.

Flirtet Ben etwa mit mir, oder will er bloß freundlich sein und mit niemandem auf einer Party erscheinen, dem Soßenreste im Gesicht kleben? Ich beschließe, mich an letzteren Gedanken zu klammern, um mein wildes Herzklopfen zu unterbinden. Entschieden erhebe ich mich.

»Wollen wir weiter? Die Sonne ist beinahe untergegangen.«

»Klar«, entgegnet er nickend und steht ebenfalls auf. Die Schuhe in einer Hand, folge ich Ben zurück zum Strand und weiter, bis die Partymeile in Sicht kommt. Als wir den hölzernen Steg erreichen, der hinauf zwischen die Dünen führt, ziehe ich die High Heels wieder an. Hier am Brandenburger Strand ist mächtig viel los und ich versuche, Ben nicht aus den Augen zu verlieren, während er durch die Menschenmenge zwischen den aufgebauten Buden mit allerlei Souvenirs und Köstlichkeiten hindurchgeht.

»Dort drüben ist das Veranstaltungszelt«, erklärt er mir und streckt mir seine Hand entgegen. Zögernd ergreife ich sie. Verstohlen sehe ich mich nach allen Seiten um, weil ich fürchte, Claudia zu begegnen. Ihren Fragen werde ich mich noch früh genug stellen müssen, doch gerade in diesem Moment, in dem ich dieses wohlig warme Kribbeln verspüre, das Bens Finger auf meiner Haut hinterlassen, will ich mir nicht den Kopf darüber zerbrechen, was Claudia denken könnte.

Im Zelt ist es rappelvoll. Stumm gehe ich neben Ben her, der den ein oder anderen Bekannten herzlich begrüßt. Die Leute schielen neugierig zu mir rüber, doch wegen der Lautstärke verstehe ich nicht, was sie meinem Begleiter zuraunen. Mit einem beklommenen Gefühl in der Brust sehe ich mich um. Hier kennt jeder jeden, nur ich passe nicht hinein. Es war nett von Ben, mich auf die Party mitzunehmen, doch irgendwie fühle ich mich plötzlich unwohl. Vielleicht hätte ich einfach mit meiner Familie herkommen sollen, um den Abend nicht alleine zu Hause verbringen zu müssen, statt mich auf das Treffen mit Ben einzulassen.

»Huhu! Ramona!«, vernehme ich laut meinen Namen. Ich drehe mich in entsprechende Rufrichtung, kann jedoch niemand Bekannten entdecken. Vielleicht gibt's hier noch mehr Frauen mit diesem Namen. Doch die weibliche Stimme dringt immer weiter zu mir durch.

»Ramona, Ben. Ich bin hier!«

Noch einmal drehe ich mich um und wie aus dem Nichts taucht die Cafébesitzerin Mona vor mir auf. Die rot geschminkten Lippen zu einem breiten Lächeln verzogen, drückt sie mich überschwänglich an sich, was mich völlig überrumpelt. Mit dieser herzlichen Begrüßung habe ich wirklich nicht gerechnet. Für Mona bin ich eine völlig Fremde, die bloß ein paarmal in ihrem Café etwas getrunken hat.

»Ben, wann wolltest du mir sagen, dass du es geschafft hast, Ramona rumzukriegen, dich zur Party zu begleiten?«, fragt Mona lachend und verpasst Ben einen freundschaftlichen Klaps auf den Oberarm. Dieser grinst breit.

»Seit wann muss ich mich vor dir rechtfertigen? Du bist doch nicht meine Mutter. Und selbst ihr binde ich meine Frauengeschichten nicht auf die Nase«, meint er schulterzuckend und schielt zu mir herüber. »Das war ein Scherz. Ich freue mich wirklich, dass du mich begleitest. Wenigstens eine vernünftige Person zwischen diesen ganzen Chaoten hier.«

Ich weiß nicht, was ich darauf erwidern soll. Diese Unterhaltung verwirrt mich, dennoch spüre ich ein Kribbeln in meiner Magengegend aufsteigen, das da nichts zu suchen hat. Mona schüttelt lachend den Kopf, dann ergreift sie meinen Arm.

»Komm, meine Liebe, lass uns zusammen etwas trinken, bevor dir dieser Kerl noch weitere Lügen auftischen kann. Es sind gerade Plätze an unserem Tisch frei geworden, weil Melanie mit dem Kleinen gegangen ist. Los, ich stelle dir die anderen vor.« Ohne weiter auf Ben zu achten, zieht mich Mona hinter sich her durch die Menschenmenge.

****

In der kommenden halben Stunde lerne ich Björn, den Konditormeister der Insel, kennen. Er und Mona werfen sich immer wieder bedeutungsschwere Blicke zu, während wir alle einen Schnaps nach dem anderen hinunterkippen. Obwohl sie direkt betonte, sie beide wären nur Freunde, glaube ich ihr nicht so wirklich. Dann ist da noch Monas Schwager Robert, der erst seit gut einem Jahr in Westerland lebt. Er blieb jedoch nicht mehr lange, nachdem seine Frau Melanie mit dem Baby gegangen war. Die witzigste Bekanntschaft war die mit Clärchen und ihren Freundinnen vom Rommé-Club, die ich bereits ein paar Tage zuvor kurz im Café kennengelernt habe. Clara lebt im hiesigen Seniorenheim und ist Roberts Tante. Die freundlich aussehende alte Dame mit ihrer Lockenwicklerfrisur und der riesigen Brille sieht zwar aus, als könnte sie kein Wässerchen trüben, hat es jedoch faustdick hinter den Ohren, was ich nach nur wenigen Minuten feststellen konnte. Keine Runde Schnaps ließen die alten Damen aus, kicherten wie beschwipste Teenager auf dem Abschlussball und legten eine flotte Sohle aufs Parkett, das mir sogar beim Zuschauen schwindelig wurde.

Ben ließ sich nicht blicken, weshalb ich bereits glaubte, dass er nach Hause gegangen war, bis ich seinen dunkelbraunen Hinterkopf in der Menge ausmachen kann. Er steht neben einem hochgewachsenen Mann und unterhält sich, soweit es bei der lauten Musik möglich ist. Sein Gesicht erkenne ich nur im Profil, doch ich merke gleich, dass es sich um keine schöne Unterredung handelt. Den anderen Typen erkenne ich nicht, denn er dreht sich just in diesem Moment um und verschwindet in der tanzenden Menge.

Endlich kämpft sich Ben zu unserem Tisch durch.

»Na, was habe ich verpasst?«, fragt er gut gelaunt, sodass ich glaube, mir den besorgten Blick von eben bloß eingebildet zu haben.

»Wir sind schon alle angeschickert«, erklärt Tante Clara in ernstem Ton, doch ihre Stimme zittert und sie kichert wieder.

»Na, hast du dich wieder mit deinem Cousin in die Haare bekommen?«, fragt Björn neugierig. »Ich habe ihn eben kurz an der Bar gesehen, als du noch nicht da warst. Konnte mir denken, dass er dich hier abfangen will.«

Ben presst seine Lippen fest aufeinander und nickt, dann entspannen sich seine Gesichtszüge wieder.

»Ich habe ihm nur einen schönen Urlaub gewünscht, das ist alles«, antwortet er, und damit ist das Thema für ihn erledigt. Mona stößt mir den Ellenbogen in die Seite und flüstert dann:

»Sein Cousin und er sind sich nicht grün. Seit ihrer Kindheit herrscht ein ständiger Konkurrenzkampf zwischen den beiden.«

»Oh«, meine ich leise und mustere Ben, der nach der Flasche greift und unsere Gläser erneut mit Alkohol füllt. »Das muss ihm ja richtig an die Nieren gehen, wenn man sich mit der Familie nicht gut versteht.« Ich kenne dieses Gefühl zu gut, denn auch ich habe nicht das beste Verhältnis zu meinen Eltern und meiner Schwester, weil sie seit nunmehr dreißig Jahren an mir herumkritisieren. Dennoch wäre ich traurig, würden wir uns vollends entzweien.

Mona zuckt mit den Schultern. »Das weiß ich nicht. Ben spricht nicht viel darüber. Aber ich glaube schon, dass es hart für ihn ist, das schwarze Schaf der Familie zu sein.«

»Hey, lasst uns trinken«, kommt es fröhlich von Ben und er schiebt mir ein gefülltes Schnapsglas rüber, nach dem ich instinktiv greife. Wir stoßen an und ich kippe die Flüssigkeit hinunter wie Wasser, was ich in derselben Sekunde bereue. Der Alkohol brennt in meiner Kehle und lässt mich husten. Nach zwei weiteren Runden bin ich genauso angeschickert wie Tante Clara, weshalb ich mich kaum gegen ihre Überredungskünste wehren kann, als sie mich zu einem flotten Discofox auf die Tanzfläche zieht. Es macht Spaß, völlig losgelöst zu sein. Zudem ist es das erste Mal in meiner Zeit auf Sylt, dass ich mich irgendwo zugehörig fühle.

Während ich tanze und meine Locken wild um meinen Kopf herumwirbeln, spüre ich Bens Blicke im Nacken. Immer wieder sieht er wie zufällig zu mir herüber, wenn er glaubt, es würde mir nicht auffallen. Die Spannung, die ich bereits vor einigen Stunden am Strand zwischen uns gespürt habe, bemerke ich selbst über die Distanz hinweg. Ben steht locker an einen Stehtisch gelehnt und trinkt von seinem Bier, während sich unsere Blicke stets auf Neue begegnen. Mir läuft ein Schauer über den Rücken und für einen Moment verharre ich in der Bewegung. Diese Sekunde reicht aus, dass Tante Clara in einer schwungvollen Drehung gegen mich stolpert und mich in meinen High Heels zu Boden reißt. Unsanft lande ich auf dem Hintern, die alte Dame halb auf mir. Mit schreckgeweiteten Augen starre ich sie an, die jedoch nur lacht und sich dann aufrappelt. Ben eilt herbei und umfasst Clärchens Arm, um ihr beim Aufstehen zu helfen.

»Alles okay?«, fragt er sie.

»Klar. So schnell haut mich nichts um«, meint Clärchen und verschwindet mit ihren Freundinnen in der tanzwütigen Menge. Dann reicht er auch mir die Hand und ich ergreife sie dankend, damit er mich auf die Füße ziehen kann.

»Tante Clara ist schon eine Marke«, meint er grinsend, während ich mir beschämt den imaginären Staub von meinen Klamotten klopfe. »Mit ihr sollte man sich nicht anlegen.«

»Für ihr Alter ist sie ziemlich robust. Meine Großeltern verbringen ihre Tage damit, Tatort zu schauen und sich zum Brunchen am Hamburger Yachthafen zu treffen, um aus den großen Fenstern der Cafés den Schiffen bei der Abfahrt zuzuschauen, statt jemals selbst ein Schiff zu besteigen.«

»Das kommt bestimmt vom Reizklima an der Nordsee. Dein Urgroßvater Herbert war ebenfalls ein alter Haudegen. Sein Tod hat viele hier in Westerland erschüttert und sehr mitgenommen. Als Leuchtturmwärter war er so etwas wie eine Legende«, erklärt Ben und führt mich an einen Tisch in der Nähe des Eingangs, wo ich mich hinsetzen und vom Sturz erholen kann. Wieder frage ich mich, woher er so viel über meine Familie weiß, wo hingegen ich völlig ahnungslos bin. Vielleicht bin ich selbst schuld, weil ich mich so viele Jahre gegen meine Verbindung nach Sylt gewehrt habe. Da Claudia nach Westerland gegangen ist, wollte ich unbedingt das Gegenteil machen, um mich unterbewusst gegen meine Familie und ihre Vorstellungen über mein Leben aufzulehnen.

Ben setzt sich mir gegenüber. »Hast du dir wehgetan?«

»Nein, es ist alles okay«, entgegne ich mit einer abwinkenden Handbewegung, weil mir die Sorge in seinen blauen Augen irgendwie unangenehm ist. Dieser Sturz ist mir äußerst peinlich, denn er ist meiner Unachtsamkeit und dem Alkoholkonsum geschuldet.

»Mir ist bloß ein bisschen schwindelig«, gestehe ich ihm und senke den Kopf.

»Dann lass uns rausgehen«, schlägt er vor und erhebt sich bereits.

»Willst du nicht weiter mit deinen Freunden feiern?« Mir ist nicht entgangen, wie er sich angeregt mit einigen Männern hier im Zelt über den Wettkampf unterhalten hat. Einer von ihnen war Maik, der Besitzer des

Wassersportartikelgeschäfts, wie ich aus einigen Wortfetzen entnehmen konnte.

»Schon gut«, meint mein Begleiter und umfasst mein Handgelenk, um sicherzugehen, dass ich beim Hinausgehen nicht erneut stolpere. »Ich begleite dich nach Hause.«

»Das musst du gar nicht«, wehre ich mich, kann jedoch das warme Gefühl, das seine fürsorglichen Worte in meinem Inneren auslösen, nicht verdrängen. Draußen vor dem Zelt lässt er mich wieder los und steckt die Hände in seine Hosentaschen.

»Sollen wir uns ein Taxi nehmen? Bestimmt kannst du nicht so weit laufen in den Schuhen.«

»Ich bin in diesen Schuhen hergekommen, also werde ich in ihnen zurückgehen«, entgegne ich angriffslustig. Dann bücke ich mich und streife mir kurzerhand die Schuhe von den Füßen. »Wenn wir wieder am Strand entlanglaufen, dann ist der Weg nur halb so schlimm.«

Ben grinst mich an und setzt sich in Bewegung. Barfuß folge ich ihm. Die Holzlatten des Stegs, der die Dünen hinab zum Strand führt, sind kalt, doch es fühlt sich nicht so schlimm an wie zuvor, was vermutlich dem Alkohol in meinem Blutkreislauf zuzuschreiben ist. Ich fühle mich leicht und weniger negativ eingestellt gegenüber der Situation, in der ich mich befinde. Mit einem attraktiven Mann allein am Strand zu sein, würde meine Freundin Vera als puren Glücksfall deuten. Sie würde diese Chance direkt am Schopfe packen und ihre Möglichkeiten abwägen, ich hingegen bin nicht auf einen Flirt aus. Oder?

Nach der Hälfte der Strecke deutet Ben auf einen verlassenen Strandkorb. »Wollen wir uns ein wenig ausruhen?«, schlägt er vor.

»Klar, warum nicht.«

Ich folge ihm die wenigen Meter zu unserem Rastplatz, in den ich mich erschöpft sinken lasse. Plötzlich spüre ich, wie schwer meine Glieder sind. Für einen Moment lehne ich den Kopf nach hinten und schließe die Lider, vergrabe meine Zehen im kühlen Sand. Tatsächlich fühlt es sich beruhigend an und nicht mehr so unangenehm wie auf dem Hinweg. Erneut öffne ich die Augen und schaue zum Wasser, das sich wie ein Schatten vom dunklen Strand abhebt. Leichte Wellen schäumen über dem weit entfernten Ufer.

»Schön hier, oder?«, meint Ben leise neben mir. Sein Oberarm berührt sanft meine Schulter und lässt mich erschaudern. Jetzt bereue ich es, Claudias Jeansjacke nicht mitgenommen zu haben, denn ich beginne zu frösteln.

»Dir ist kalt, oder?«

»Schon okay, es geht.«

Ben scheint meinen Protest nicht hören zu wollen, denn er zieht sich das Sweatshirt über den Kopf und reicht mir das Kleidungsstück.

»Nimm es ruhig«, beharrt er, als ich den warmen Pullover bereits ausschlagen will. »Was wäre ich für ein Gentleman, wenn ich dich frieren lassen würde?« Einen Augenblick verharre ich, umklammere den Stoff mit den Fingern und bilde mir ein, seine Wärme zu vernehmen. Dann ziehe ich das Sweatshirt über, in dem ich versinke, weil es mir etliche Nummern zu groß ist.

Sofort hüllt mich der Duft seines Aftershaves ein, gepaart mit dem Geruch von Rauch und Alkohol der vergangenen Party.

»Ja, ist schön hier«, murmele ich nach einer Weile betretenen Schweigens. Tatsächlich muss ich mir eingestehen, dass der Sternenhimmel über unseren Köpfen zum Greifen nah ist und wunderschön aussieht. So hell habe ich die Himmelsgebilde bisher nie funkeln sehen.

»Freut mich. Außerdem war es ein sehr schöner Abend mit dir«, gibt Ben zurück und sieht mich lächelnd an. Zum Glück kann er die Röte auf meinen Wangen bei dieser Dunkelheit nicht erkennen. Der Alkohol macht mich ein bisschen fiebrig und wagemutig zugleich.

»Sag mal, warum bist du eigentlich Mechaniker geworden? Magst du Autos?«, frage ich ihn, um die Stille zwischen uns zu vertreiben und ihn ein bisschen näher kennenzulernen. Die Tatsache, dass er wegen einer Familienangelegenheit mit seinem Cousin im Klinsch liegt, macht mich neugierig.

Bens Lippen verziehen sich zu einem schelmischen Grinsen.

»Ja, ich mag Autos«, antwortet er und reibt sich mit Daumen und Zeigefinger über den Nasenrücken. »Jura war mir einfach zu trocken. Ich war heilfroh, die Prüfung überhaupt bestanden zu haben.«

»Du hast ein abgeschlossenes Jurastudium?« Überrascht sehe ich ihn an. Irgendwie kann ich mir Ben nicht als Anwalt in einem schicken Anzug vorstellen.

»Jep.«

»Trotzdem arbeitest du lieber als Mechaniker und nicht als Anwalt?«

»Mein Vater drängt mich, die Werkstatt zu verkaufen und endlich zur Vernunft zu kommen. Mein Platz als Partner in der Kanzlei ist immer noch nicht besetzt. Mein Cousin ist fuchsteufelswild, weil mein Vater ihn nicht in dieser Position sieht und bisher nichts hat verlauten lassen. Seiner Meinung nach hätte er es verdient, weil er sich für ihn schon jahrelang den Arsch aufreißt, jedoch keine Wertschätzung erfährt.«

Er seufzt tief. Scheinbar ist seine Berufswahl kein gutes Thema für ein zwangloses Gespräch.

»Ich habe mir deinen Internetauftritt angesehen«, greife ich das andere Thema wieder auf. »Du könntest auf jeden Fall noch mehr rausholen und weitere Kunden generieren, wenn du eine neue Marketingstrategie nutzt und etwas am Design änderst. Wenn du willst, kann ich dir dabei helfen. Als kleine Gegenleistung für diesen netten Abend«, schlage ich ihm vor.

»Oh, bist du Grafikerin?«

Ich nicke zustimmend. »Designerin, ja. Und eine verdammt gute, will ich meinen. Nach dem Studium hatte ich ein paar Gelegenheitsjobs, bis ich dann vor etwas mehr als fünf Jahren in Thomas' Designagentur angefangen habe. Tja, genauso lange war ich mit ihm zusammen. Was im Nachhinein ziemlich dumm war, wenn der Chef gleichzeitig dein Ex-Freund ist. Darüber habe ich früher nie nachgedacht, doch es fällt mir schwer, nach der Trennung mit ihm zusammenzuarbeiten.« Keine Ahnung, warum ich Ben gegenüber plötzlich so redselig bin, obwohl wir uns kaum kennen. Es scheint, als wären wir auf einer Wellenlänge.

»Und warum suchst du dir keinen neuen Job?«

»Könnte ich ... Werde ich vielleicht auch. Keine Ahnung. Und was ist mit dir?«

Sein Blick trübt sich, und ich bin mir nicht sicher, ob es an meiner Frage oder dem Alkohol liegt, den Ben schon zur Genüge intus hat.

»Es ist ein bisschen kompliziert und ich will dich nicht mit Details langweilen. Aber eine Beziehung ist gerade nichts für mich. Es ist ewig her, seit ich eine feste Freundin hatte ...«

»Dann bist du also eher der Typ für eine flüchtige Affäre? Bietet sich bestimmt an, wenn man auf einer so beliebten Urlaubsinsel lebt, oder?«, frage ich mutig.

»Nein, *das* habe ich nicht gesagt. Bisher habe ich mich nur nicht neu verliebt, das ist alles.« Sein Gesicht wirkt angespannt und er klingt so, als wäre für ihn dieses Thema damit erledigt. Schweigen legt sich wie eine Decke über uns, aber dieses Mal fühlt es sich nicht unangenehm an. Ben erhebt sich nach einer Weile und streckt den Rücken durch.

»Wollen wir langsam weiter? Claudia wundert sich bestimmt schon, wo du so lange steckst.«

»Ich bin erwachsen genug und meiner Schwester keine Rechenschaft über meinen Verbleib schuldig«, erwidere ich harsch, doch meine Stimme klingt lallend, sodass er mich kaum ernst nehmen wird. Etwas wackelig erhebe ich mich und mache einen Satz nach vorne, gerate dabei ins Straucheln und greife instinktiv nach Ben. Gerade noch rechtzeitig bekomme ich den Saum seines Shirts zu fassen und kippe mit einem schrillen Schrei nach vorne. Auch Ben keucht überrascht auf, weil er mit diesem Übergriff nicht gerechnet hat.

Zum zweiten Mal an diesem Abend lande ich auf dem Boden, doch nun in den Armen eines Mannes. Mein Puls beschleunigt sich, als wir uns in die Augen blicken. Ben ist mir so nah, dass ich mir einbilde, bereits seinen warmen Atem an meiner Wange vernehmen zu können. Nur noch wenige Zentimeter trennen uns voneinander, doch keiner von uns beiden macht Anstalten, sich zu rühren. Wie auf ein Stichwort hin explodiert etwas über unseren Köpfen. Aus dem Augenwinkel nehme ich bunte Funken wahr, doch mir steht gerade nicht der Sinn nach der Schönheit eines Feuerwerks. Zu sehr nehmen mich Bens Lippen gefangen.

»Du bist betrunken, oder?«, haucht er leise, bewegt sich ein Stück und legt seine Hand in meinen Nacken. Ich könnte jetzt aufstehen, und er würde mich nicht daran hindern, doch seine Nähe tut gerade unheimlich gut. Die knisternde Spannung zwischen uns macht sogar den Feuerwerksfunken Konkurrenz.

»Nein, bin ich nicht«, entgegne ich, auch wenn es nicht der Wahrheit entspricht. Ich spüre den Alkohol immer noch deutlich in meinem Blutkreislauf – und vermutlich ist das auch der Grund, warum ich nicht panisch aufspringe und davonlaufe. Unsere Nasenspitzen berühren sich, mein Puls schnellt in die Höhe und meine Atmung beschleunigt sich. Gott, warum bin ich auf einmal so durcheinander? Und warum rast mein Herz so schnell, als wollte es einen neuen Rekord aufstellen?

Bevor ich noch etwas sagen oder mich rühren kann, bewegt Ben seinen Kopf und küsst mich. Der Kuss ist ein wenig ungelenk und er trifft zuerst meinen Mundwinkel, bevor seine Lippen weiterwandern. Dennoch reicht diese winzige, sanfte Berührung aus, um mich erstarren zu lassen. Die Gefühle in mir überschlagen sich. Wie kann sich ein so unschuldiger Kuss nur so gut anfühlen? Bens Lippen sind trocken, ein bisschen rau gar und sein Dreitagebart kratzt über mein Kinn. Das Feuerwerk explodiert über unseren Köpfen und ich starre ihn immer noch an, als er nach nur wenigen Sekunden etwas Abstand zwischen uns bringt, ohne mich jedoch aus dieser halb über ihm liegenden Pose zu entlassen. Seine Finger spielen sanft mit meinen Haaren, die sich aus meiner Frisur gelöst haben.

»Du hast doch gesagt, dass du keine *flüchtige* Affäre willst ...«, flüstere ich kaum hörbar und mit wild klopfendem Herzen, als ich meine Stimme endlich wiedergefunden habe. Sein Kuss hat mich gehörig durcheinandergebracht.

»Will ich auch gar nicht ...«, raunt er und presst erneut seine Lippen auf meinen Mund.

Kapitel 10

Von unten höre ich bereits Kinderstimmen durcheinanderreden. Ein normaler Sonntagmorgen, wie Claudia bereits letzte Woche lachend erklärt hatte. Am Sonntag frühstückt die Familie gemeinsam und danach dürfen sich die Kinder einen Zeichentrickfilm aussuchen, den alle miteinander schauen, bevor sich Claudia um das Mittagessen kümmert und Dirk in seiner Garage verschwindet. Ganz stolz hatte er mir davon erzählt, wie er in seiner Freizeit an einem alten Auto herumschraubt. Dieses Gefährt ist älter als er, denn er hat es von seinem Vater geerbt. Es fährt schon lange nicht mehr, und wenn es nach Claudia geht, wird es wohl zu ihren Lebzeiten auch nicht in die Gänge kommen, weil Dirk zwei linke Hände besitzt, was das Reparieren von Dingen angeht. Glücklicherweise ist er dafür ein verdammt guter Chirurg.

»Aber ich habe ja Ben«, hatte er den Kommentar meiner Schwester lachend abgetan. »Er gibt mir hilfreiche Tipps, wenn ich Fragen habe. Und einmal hat er mir sogar angeboten, sich das Auto anzusehen. Aber ich wollte mir da nicht reinreden lassen, das ist mein eigenes Projekt, das ich auf jeden Fall beenden will! Dieses Auto wird fahren, da seid euch gewiss!«

Erneut höre ich Rufe, die ich nicht deutlich verstehen kann. Einer der Zwillinge streitet sich mit Claudia. Stöhnend setze ich mich im Bett auf und stütze meinen Kopf in die Handflächen. Wann bin ich gestern nach der Party ins Bett gegangen? Und wie bin ich überhaupt nach Hause gekommen? Ich weiß noch, dass ich mit Ben am Strand das Feuerwerk angesehen habe …

Erschrocken reiße ich die Lider auf. Verdammt, Ben! Er muss mich nach Hause gebracht haben. Ob Claudia uns zusammen gesehen hat? Die vergangenen Stunden habe ich nur noch verschwommen in Erinnerung, weil mir der Alkohol doch gehörig zu Kopf gestiegen ist. Aber Ben war ebenfalls betrunken, denn sonst hätte er mich doch nicht aus heiterem Himmel geküsst … oder? Mann, war das peinlich! Keine Ahnung, was in mich gefahren ist.

Weil es nichts bringt, sich den ganzen Tag im Bett zu verkriechen, verlasse ich das Gästezimmer und verschwinde im Bad, um mich schnell frisch zu machen. Tatsächlich fühle ich mich nicht so schlecht wie gedacht, weshalb ich auf Aspirin verzichte. Ein starker Kaffee wird mir helfen, wieder zu mir zu kommen.

Als ich die Küche betrete, sind die anderen schon fast mit dem Frühstück fertig.

»Na, ausgeschlafen?«, fragt Claudia mit einem breiten Grinsen im Gesicht und hält mir direkt einen Becher mit herrlich duftendem Kaffee unter die Nase. Dankend nehme ich das Getränk entgegen und trinke einen großen Schluck, bevor ich mich auf den freien Platz setze. Die Zwillinge streiten sich immer noch in gedämpfter Lautstärke um das Fernsehprogramm, während Dirk die Sonntagszeitung liest.

»Ja, habe ich. Aber du hättest mich ruhig wecken können, dann hätte ich dir mit dem Frühstück geholfen«, sage ich zu meiner Schwester und greife nach einem Brötchen aus dem Brotkorb. Claudia schüttelt den Kopf.

»Ach, das ist doch nicht der Rede wert. Ich bin es gewohnt, meine Rasselbande zu versorgen. Außerdem bist du gestern so spät nach Hause gekommen, da wollte ich dir ein bisschen Ruhe gönnen«, meint sie mit einem Zwinkern. Unweigerlich steigt mir die Röte in die Wangen. Ob sie etwas bemerkt hat?

»Wie war denn der Wettkampf?«, frage ich schnell, um vom Thema abzulenken. »Ich habe es ja leider nicht mehr geschafft ...«

»Sehr gut«, kommt es von Moritz, der sich in das Gespräch einklinkt. »Ich habe den Gewinner sogar aus nächster Nähe gesehen. Die Stunts auf den Wellen waren wirklich krass!«

»Ja! Ich habe ein Autogramm bekommen«, erzählt Max und seine Augen leuchten begeistert. »Wenn ich älter bin, will ich auch Windsurfen. Bisher ist es für uns zu gefährlich, meint Papa.«

»Vielleicht im nächsten Sommer«, ergänzt Dirk und legt die Zeitung zur Seite, um seine Söhne anzusehen. »Ich denke, ihr beide seid mit dem Fußballtraining und Judo vorerst gut ausgelastet.«

»Aber das Feuerwerk nach der Siegerehrung war traumhaft, oder, Schatz?«, meint Claudia zu ihrem Mann, setzt sich erneut an den Tisch und nimmt noch einen Schluck Kaffee. Ihr Teller ist bereits leer, genau wie der von Dirk. Schnell beeile ich mich, mein Brötchen hinunterzuschlucken, um Claudia wenigstens beim Abräumen zu helfen. »Zu schade, dass du es verpasst hast. Dabei wolltest du doch nachkommen. Die Kinder haben nach dir Ausschau gehalten.«

»Ähm ... ja ...«, murmele ich und verstecke mich hinter meinem Kaffeebecher. »Ich war später kurz im Partyzelt und habe einige der Inselbewohner kennengelernt. Mona und Björn, Robert und seine Tante Clara. Ach, und Ben war auch dort. Er hat mich nach Hause begleitet.« Ich versuche, so beiläufig wie möglich zu klingen, doch die Erinnerung an den vergangenen Abend lässt meinen Bauch wohlig kribbeln.

Dirk hebt überrascht die Augenbrauen. »Ach, wirklich? Hat er dir denn schon deine Autoschlüssel zurückgegeben? Der Wagen ist fertig.«

»Oh«, lasse ich erstaunt verlauten. »Er hat nichts davon erzählt.«

»Dann wird er sich bestimmt noch melden. Als ich vor zwei Tagen kurz bei ihm in der Werkstatt wegen ein paar Fragen war, stand dein Auto bereits fertig auf dem Hof.«

Wieso hat Ben das Thema gestern überhaupt nicht angesprochen? Ich hätte mein Auto längst abholen können ... Oder hatte er Sorge, dass ich sonst nicht mit ihm zur Party gehen würde? Das Kribbeln in meinem Inneren verstärkt sich.

»Bestimmt kannst du dein Auto morgen früh abholen. Oder ist er heute auch in der Werkstatt?«, fragt Claudia ihren Mann. »Du wolltest doch ebenfalls etwas abholen. Irgendwelche Ersatzteile ...«

»Stoßdämpfer«, bestätigt Dirk nickend. »Ich wollte welche bestellen, aber Ben meinte, er hätte noch ein passendes Paar irgendwo herumfliegen. Wenn du möchtest, dann kannst du mich nachher begleiten.«

»Nein, schon okay. Es eilt ja nicht«, gebe ich schnell zurück und schlucke den letzten Bissen Brötchen hinunter. Dann erhebe ich mich und bringe meinen Teller zur Spülmaschine.

»Ach nein? Dabei wolltest du letzte Woche so schnell, es geht, abreisen, sobald du deinen Erbschein entgegengenommen hast«, kommt es von Claudia. Sie steht ebenfalls auf, um das restliche Geschirr abzuräumen. Ich lehne mich mit dem Rücken gegen die Küchenzeile und verschränke die Arme vor der Brust. Froh darüber, nicht mehr über Ben reden zu müssen, lächele ich meine Schwester an.

»Leider gibt es ein paar Komplikationen ... ähm ... mit dem Leuchtturm«, erkläre ich nach kurzem Zögern. Ich kann ihr ja schlecht sagen, dass ich nur deshalb nicht sofort wieder nach Hamburg zurückfahre, weil ich Ärger auf der Arbeit habe. In seiner Rolle als Chef ist Thomas schlecht auf mich zu sprechen, als mein Ex-Freund ist er ziemlich angefressen wegen seines Egos. Beides zusammen ergibt keine gute Kombi, weshalb ich mich gerade sowieso nicht auf der Arbeit blicken lassen kann. Wenn ich Pech habe, liegt die Kündigung schneller auf meinem Schreibtisch, als ich meinen Computer hochfahren kann. Deshalb wäre es klüger, zumindest noch ein bisschen Zeit verstreichen zu lassen, damit Gras über die Sache wächst und Thomas etwas abkühlt. Ich kenne meinen Ex. Er ist zwar impulsiv, doch wenn er gründlich über die Situation nachdenken konnte, verpufft sein Ärger so schnell, wie er gekommen ist.

Wenn ich diese Zeit hier auf Sylt aussitze, ist alles vielleicht nur halb so schlimm. Obwohl ich es gewesen bin, die mit einer Kündigung gedroht hat, will ich die Sache nicht heraufbeschwören. Schließlich liebe ich meinen Job, meine Kunden und auch meine Kollegen. Selbst die eingebildete Mareike, die Thomas täglich Honig ums Maul schmiert, ist eigentlich ganz okay …

»Ach, was ist denn so kompliziert daran? Ich dachte eigentlich, dass du den Erbschein bloß unterschreiben musst, damit der Leuchtturm offiziell dir gehört?«, erkundigt sich Dirk neugierig. Ich zucke mit den Schultern.

»Keine Ahnung, aber laut Herrn Kaiser ist es wohl nicht so einfach. Er hat mir den Leuchtturm gezeigt, damit ich mich von seiner Baufälligkeit überzeugen kann. Ein bisschen kommt es mir so vor, als würde er die Sache absichtlich in die Länge ziehen, damit ich keine Gelegenheit habe, das Erbe direkt anzunehmen, um mich dann um den Verkauf zu kümmern. Ich wollte es nicht sofort ausschlagen, weil ich trotzdem ein bisschen neugierig gewesen bin. Na ja, und jetzt ist er in den Urlaub geflogen.«

»Günther ist im Urlaub? Soweit ich weiß, verlässt der Kerl Sylt seit über zwanzig Jahren nicht, weil er hier alles hat, was er für einen schönen Sommerurlaub braucht: Sonne, Strand und Meer«, kommt es nachdenklich von meinem Schwager. Ich mache einen Schritt zur Seite, als Claudia einen unbenutzten Teller in das Regal neben mir einräumt.

»Günther? Nein, mein Testamentsvollstrecker heißt Simon Kaiser«, entgegne ich.

»Ach, Simon also. Er ist Günthers Neffe, glaube ich. Sehr ambitioniert und fleißig. Arbeitet schon lange in der Familienkanzlei mit«, meint Claudia und grinst. »Er war vor ein paar Jahren mit einer meiner Kolleginnen aus der Schule zusammen. Bei ihm musste alles immer seine Ordnung haben. Wundert mich, dass er diese Sache plötzlich auf die lange Bank schiebt.«

Ist es vielleicht, weil ich mich mit Ben treffe? Immerhin weiß ich jetzt, dass Simon und Ben verwandt sind und ihre Beziehung zueinander nicht gerade freundschaftlich gesinnt ist … Wenn das der Grund ist, warum sich meine Termine mit ihm immer wieder nach hinten ziehen, ist er nicht sehr seriös, was seine Arbeit anbelangt.

»Ich kenne mich nicht aus. Aber nun muss ich warten, bis er zurück ist, um noch mal mit ihm über den Leuchtturm zu sprechen«, meine ich, weil meine Gedanken reine Spekulationen sind und ich Simon beim nächsten Mal besser direkt darauf ansprechen sollte, statt meiner Schwester gegenüber Vermutungen anzustellen.

»Willst du das Erbe ausschlagen? Wäre wirklich schade um den Leuchtturm. Immerhin handelt es sich um ein Denkmal«, gibt Claudia zu bedenken.

»Was soll ich denn damit? Ich kann mit dem Teil nichts anfangen. Wenn ich das Erbe ausschlage, wird sich Simon oder wer auch immer damit befassen müssen. Wenn ich es annehme, werde ich ihn vermutlich an den Meistbietenden verkaufen. Also werde ich ihn so oder so loswerden. Ich bin mir nur noch nicht sicher, ob ich ihn tatsächlich ohne Weiteres verkaufen kann. Darüber muss ich mich informieren. Aber dafür habe ich ja jetzt Zeit, solange sich Simon auf Mallorca die Sonne auf den Bauch scheinen lässt«, erkläre ich meiner Schwester und löse mich aus meiner Position. »Danke fürs Frühstück. Ich werde ein bisschen an den Strand gehen.«

»Scheint dir hier ja doch zu gefallen, so oft, wie du neuerdings am Strand spazieren gehst«, ruft mir Claudia hinterher, als ich die Küche bereits verlassen habe. Aus dem Wohnzimmer höre ich Bruchstücke irgendeines Trickfilms, den die Zwillinge schauen. Sie hatten sich im Laufe des Gesprächs verzogen, weil es ihnen vermutlich zu langweilig geworden ist.

Im Flur schlüpfe ich in meine roten Gummistiefel und nehme vorsichtshalber Claudias Jeansjacke vom Garderobenhaken. Nachdem die Haustür hinter mir ins Schloss fällt, atme ich tief durch. Nach dem vergangenen Abend tut die frische Luft wirklich gut, um den letzten Rest der Trägheit aus meinem Körper zu vertreiben.

Claudia hat recht, ich bin täglich am Strand. Das heißt jedoch nicht, dass ich die Insel bereits ins Herz geschlossen habe. Ich kann der Nordsee und vor allem dem grauen Schlick immer noch nichts abgewinnen, gerade weil mein Start hier auf der Insel nicht gerade einladend verlaufen ist. Auch wenn Ben versucht hat, mich durch den Spaziergang, der tatsächlich sehr angenehm gewesen ist, von der schönen Seite Sylts zu überzeugen. Schon wieder beschleunigt sich mein Puls, weil ich nur noch an ihn denke. Ich sollte ihn aus meinem Kopf verbannen. Die Sache gestern schiebe ich auf den

Alkohol, es handelte sich demnach bloß um einen Ausrutscher. Doch dieses verräterische Herzklopfen bereitet mir zunehmend Kopfzerbrechen.

Verärgert schiebe ich den Gedanken an ihn beiseite und stapfe Richtung Strand. Aus der Ferne sehe ich Kinder mit bunten Drachen oben auf den Dünen. Die Lenkdrachenshow beim gestrigen Fest war ein Highlight und vermutlich wollen die Kleinen dieses Hochgefühl noch einmal aufleben lassen. Einen Augenblick lang sehe ich den bunten Drachen dabei zu, wie sie im Wind tanzen, dann lenke ich meine Schritte über den hölzernen Steg hinunter zum Strand und in Richtung von Monas Café. So früh an einem Sonntagmorgen herrscht bestimmt Hochbetrieb und Mona wird alle Hände voll zu tun haben. Dann kann ich mich in Ruhe an einen Tisch im hinteren Teil des Cafés setzen und die Wellen beobachten ...

Nachdem ich das Café betreten habe, drehen sich alle Köpfe nach mir um. Irritiert grüße ich Mona mit einem knappen Nicken und verziehe mich schnell an den Tisch, der längst zu meinem Stammplatz geworden ist. Es dauert nur wenige Augenblicke, da steht die Cafébesitzerin bereits vor mir.

»Das Gleiche wie immer?«, fragt sie mich mit einem Zwinkern. Ich nicke erneut und Mona verschwindet wieder hinter den Verkaufstresen, von wo aus ich die Kaffeemaschine brummen höre. Bewaffnet mit Kaffeetasse und einem Stück duftendem Apfelkuchen kommt sie wieder an meinen Tisch.

»Was ist hier eigentlich los?«, frage ich in gedämpftem Ton und sehe mich verstohlen um, weil ich immer noch die Blicke der anderen Gäste auf mir spüre. Selbst

Mona macht keine Anstalten zu gehen. Kurzerhand schiebt sie den freien Stuhl zurück und setzt sich zu mir. Dann grinst sie mich breit an.

»Du weißt es nicht?«, fragt sie mit einem unschuldigen Lidaufschlag, der dem Blick meiner Freundin Vera wirklich Konkurrenz machen könnte. Verwirrt schüttele ich den Kopf, denn woher sollte ich denn wissen, was hier auf der Insel los ist. Schließlich wohne ich nicht hier und kenne kaum jemanden der Bewohner wirklich gut genug, um in die Gerüchte eingeweiht zu werden.

»Dass du dich gestern mit Ben getroffen hast, hat sich bereits wie ein Lauffeuer verbreitet«, erzählt sie mir freudestrahlend. »Gut gemacht. Du hast dir den begehrtesten Junggesellen der Insel geschnappt. Ich habe mich wirklich gefragt, wann Ben endlich aus seinem Schneckenhaus kriecht, um eine Beziehung zuzulassen.« Bei ihren Worten hätte ich mich beinahe an dem Stückchen Apfelkuchen verschluckt, das ich mir gerade in den Mund geschoben habe.

»Beziehung? Wir waren doch nur auf einer Party ...« Entgeistert starre ich sie an. Ja, okay, es ist offensichtlich, dass unser Treffen nicht geheim bleiben konnte, denn immerhin war es eine Fete, bei der fast die ganze Insel anwesend war. Doch das heißt ja noch lange nicht, dass Ben und ich ... dass wir ... Ich schlucke hart, weil mir schon wieder der Kuss in den Sinn kommt.

»Ja, das ist es gerade. Ben geht sonst nie auf Partys. Eigentlich lässt er nirgendwo blicken. Auch wenn er vielleicht nicht so aussieht, lebt er ziemlich zurückgezogen. Er ist fast schon so ein Einsiedler wie unser alter Herbert, Gott hab ihn selig. Solange ich hier lebe, habe ich ihn noch nie mit einer Frau angetroffen. Mit einem Mann ebenfalls nicht. Ben ist zwar stets freundlich und zuvorkommend, jeder hier auf Sylt mag ihn, doch ich fürchte, dass er sich richtig tiefe Freundschaften verwehrt. Von einer Beziehung will ich gar nicht erst anfangen«, klärt sie mich in verschwörerischem Tonfall auf.

»Mag sein, dass wir kurz zusammen auf der Party waren. Aber es ging dabei nur um einen kleinen Gefallen und hatte nichts damit zu tun, dass wir Interesse aneinander haben«, erkläre ich und versuche dabei, so neutral wie möglich zu klingen, um die Nervosität zu verbergen, die ihre Worte in mir ausgelöst haben. Irgendwie kann ich nicht glauben, dass Ben so zurückgezogen lebt, wie Mona behauptet. Er besitzt so ein offenes und einnehmendes Wesen ...

»Ach was.« Lachend winkt Mona ab. »Ich erkenne offensichtliches Interesse, wenn ich es sehe, meine Liebe. Und unser Ben ist total verschossen in dich. Keine Frau hier in Westerland konnte bisher sein Interesse wecken. Dann tauchst du auf einmal auf und – zack – der Kerl ist dir mit Haut und Haaren verfallen!«

Hitze steigt mir in die Wangen und ich werde knallrot. »Quatsch. Das stimmt doch gar nicht. Er repariert bloß mein Auto, mehr haben wir nicht miteinander zu tun. Apropos –« Ich ziehe mein Smartphone aus der Handtasche und öffne meinen Chat mit Ben, um ihm eine Nachricht zu schicken. »Dirk meinte vorhin, dass mein Auto bereits fertig ist. Also gibt es auch keine Notwendigkeit mehr, mich noch einmal mit Ben zu treffen.«

Mona wirkt regelrecht enttäuscht, als ich die kurze Nachricht abschicke und mein Handy auf den Tisch neben der Kaffeetasse lege.

»Wie du meinst ... Aber ihr wärt ein schönes Paar«, murmelt sie und erhebt sich von dem Stuhl, da ihr plötzlich eingefallen zu sein scheint, dass sie noch andere Gäste in ihrem Café bedienen muss. Ich atme bereits erleichtert aus, als sie sich doch noch einmal zu mir umdreht. »Aber es ist trotzdem auffällig, weil er seit seiner Rückkehr aus Hamburg bisher keine Freundin hatte. Vielleicht verbindet euch diese Tatsache. Du bist tatsächlich die erste Frau seit Jahren, mit der er sich unter Leuten hat blicken lassen.«

Meine Augen weiten sich überrascht. Ben hat ebenfalls mal in Hamburg gelebt? Irgendwie kann ich ihn mir gar nicht in der Stadt vorstellen, weil er sich so sehr auf dieser Insel einfügt, als hätte sich sein Leben schon immer nur auf Sylt abgespielt.

Mona deutet meinen verwirrten Blick richtig, denn sie stemmt die Hände in die Hüften und schüttelt grinsend den Kopf wie eine Mutter über ihr ahnungsloses Kind, das zum ersten Mal erfahren hat, es gäbe keinen Weihnachtsmann.

»Ach, wusstest du das nicht? Dabei ist das kein großes Geheimnis, wenn man seine Familie kennt.«

»Ich weiß nichts über seine Familie. Und eigentlich kenne ich nicht mal Ben gut genug, also warum sollte er mir direkt bei unserem ersten Treffen seine Lebensgeschichte auf die Nase binden?«, gebe ich ratlos zurück. Einerseits interessiere ich mich brennend dafür, was Mona mir über Ben verraten könnte, doch ande-

rerseits würde ich um dieses Thema gerne einen großen Bogen machen. Je besser ich diesen Mann kennenlernen sollte, desto schwerer wird es mir vermutlich
fallen, ihm wieder den Rücken zu kehren. Denn dass er
mir nicht komplett egal ist, steht zumindest nach unserem gestrigen Kuss fest.

»Tatsächlich hat Ben einige Jahre in Hamburg gelebt,
bis er wieder nach Westerland kam und die Werkstatt
seines Großvaters übernommen hat, statt in die Fuß-
stapfen seines Vaters zu treten und Anwalt zu werden.«

Ben hatte gestern von seinem Jurastudium erzählt,
doch nicht, dass sich ein Teil seines Lebens in Hamburg
abgespielt hat. Doch noch neugierig geworden, will ich
Mona mit Fragen löchern, doch sie wird von einem
Gast an den Tisch gewunken, der eine neue Bestellung
aufgeben will. Seufzend sinke ich in meinem Stuhl zusammen und blicke aus dem Fenster. Einige Möwen
kreisen in der Ferne über dem Meer. Eine von ihnen
startet einen steilen Sinkflug und landet elegant am
Strand, wo sie mit dem Schnabel im Schlick wühlt, weil
sie dort vermutlich einen Wurm erspäht hat. Im selben
Moment läuft ein kleiner Hund auf die Möwe zu und
verscheucht sie mit lautem Gebell. Ein junges Mädchen
rennt dem Hund mit der Leine in der Hand hinterher.
Vermutlich ist ihr der kleine Kerl ausgebüxt. Diese
Szene lässt mich lächeln. Am Strand ist nicht so viel los,
und durch die Fensterscheibe sieht alles so friedlich
aus. Es wirkt wie gemalt, denn hier im Café spüre ich
den kalten Nordseewind und die salzige Meeresluft
nicht.

Das Piepen meines Handys kündigt eine eingehende
Nachricht an und reißt mich von dem Anblick aus dem

Fenster los. Sogleich beschleunigt sich mein Puls und mein Herz macht einen Satz, da ich eine Rückmeldung von Ben bezüglich meines Autos vermute. Eigentlich wollte ich mich nicht als erste bei ihm melden, denn der Kuss verwirrt mich zu sehr. Ich hatte gehofft, er würde den ersten Schritt machen, um mit mir über unser Treffen zu sprechen. Doch wegen Mona musste ich die Sache mit meinem Auto direkt klarstellen, damit sich keine weiteren Gerüchte um eine potenzielle Beziehung verbreiten können.

Mit bebenden Fingern und flauem Gefühl im Magen entsperre ich mein Smartphone. Doch zu meiner Enttäuschung muss ich feststellen, dass es bloß eine Mail von Thomas ist, die auf meinem Firmenaccount eingegangen ist. Der Chat mit Ben bleibt stumm, obwohl er meine Mitteilung gelesen hat ...

Schnell überfliege ich die wenigen Zeilen, in denen er mir offiziell und im höflichsten Ton kündigt. Vor Überraschung und Entsetzen bleibt mir für einen Moment die Spucke weg. Ich hätte wirklich nicht gedacht, dass er meine Worte für bare Münze nimmt und mir wegen so einer Lappalie kündigt. Verärgert balle ich die Hand um mein Smartphone. Dabei hat er doch nur nach einem Grund gesucht, um mich loszuwerden. Wenn ich schon nicht mehr mit ihm schlafen will, dann soll ich auch nicht in seiner Agentur arbeiten. Seitdem ich mit ihm Schluss gemacht habe, war ich ihm ein Dorn im Auge. Großartig! Konnte er nicht einmal bis Morgen warten, statt mich bereits an einem Sonntagvormittag rauszuschmeißen?! Später werde ich Vera anrufen, um mich bei ihr über meinen Ex zu beschweren. Zumindest muss ich sie vorwarnen, dass ich nicht länger in der Designagentur willkommen bin und sich meine Rückreise dadurch weiter verzögert. Jetzt habe ich wirklich keinen Grund mehr, schnell nach Hamburg zurückzukehren, denn es wartet nicht einmal ein Job auf mich ...

Noch einmal lese ich die Mail. Eigentlich hat Thomas kein Recht, mich aus heiterem Himmel fristlos zu kündigen, oder? Vielleicht könnte ich Simon diesbezüglich um Rat fragen, sobald er aus seinem Urlaub zurück ist. Als Anwalt müsste er so etwas doch aus dem Stehgreif wissen. Oder ich frage Ben ...

Die erneute Erinnerung an den Mechaniker lässt mein Herz hüpfen und meinen Ärger über Thomas für den Moment vergessen. Vor allem, als in diesem Augenblick endlich eine Antwort auf meine Nachricht eintrudelt.

Ben: Sorry, war ziemlich im Stress und habe die Sache mit deinem Wagen gestern völlig verschwitzt. Wenn du willst, kannst du ihn dir gleich abholen, weil ich sowieso in der Werkstatt zu tun habe. Oder ... soll ich deinen Autoschlüssel bei Dirk in den Briefkasten werfen, wenn dir das lieber ist?

Huch, rudert er etwa zurück, weil ihm ein Zusammentreffen wegen des Kusses unangenehm ist? Obwohl mir schwer ums Herz wird, will ich dennoch so schnell, es geht, mit Ben sprechen, um diese Sache aus der Welt zu schaffen.

Ramona: Ich kann gleich vorbeikommen, bin sowieso gerade bei Mona im Café.

Weil von ihm keine Antwort mehr kommt, erhebe ich mich und lege einige Münzen für meinen Kaffee und den Apfelkuchen auf den Tisch, bevor mich Mona erneut in ein Gespräch verwickeln kann. Als ich das Café verlasse, spüre ich erneut die Blicke einiger neugieriger Gäste im Nacken.

»Ramona, meine Liebe, es war so schön mit dir am Samstag«, ruft mir Clärchen hinterher und fängt mich an der Tür ab. Die alte Dame strahlt mich an und ergreift meine Hand. »Du bist so eine freundliche junge Frau, bestimmt bist du die Richtige, um unseren Ben glücklich zu machen.«

Peinlich berührt entziehe ich ihr meine Hand. Sie redet ja gerade so, als wäre Ben mit ihr verwandt und sie ganz persönlich um sein Wohlergehen besorgt. Dabei ist er ein erwachsener Mann und kann sehr gut für sich selbst entscheiden, mit wem er sich treffen will und ob er eine Beziehung anfängt. Er hat mir selbst gesagt, dass er kein Interesse an Affären hat, da wundert es mich nicht, dass er so lange Single ist.

»Ich bin fest davon überzeugt, dass Ben mich gar nicht für sein Glück braucht. Denn jeder ist selbst seines Glückes Schmied«, sage ich freundlich und betone meine Glückskeksweisheit, damit ich glaubwürdig klinge. »Außerdem werde ich zurück nach Hamburg fahren, sobald die Sache mit dem Leuchtturm geregelt ist.«

»Jammerschade«, murmelt Tante Clara enttäuscht. »Ich habe den Jungen schon lange nicht mehr so glücklich gesehen wie gestern Abend auf dem Fest. Da habe ich gedacht, er hätte dir sein Herz geöffnet.«

Ich schüttele den Kopf. Ungern möchte ich sie enttäuschen, aber ich will sie auch nicht anlügen. Zwischen Ben und mir ist nichts – bis auf diesen Kuss, der vermutlich bloß ein Ausrutscher war. Es wundert mich jedoch, warum so viele der Meinung sind, Ben ginge es nicht gut, weil er keine Freundin hat. Wieso sollte er zudem gerade einer Wildfremden wie mir sein Herz ausschütten?

»Zufällig bin ich gerade auf dem Weg zu Ben, um mein Auto von der Reparatur zu holen. Das ist es, was uns zusammengeführt hat: mein kaputter Beatle. Jetzt, wo der Wagen wieder fährt, werden Ben und ich getrennte Wege gehen«, erkläre ich ihr ganz sachlich. Es ist besser, wenn sich Clärchen und auch sonst niemand hier auf der Insel unnötig Hoffnungen macht, was eine potenzielle Beziehung zwischen mir und Ben angeht. Es wäre sowieso nur eine Affäre, denn dass ich nicht mehr lange auf Sylt bleiben werde, steht fest. Auch wenn ich keinen Job mehr habe, vermisse ich meine Freunde und das Leben in Hamburg.

Schnell verabschiede ich mich von der alten Dame und eile aus dem Café hinaus. Bevor mich der Mut verlässt und ich viel zu lange über Clärchens Worte nachdenken kann, lenke ich meine Schritte über den schmalen Fußweg an den Dünen entlang in Richtung Stadtzentrum. Tatsächlich habe ich festgestellt, dass man viel schneller unterwegs ist, wenn man am Strand entlanggeht. Ob es an der malerischen Landschaft liegt, dass die Zeit unbeachtet verfliegt?

Ich will gerade über den Holzsteg hinauf zur Straße laufen, als ich lautes Bellen hinter mir vernehme.

»Sherlock, warte doch auf mich!«, ruft eine helle Kinderstimme. Im nächsten Moment flitzt ein kleines Fellknäul zwischen meinen Beinen hindurch. Seine Leine verheddert sich zwischen den Holzbrettern und ich trete aus Versehen drauf, was mich ins Straucheln bringt. Ich kann mich gerade noch mit einer Hand am Geländer rechts von mir festhalten. Erleichtert atme ich aus, als ich Schritte hinter mir höre und das Mädchen, das ich vorhin am Strand gesehen habe, an mir vorbeirennt, um ihren Hund einzuholen. Der Kleine zerrt mit den Zähnen an der Leine, doch weil er sich nicht selbst befreien kann, hockt sich das Mädchen zu ihm. Schnell löst sie die Leine aus einem der hervorstehenden Bretter und hebt den Hund auf ihren Arm.

»Sorry, wenn Sherlock dich erschreckt hat«, entschuldigt sich das Mädchen mit einem reumütigen Blick bei mir. »Er ist immer noch so wild, obwohl ich mit ihm zur Hundeschule gehe. Aber Robert hat gesagt, dass es in Sherlocks Natur liegt. Da bringt wohl auch das beste Training nichts. Er ist nun mal ein kleiner Wildfang.« Kichernd streicht sie dem Hund über den Kopf. Das kleine Tier sieht mich aus seinen wachsamen Knopfaugen an. Endlich rühre ich mich wieder.

»Ach, schon okay. Es ist ja nichts passiert. Ich war bloß zu sehr in Gedanken, deshalb habe ich ihn zu spät kommen sehen. Aber vielleicht ist es besser, wenn du seine Leine etwas fester hältst. Dann kann ihm auch nichts passieren.«

»Klar. Mache ich.« Sie nickt, dann lässt sie Sherlock auf den Boden, der seine Nase sofort neugierig zwischen das hohe Dünengras steckt, als habe er dort einen Schatz entdeckt.

»Ich bin übrigens Nina«, stellt sie sich vor und hält mir ihre kleine Hand entgegen.

»Hallo. Ich heiße Ramona.«

»Bist du wegen des Wettbewerbs hier gewesen? Oder machst du Urlaub?«, fragt Nina gespannt und zieht an Sherlocks Leine, um den Hund zum Weitergehen zu animieren. Der Kleine folgt ihr nur widerwillig, aber immerhin bleibt er dicht neben ihr, statt erneut Reißaus zu nehmen. Immer wieder schnüffelt er neugierig an meinen Gummistiefeln, weshalb ich nur langsam einen Fuß vor den anderen setzten kann.

»Weder noch. Ich bin wegen einer privaten Sache hier. Und jetzt eigentlich auf dem Weg zu Bens Werkstatt«, erkläre ich ihr freundlich und schaue mich am Ende des Stegs nach allen Seiten um. Verdammt, ich bin einfach losgegangen, ohne auf meinem Handy zu schauen, wohin ich überhaupt muss. In welcher Richtung liegt das Stadtzentrum?

Nina entgeht mein ratloser Blick nicht. Das Mädchen zupft mich am Saum der Jacke.

»Zu Ben geht's da lang«, sagt sie zu mir und deutet mit einer Hand nach links. In einiger Entfernung kann ich ein Schild erkennen, das ins Stadtinnere zeigt.

»Ben ist supernett. Er hat immer Süßigkeiten da. Wenn ich mal mit Robert hingehe, weil er Ersatzteile für Mamas Fahrrad oder sein Auto benötigt, darf ich mir immer einen Lutscher oder Schokolade aussuchen.« Ihre Kinderaugen strahlen freudig und sie lächelt mich an, dann zeigt sie in die entgegengesetzte Richtung.

»Ich muss da lang. Dann habe ich es nicht mehr so weit nach Hause. Zum Glück sind Mama und ich vergangenes Jahr bei Robert eingezogen. Sein Haus ist viel größer als unsere Wohnung und es liegt viel näher an meiner Schule. Dann kann ich nämlich zu Fuß hingehen und sogar viel öfter mit Sherlock am Strand spielen«, erklärt sie mir und winkt noch einmal zum Abschied, bevor sie nach rechts abbiegt und zwischen ein paar Häuserreihen verschwindet. Ich wende mich nach links und laufe die letzten Meter durch die Einkaufsstraße zu Bens Werkstatt, die an einer Sackgasse am Ende der Hauptstraße liegt. Zum Glück kann ich auf dem Rückweg mit dem Auto fahren, denn bis zu Claudias Haus ist es von hier aus ziemlich weit.

Je näher ich der Werkstatt komme, desto schwerer werden meine Schritte. Plötzlich fürchte ich, dass dieses Treffen eine blöde Idee ist. Ich hätte auf seinen Vorschlag, die Schlüssel einfach bei Dirk abzugeben, eingehen sollen. Dann hätte ich zumindest ein bisschen mehr Zeit, um über vergangenen Abend nachzudenken und die Sache mit dem Kuss zu verdauen. Ob es auffällt, wenn ich jetzt umkehre und Ben später eine Nachricht schicke, ich würde es heute nicht mehr schaffen?

Leider kommt mein Sinneswandel zu spät, denn als ich aufschaue, winkt mir Ben bereits von Weitem zu. Er steht nur wenige Meter entfernt am offenen Werkstatttor, weil er gerade ein Gerät, das ein bisschen Ähnlichkeit mit einem Kompressor hat, zurück ins Innere des Gebäudes schiebt.

Ich straffe die Schultern und gehe geradewegs auf ihn zu, damit er den Anflug von Unsicherheit nicht bemerkt, der mich in diesem Moment überkommt.

»Habe eben noch den Reifendruck überprüft«, ruft er mir zu, als ich ihn fast erreicht habe. »Du kannst direkt los. Der Motor schnurrt jetzt wieder wie in Kätzchen.« Ben lacht hell auf und kramt mit einer Hand in der Tasche seines leichten Parkas, dann hält er meinen Schlüsselbund in die Höhe.

»Danke«, ist alles, was ich in diesem Moment hervorbringe. War's das jetzt etwa? Er gibt mir den Schlüssel und ich kann fahren? Er lässt diesen in meine offene Hand gleiten und für den Bruchteil einer Sekunde berühren sich unsere Fingerspitzen. Ein Schauer durchläuft mich, doch ich lasse mir nicht anmerken, wie sehr mich dieses Zusammentreffen aufwühlt. Eigentlich sollte ich froh sein, dass die Sache mit meinem Auto endlich abgeschlossen ist und ich somit keinen weiteren Grund habe, mich in Bens Nähe aufhalten zu müssen. Trotzdem fühlt sich dieser Schlussstrich eigenartig an. Beinahe bedauere ich es bereits, den Kontakt zu ihm abbrechen zu müssen. Bestimmt liegt es an der Kündigung von vor wenigen Minuten, dass ich mich so emotional instabil fühle ...

»Die Rechnung macht Gaby die Woche fertig. Dann schicke ich sie Dirk zu. Oder soll ich sie lieber an deine Adresse in Hamburg senden?«, fragt er mit einem Lächeln. Sein Ton ist freundlich, aber so unverbindlich, als hätte es das gestrige Date gar nicht gegeben. Als wären wir uns in den zwei Wochen, in denen ich bereits auf Sylt verweile, nicht nähergekommen.

Ich hole tief Luft und räuspere mich, um meine Stimme fest klingen zu lassen. »Ja, klar. Schick es lieber nach Hamburg, um meine Familie nicht damit zu belästigen. Meine Daten standen ja im Fahrzeugschein ...«

Ben nickt. »Genau, ich habe mir deine Adresse notiert ...«

Stille legt sich wie eine Glocke über uns. Mir wird ganz mulmig zumute, doch ich rühre mich nicht von der Stelle, sondern blicke nur auf meine Faust, mit der ich den Autoschlüssel fest umschließe.

»Also, ich ...«, beginne ich zögernd.

»Ja, also dann«, kommt es auch von Ben. »Dann kannst du eigentlich los. Grüß Dirk und Claudia von mir.«

Seine Worte klingen endgültig, weshalb ich mich abwende und zu meinem Auto rübergehe, das auf dem Parkplatz nur wenige Meter vom Werkstatteingang entfernt steht. Ein Kloß bildet sich in meinem Hals und mir ist auf einmal ganz übel, als ich den automatischen Türöffner am Schlüssel betätige. War's das jetzt wirklich? Tatsächlich will ich es nicht auf diese Weise enden lassen. Nicht, ohne wenigstens einmal über die Sache gesprochen zu haben. Wenn ich in ein paar Wochen zurück nach Hamburg fahre, dann werde ich nie erfahren, warum Ben mich geküsst hat. Ich werde mir ewig das Hirn über seine Beweggründe zermartern und keine Ruhe finden. Also drehe ich mich noch einmal zu ihm um und schrecke unmerklich zusammen, weil er immer noch reglos an derselben Stelle steht und mich fest ansieht.

»Ben, ich muss mit dir reden. Wegen dieser Sache gestern Abend –«

»Was meinst du?«

Hat er den Kuss etwa vergessen? Dabei kam er mir nicht annähernd so betrunken vor wie ich. Ach, Gott sei

Dank erinnert er sich nicht an diese peinliche Situation ... Ich spüre einen Stich und den Anflug von Enttäuschung, verdränge dieses Gefühl jedoch sofort wieder, weil es hier nichts zu suchen hat.

»Also, was ich eigentlich sagen wollte, ist –«

»Schon gut«, meint er plötzlich und legt mir die Hand auf die Schulter. »Lass uns diesen Abend abhaken. Es war ein nettes Treffen unter Freunden, weil ich dir die Insel näherbringen wollte.«

Perplex starre ich ihn an. Ernsthaft? Das nennt er *Treffen unter Freunden*? Es war ein verdammtes Date! Er hat mir Blumen mitgebracht und mich sogar geküsst!

»Hat es denn funktioniert?«

»Was?« Immer noch starre ich ihn fassungslos an, weshalb ich den Zusammenhang seiner Worte nicht richtig begreife.

»Dir die Insel näherzubringen?«, wiederholt er lächelnd. Langsam schüttele ich den Kopf. Ist das etwa seine Art, mit *Touristen* umzugehen? Dabei habe ich die Stimmung zwischen uns gestern wirklich genossen und geglaubt, Ben nähergekommen zu sein. Dass es eine Verbindung zwischen uns gegeben hat und er nicht nur höflich war, weil er es als seine Pflicht angesehen hat, um mich von Sylts schönen Seiten zu überzeugen. Ich habe geglaubt, er tut es für *mich* ... Enttäuschung macht sich in meinem Inneren breit, doch ich ignoriere dieses Gefühl gekonnt.

»Jammerschade. Aber vielleicht bekomme ich ja irgendwann noch einmal die Gelegenheit dazu.« Er zwinkert mir verschwörerisch zu und sein Lächeln trifft mich mitten ins Herz. Die kühle Rationalität ist aus seiner Stimme verschwunden und auch sein Blick wirkt wieder sanfter. Augenblicklich hüpft mein Herz schneller. Einerseits freue ich mich, weil er den Kontakt zu mir nicht so harsch abbricht wie gedacht. Doch andererseits ist da dieses eigenartige Gefühl von Geborgenheit und Zufriedenheit in mir, das ich in seiner Nähe verspüre, welches mir Angst einjagt. Deshalb würde ich am liebsten auf Abstand gehen. Mein Verstand sagt mir, dass ich mich vor Ben in Acht nehmen soll, um mein Herz nicht zu verlieren. Dennoch kann ich nicht anders, als seine Nähe zu suchen, weil ich mich bei ihm *gesehen* fühle. Liegt es daran, weil Thomas nie wirklich an meiner Meinung interessiert war und ich bloß das gemacht habe, was er von mir verlangt hat? Meine damalige Beziehung war festgefahren und fühlte sich tatsächlich wie ein *Job* an. Vielleicht ist es deshalb so anders in Bens Gegenwart: Dieses Mal fühle ich mich frei zu tun, was ich will. Tatsächlich möchte mein Herz noch mehr Zeit mit Ben verbringen, solange ich hier auf Sylt bin, obwohl mich mein Kopf davor warnt.

Kurz krame ich in meiner Handtasche, dann ziehe ich eine kleine Visitenkarte heraus und halte sie ihm entgegen.

»Hier, meine Karte. Du hast zwar meine Adresse und Handynummer, aber ... Na ja, es wirkt professioneller, wenn ich dir meine Karte gebe. Ich könnte dir wegen deines Internetauftritts helfen, schon vergessen? Wenn du Interesse hast, dann kann ich es mir gerne noch mal anschauen und dir ein paar Tipps für das Marketing oder ein vollständiges Makeover geben. So als kleines

Dankeschön, weil du mein Auto doch so schnell reparieren konntest, obwohl du so viel zu tun hattest letzte Woche«, sage ich schnell, um meine spontane Handlung ihm – und vor allem auch mir – gegenüber zu rechtfertigen.

Ben nimmt die Karte entgegen und mustert sie kurz, ehe er sie in die Tasche seines Parkas steckt.

»Dort arbeitest du also, mmh?«

»Äh, nein. Also, nicht mehr«, gebe ich zu und werde ein bisschen verlegen. »Mein Chef hat mich vor wenigen Stunden gekündigt, weil ich so spontan Urlaub auf Sylt mache.«

Ben reißt die Augen auf. »Darf er das so einfach? Es gibt doch Fristen und, und … Nach meinem Wissensstand ist so eine Kündigung nicht rechtens.«

»Ach, bestimmt fallen Thomas genug Gründe ein, die vor einem Arbeitsgericht standhalten könnten. So gut kenne ich ihn mittlerweile. Es ist nicht die Mühe wert, sich mit ihm anzulegen und ein mühseliges Gerichtsverfahren anzustreben. Eigentlich bin ich froh darüber, denn ich habe schon länger mit dem Gedanken gespielt, mich vielleicht als Grafikdesignerin selbstständig zu machen«, meine ich und winke mit einer lässigen Handbewegung ab. Zwar habe ich tatsächlich mit diesem Gedanken gespielt, doch es ist bisher nie konkret geworden, denn für eine Selbstständigkeit fehlt mir ein Startkapital, Rücklagen und allen voran ein Kundenstamm, mit dem ich die erste schwierigere Zeit überbrücken kann. Nichts davon bekomme ich in Hamburg, weil Thomas genug einflussreiche Leute kennt. Es wäre für mich sehr schwer, dort Fuß zu fassen.

Ben sieht mich mitleidig an. Doch bevor er etwas zu diesem Thema sagen kann, klingelt mein Smartphone. Ich hole es aus meiner Handtasche und sehe irritiert auf das Display, auf dem Claudias Name aufleuchtet. Was will denn meine Schwester jetzt von mir? Seitdem ich in ihrem Haus untergekommen bin, hat sie mich nicht auf dem Handy angerufen und nicht ein einziges Mal auf eine meiner Nachrichten geantwortet, weil wir ihrer Meinung nach ja unter einem Dach alles vis-à-vis besprechen können.

»Ja, was gibt's denn?«, frage ich direkt, nachdem ich sie knapp begrüßt habe.

»Moni, wo bist du gerade?«, kommt es von Claudia. Ihre sonst so ruhige Stimme klingt besorgt, was mich sofort aufhorchen lässt.

»Bei Ben in der Werkstatt. Ich habe eben mein Auto abgeholt.« Ich winke Ben zu und er nickt, dreht sich bereits zum Gehen um und verschwindet im Inneren der Werkstatt, damit ich in Ruhe telefonieren kann.

»Sehr gut. Du musst sofort herkommen. Es ist wichtig«, erklärt Claudia und legt bereits auf, ehe ich sie nach dem Grund fragen kann. Oh, verdammt, das klingt dringend. Also lasse ich mir nicht viel Zeit und steige in mein Auto. Nachdem ich ihre Adresse in mein Handynavi eingegeben habe, mache ich mich ohne Umwege auf die Spur.

Kaum habe ich das Auto auf dem Hof geparkt und den Ersatzschlüssel ins Schloss gesteckt, wird die Haustür auch schon aufgerissen und eine völlig abgehetzte Claudia erscheint im Flur.

»Na endlich«, sagt sie gedehnt, als wäre ich eine halbe Ewigkeit fort gewesen und sie hätte endlos lange auf mich warten müssen. Dabei waren es höchstens zwei Stunden, in denen ich für mich allein gewesen bin, um ihr sonntägliches Ritual mit der Familie nicht zu stören.

»Was ist denn los?«, frage ich meine Schwester und will schon die Jeansjacke ausziehen, als sie mich mit einer hektischen Handbewegung davon abhält.

»Silke ist krank«, sagt Claudia ohne Umschweife. Bedauernd sehe ich sie an. Jetzt fällt mir ein, dass ich meine Nichte bereits heute Morgen beim Frühstück vermisst habe. Dabei habe ich gedacht, sie wäre schon fertig und bloß in ihrem Zimmer, weil sie in Ruhe mit ihren Puppen spielen wollte.

»Das tut mir leid. Hoffentlich ist es nichts Ernstes?«

»Windpocken«, entgegnet Claudia. Sie knetet die Hände und ihr Blick wandert unruhig von mir zur Garderobe. Ich sehe rüber und entdecke dort meinen Rucksack und eine noch offene Reisetasche, in der ich einige Sachen erkenne, die ich mir in den vergangenen Wochen hier gekauft oder von Claudia geliehen habe. Verständnislos sehe ich meine Schwester an.

»Und das bedeutet ...?« Ich lasse den Satz unvollendet, weil ich gerade keine Ahnung habe, was Silkes Windpocken damit zu tun haben sollen, dass mich meine Schwester praktisch ohne Vorwarnung vor die Tür setzen will. »Müsst ihr jetzt mit ihr in die Notaufnahme? Seid ihr sicher, dass es Windpocken sind? Hat Dirk sie sich angeschaut? Er ist zwar Chirurg, aber er wird sich doch auskennen ...«

»Ich bin Schulkrankenschwester, *ich* kenne mich aus. Und das, was sich bei Silke abzeichnet, sind wirklich Windpocken. Wir müssen alles im Haus desinfizieren.

Zum Glück hatten es meine Jungs bereits vor einigen Jahren im Kindergarten, Dirk und ich auch. Aber du ...« Sie sieht mich mit einer Mischung aus Entrüstung und Sorge an. »Du hattest nie welche, da bin ich mir ziemlich sicher. Weißt du, wie schlimm eine Windpockenerkrankung im Erwachsenenalter ist? Du könntest sogar im Krankenhaus landen. Willst du das? Erst neulich hatte ich einen ähnlichen Fall in der Schule. Da hatte sich die Mutter beim Kind angesteckt und musste eine ganze Woche stationär behandelt werden.«

Fassungslos starre ich meine Schwester an, die mir nun den Rucksack mit meinen Habseligkeiten in die Arme drückt. Ich kann gar nicht so schnell reagieren, wie sie die Haustür aufreißt.

»Ich würde nicht zu solch drastischen Maßnahmen greifen, wenn ich mir nicht Sorgen um deine Gesundheit machen würde, Moni. Sobald Silke über den Berg und nicht mehr ansteckend ist, kannst du selbstverständlich wieder unser Gästezimmer beziehen. Es wird bestimmt nicht länger als eine Woche dauern, versprochen.«

»Und wo soll ich jetzt hin?«, frage ich entrüstet, weil ich mit dieser Wendung nicht gerechnet habe.

»Nun, du könntest zurück nach Hamburg, wenn du deinen Erbschein endlich unterschreibst. Aus diesem Grund bist du ja ursprünglich hergekommen. Oder dir ein Hotelzimmer nehmen.«

Das sagt sie so leicht. Wenn man jedoch keinen Job mehr hat und nicht weiß, wovon man dieses Hotelzimmer bezahlen kann, fällt einem die Entscheidung nicht so leicht. Zurück nach Hamburg kann ich wegen der kurzfristigen Kündigung nicht, ohne mich bloßzustellen und meine Schuld einzugestehen. Bleibt mir also nur noch die Möglichkeit, mich in meinem Auto einzuquartieren.

»Bitte, Moni, sei nicht sauer, okay? Es ist zu deiner eigenen Sicherheit«, meint Claudia mit entschuldigendem Gesichtsausdruck. Dabei klingt sie so, als würde sie mich vor einer Seuche schützen wollen. Auch wenn Windpocken angeblich gefährlich sind, sollte sie nicht so ein Drama draus macht. Seufzend nehme ich die Reisetasche in die freie Hand.

»Schon gut. Ich werde mir etwas überlegen. Wollte sowieso nicht so lange hier auf der Insel bleiben«, murmele ich und merke, wie Claudia erleichtert ausatmet.

»Ich wusste, dass du Verständnis zeigst. Sobald es Silke besser geht, melde ich mich direkt bei dir.« Sie schiebt mich regelrecht aus dem Haus und schließt die Tür unmittelbar vor meiner Nase. Ratlos verharre ich mit meinem Gepäck an der Türschwelle. Was soll ich jetzt machen? Etwa wirklich zurück nach Hamburg fahren und dort darauf warten, bis Simon aus seinem Urlaub zurück ist? Ich könnte mit ihm den Verkauf des Leuchtturms auch telefonisch regeln, denke ich. Es ist mir sowieso schleierhaft, warum ich persönlich in Westerland erscheinen und den Erbschein unterschreiben sollte, wenn doch klar ist, dass ich nichts mit diesem Leuchtturm und der Insel zu schaffen haben will. Die Unterlagen hätte ich genauso gut per Post weiterleiten können. Tatsächlich wäre mir viel Ärger und Zeit erspart geblieben, wenn ich nichts von diesem Erbe erfahren hätte. Wenigstens habe ich mein Auto wieder, in das ich meine Habseligkeiten verstaue. Dann setze ich mich hinters Steuer und überlege, welche Optionen mir bleiben. Wenn ich nicht in meine Wohnung nach Hamburg fahre, muss ich wohl oder übel ein Hotel hier auf Sylt nehmen. Zwar ist die Touristensaison vorbei, dennoch glaube ich, dass mir ein Hotelaufenthalt ein Loch ins Portemonnaie reißen wird. Andere Verwandte habe ich in Westerland nicht, bei denen ich kostengünstig unterkommen könnte. Plötzlich formt sich eine Idee in meinem Kopf, die ich eigentlich nicht an mich heranlassen möchte. Doch je länger ich darüber nachdenke, desto logischer ist diese Schlussfolgerung. Wozu habe ich einen Leuchtturm geerbt, wenn ich diesen nicht vorübergehend bewohnen kann?

Kapitel 11

Als ich die Tür aufstoße, fällt ein Lichtstrahl ins Innere des dämmrigen Raums. Staub tanzt in der Luft und funkelt dabei wie kleine Edelsteine. Einen Augenblick lang verharre ich mit gemischten Gefühlen an der Tür. Das Betreten des Leuchtturms fühlt sich wie der Beginn von etwas Neuem an, aber auch unwirklich und einschüchternd. Als würde ich mein altes Leben zurücklassen, sobald ich über die Schwelle trete …

Ich habe keine Beziehung, keinen Job und aktuell keine Bleibe hier in Westerland. Also, was soll's? Da kann ich mich genauso gut kopfüber ins Abenteuer stürzen, bevor mich mein Alltagstrott einholt. Zögernd trete ich hinein und durchquere den weiten Raum mit wenigen Schritten. Dann ziehe ich den Vorhang zur Seite und reiße schwungvoll das Fenster auf, um den muffigen Geruch aus dem Inneren zu verbannen. Eine frische Meeresbrise weht hinein und zerzaust mein Haar. Ein kleines Lächeln umspielt meine Lippen, während ich den salzigen Geruch tief einatme und mich ein wenig über das Fensterbrett lehne. Von hier aus habe ich einen guten Ausblick auf die steile Küste und das weite Meer. Unglaublich! Der Leuchtturm liegt so verlassen und abgelegen, dass die Natur komplett unberührt ist. Ich habe schon nach meinem ersten Besuch hier ein wenig recherchiert und herausgefunden, dass dieser westliche Leuchtturm am Ellenbogen nicht der einzige ist. Es steht noch einer im Osten, der sogar noch elektronisch betrieben wird. Außerdem gibt's dort in der Nähe eine Ferienwohnung. Ich hingegen habe keine Nachbarn bis auf ein paar Schafe, die ich in der Ferne auf einem Hügel ausmachen kann. Und natürlich die Möwen, die am Himmel kreisen.

Obwohl mein Tag ziemlich katastrophal begonnen hat, fühle ich auf einmal eine innere Ruhe und Leichtigkeit, die mich sogar fröhlich stimmt.

»Na dann sollte ich wohl die Ärmel hochkrempeln und meine neue Bleibe herrichten«, sage ich euphorisch zu mir selbst und sehe mich im Wohnbereich um. Glücklicherweise hatte Simons Sekretärin Heike einen Schlüssel, sodass ich mich trotz seiner Abwesenheit in *meinem* Leuchtturm häuslich einrichten kann. Natürlich musste ich ein bisschen Überredungskunst anwenden, denn die Frau war erst skeptisch, warum sie mir den Schlüssel ohne Weiteres übergeben sollte, während ihr Chef im Urlaub weilt. Doch weil ich ihr versprochen hatte, mich dadurch schneller zu entscheiden, was den Leuchtturm angeht, hat sie eingewilligt.

Vorerst wird es reichen, wenn ich ein bisschen putze, um alles wohnlich zu gestalten. Die Möbel von Urgroßvater Herbert sind alle alt und bestimmt aus den Fünfzigern, sehr funktional und praktisch ausgewählt. Ein schmales Sofa mit dunkelgrünem Samtbezug steht in der hinteren Ecke, dazu ein Ohrensessel und ein hölzerner Couchtisch, der schon bessere Tage gesehen hat. Bei näherem Betrachten erkenne ich auch auf dem Bezug

Dreck, den man hoffentlich mit Polsterreiniger entfernen kann, weil mir die beiden Möbelstücke ansonsten tatsächlich gut gefallen. Der Teppich ist fleckig, genau wie die vergilbten Vorhänge. Die kleine Küchenzeile an der anderen Raumseite wird von einer dicken Staubschicht bedeckt und die Oberflächen kleben. Ich öffne den leise surrenden Kühlschrank und finde glücklicherweise keine verschimmelten Essensreste darin. Danach durchwühle ich alle Schubladen und Schrankfächer auf der Suche nach Putzmitteln. Tatsächlich finde ich hinter dem Mülleimer einen kleineren Eimer mit einem muffigen Lappen und ein paar halb leere Fläschchen Essigreiniger.

Den restlichen Vormittag über verbringe ich damit, den großen Raum im Anbau auf Vordermann zu bringen. Nachdem die gröbste Staubschicht beseitigt, der Müll rausgebracht und der Boden gewischt ist, rücke ich noch ein bisschen die Möbel zurecht. Dann lasse ich mich in den Ohrensessel sinken, den ich vors Fenster geschoben habe, um von hier den Ausblick genießen zu können. Der Teppich liegt zusammengerollt neben der Haustür, damit ich ihn später mit dem restlichen Müll zurück in die Stadt fahren kann. Dort werde ich mir dann auch einige Küchenutensilien besorgen und etwas zu essen holen. Viele Dinge musste ich aussortieren, weil sie schlichtweg kaputt waren. Trotzdem bin ich ganz zufrieden mit meiner bisherigen Leistung. Die Küchenzeile sieht beinahe aus wie neu und sogar den Gasherd konnte ich von den gröbsten Verschmutzungen befreien. Wie ich mit diesem Ding kochen kann, entzieht sich zwar meiner Kenntnis, doch dafür gibt es bestimmt ein YouTube-Tutorial. Außerdem ist meine

Wohnsituation sowieso nur vorrübergehend, bis Silke wieder gesund ist. Dann kann ich zurück zu Claudia oder direkt nach Hamburg düsen, sobald ich mit Simon die letzten Details wegen des Erbscheins besprochen habe. Tatsächlich bin ich mir immer noch unsicher, was ich mit meinem Erbe anfangen soll. Keine Ahnung, inwieweit sich meine Meinung durch das vorrüberge-hende Wohnen in diesem Leuchtturm beeinflussen las-sen wird.

Damit sich meine Schwester wegen meiner Wohnsi-tuation keine Sorgen machen muss, da ich so schnell bei ihr das Feld räumen musste, schicke ich ihr eine Nachricht mit der Info, dass ich vorübergehend im Leuchtturm untergekommen bin, und stecke das Smartphone wieder weg.

Meine Gedanken schweifen ab und je länger ich durch das geöffnete Fenster nach draußen zum Hori-zont blicke, desto erschöpfter werde ich. Nicht wegen der Stunden, die ich mit Putzen verbracht habe, son-dern wegen all der kleinen Dinge in meinem Leben, die mich bisher unterbewusst gestresst haben. Dass ich hier auf Sylt meine Seele baumeln lassen könnte, hätte ich bis vor ein paar Tagen nicht gedacht. Immer schon bin ich der Mensch gewesen, der viel Trubel ausgehal-ten hat. Ständig auf Achse, im Job zu hundert Prozent dabei und immer einsatzbereit. So viel Ruhe wie in die-sem Moment bin ich nicht gewohnt – doch tatsächlich tut es mir gut, endlich abschalten zu können und nicht über meine Zukunft nachdenken zu müssen. Vielleicht sollte ich doch in Erwägung ziehen, hier in Westerland zu bleiben, da mich sowieso nichts mehr nach Ham-burg zieht? Ich würde meine Freunde vermissen, aber so weit ist Westerland auch nicht entfernt, dass ich nicht für ein Wochenende zurück nach Hamburg fahren könnte, um Vera zu besuchen. Tatsächlich besitzt Sylt auch schöne Seiten, wie ich gerade feststellen muss ...

***

Ich muss eingeschlafen sein, denn als ich plötzlich aufschrecke, ist mir furchtbar kalt. Durch das geöffnete Fenster weht stetig kalte Luft hinein und sorgt für Gänsehaut meinerseits. Die Sonne steht bereits tief am Horizont und wird bestimmt bald untergehen. Mir ist auch schon in den letzten Tagen aufgefallen, dass es hier viel früher dunkel wird. Vermutlich liegt es bloß daran, dass der Strand nicht von zahlreichen Straßenlaternen umgeben ist. Im Hamburger Zentrum ist alles bis in die späten Abendstunden hell erleuchtet, weshalb der Sonnenuntergang kaum auffällt, wenn man draußen unterwegs ist. Dort habe ich ihn zumindest nie so bewusst wahrgenommen wie hier.

Gähnend strecke ich mich und erhebe mich aus dem Sessel, um das Fenster zu schließen. Jetzt merke ich auch, wie hungrig ich bin. Seit meinem Frühstück bei Claudia und dem Stück Apfelkuchen, das ich in Monas Café gegessen habe, sind einige Stunden vergangen. Ich sollte zurück in die Stadt fahren, um mir etwas zu essen zu besorgen. Oder würde ein Lieferdienst bis hierherfahren? Einen Versuch ist es zumindest wert. Also hole ich mein Smartphone aus der Handtasche und öffne die Suchmaschine in meinem Internetbrowser. Nach nur wenigen Sekunden stelle ich jedoch verärgert fest, dass ich hier drin keinen Internetempfang habe.

»Ach, Mist«, brumme ich und durchquere den Raum, um ein Signal einzufangen. »Wenn hier die Verbindung überall so schlecht ist, kann ich es mir wohl abschminken, heute Abend eine Serie auf Netflix zu streamen.«

Tatsächlich bekomme ich im gesamten Anbau kein Signal rein, weshalb ich notgedrungen vor die Tür gehe, um nach einem Pizzalieferdienst googlen zu können. Mit dem Smartphone in der Hand entferne ich mich ein Stück vom Eingang, gehe den Hang hinauf in Richtung des Stromgenerators. Tatsächlich verschwindet das kleine x am oberen Displayrand und ein schwaches Signal kommt rein. Sofort tippe ich meine Suchanfrage in den Internetbrowser, doch es lädt unwahrscheinlich langsam. Hatte ich wirklich erwartet, dass es am nördlichsten Punkt Deutschlands Glasfasernetz gibt? Seufzend halte ich mein Smartphone mit ausgestrecktem Arm in die Höhe und drehe mich einmal um die eigene Achse. Ich gehe noch ein paar Schritte rückwärts und schwenke den Arm in der Hoffnung, doch noch meinen Internetbrowser öffnen zu können.

»Machst du deine Abendgymnastik?«, ertönt eine amüsierte Stimme hinter mir, als ich eine weitere Drehung vollführe. Sofort erstarre ich mitten in der Bewegung, als ich den Besucher auf mich zukommen sehe. Es ist kein anderer als Ben, der mit einem Korb unterm Arm zwischen den Dünen den Hügel hinaufkommt. Überrascht blinzele ich mehrmals, doch sein Bild verschwindet nicht wie eine Fata Morgana. Stattdessen steht er kurz darauf lächelnd vor mir.

»Wie hast du mich gefunden?«, presse ich wenig geistreich hervor, als wäre er ein Detektiv und ich die Verbrecherin. »Und was willst du hier?«

»Nenn es eine glückliche Fügung des Schicksals.« Bens Lächeln wird breiter, während ich ihn nur verständnislos anstarren kann. Sein plötzliches Auftauchen verwirrt mich, dennoch kann ich nicht verhindern, mich insgeheim darüber zu freuen. Schnell stecke ich mein Handy in die Gesäßtasche und stemme die Hände in die Hüften, während ich auf eine richtige Erklärung warte.

»Ich habe es von Dirk erfahren«, erklärt er mit einem verschmitzten Lächeln. »Er war bei mir in der Werkstatt, so wie fast jedes Wochenende, um sich *wichtige* Tipps wegen seines Autos zu holen. Die arme Silke hat Fieber, aber er konnte zu Hause nicht viel tun, weil Claudia in ihre *Krankenschwesterrolle* geschlüpft ist, wie er es betont hatte. Die Zwillinge waren bei ihm und plapperten die ganze Zeit aufgeregt, dass du jetzt den alten Leuchtturm bewohnst, und ob es hier wohl spuken würde.« Er lacht auf, und dieses Geräusch sorgt für ein angenehmes Kribbeln in meiner Magengegend. Jetzt fällt mir wieder ein, dass ich meiner Schwester in einer kurzen Nachricht meinen neuen Aufenthaltsort mitgeteilt habe.

Ben deutet auf den Korb in seiner rechten Hand.

»Da habe ich mir also gedacht, dass du bestimmt noch nicht zu Abend gegessen hast. Also bin ich hier. Nenn mich deinen Retter vor dem Hungertod.«

Nun muss auch ich lachen. »Hungertod wohl kaum. Ich war gerade im Begriff, mir eine Pizza kommen zu lassen.«

»Hierher? Na, ich bezweifele stark, dass ein normaler Pizzadienst die Gebühr an der Schranke bezahlt hätte, wenn er überhaupt so weit hochgefahren wäre, immerhin handelt es sich beim Ellenbogen um Privatbesitz. Hier gibt's nichts als Schafe. Und die bestellen keine Pizza.«

Erneut deutet er auf den Korb, dann stellt er ihn neben mich ins Gras und hockt sich hin, um den Inhalt herauszuholen. Als Erstes breitet er eine Decke aus, bevor er mehrere Dosen aus dem Korb zutage befördert. Neugierig schaue ich ihm dabei zu, wie er Essen auf der Picknickdecke ausbreitet. Belegte Brote, Obst und Gemüsesticks, dazu eine Thermoskanne und zwei Becher.

»Komm, setzt dich zu mir und iss was«, fordert er mich auf und klopft auf die Decke neben sich. Er hat bereits eines der Brote in der Hand und beißt genießerisch hinein. Zögernd setze ich mich neben ihn und warte noch einen Augenblick, ehe ich nach einem der Brote aus der Dose greife und davon koste. Wir schweigen so lange, bis ich den gröbsten Hunger gestillt habe.

»Woher wusstest du, dass ich bisher nichts gegessen habe?«, frage ich schließlich, als ich den letzten Bissen verspeist habe. Ben zuckt mit den Schultern.

»Als Dirk mir sagte, du wärst zum Leuchtturm hochgefahren, habe ich mir gedacht, dass du nichts eingepackt hattest. Und drüben bei der Ferienwohnung werden nur die Urlaubsgäste bewirtet, es gibt kein Restaurant oder Ähnliches. Also habe ich sicherheitshalber etwas eingepackt. Außerdem hatte ich ebenfalls Hunger. In Gesellschaft schmeckt es außerdem besser, oder was meinst du?« Er beißt von einer kleinen Möhre ab, die er zuvor in einen Dip getunkt hat. Auch ich lange noch mal in die Dose und nehme mir ein Stück Apfel.

»Außerdem –« Ben dreht sich zu mir und sieht mir direkt in die Augen. »Das ist doch die perfekte Gelegenheit, um dir die Insel näherzubringen. Was bietet sich da besser an als ein Picknick am Meer mit dem schönsten Sonnenuntergang, den du je gesehen hast?« Er deutet mit der ausgestreckten Hand vor sich in die Ferne. Die Stille um uns herum wird lediglich durch das Rauschen der Wellen und das Kreischen der Möwen durchbrochen. Die Sonne steht bereits tief am Horizont und färbt den Himmel golden. Tatsächlich ist dieser Anblick atemberaubend schön, noch viel besser als Samstagabend. Schlagartig kehrt die Erinnerung an den gestrigen Kuss zurück und lässt mein Herz aufgeregt in meiner Brust hüpfen. Dabei sagte Ben doch, ich solle nicht weiter darüber nachdenken, weil es keine Bedeutung hatte. Immerhin waren wir beide betrunken, da passieren nun mal solche unüberlegten Dinge schnell. Viel wichtiger ist es, richtig damit umzugehen und nicht zu viel in solche Kurzschlussreaktionen hineinzuinterpretieren ... Doch das ist viel leichter gesagt als getan! Seine Nähe sorgt nicht gerade dafür, dass ich mich entspannen kann. Noch vor wenigen Stunden war er so distanziert – und nun sitzt er neben mir auf einer Picknickdecke, knabbert Gemüse und redet in lockerem Tonfall, als wären wir die besten Freunde. Aus diesem Typen werde ich nicht schlau.

»Du bist ein Glückspilz, dass du diesen Leuchtturm geerbt hast. Bei gutem Wetter kannst du sogar bis nach Dänemark blicken«, erklärt er weiter, ohne wegen meines Schweigens nervös zu werden. »Die dänische Nachbarinsel Rømø ist von hier aus nur vier Kilometer entfernt. Aber ich rate dir, nicht auf die Idee zu kommen, rüberschwimmen zu wollen. Die Strömungen sind viel zu gefährlich, auch wenn das Meer sehr einladend wirkt.«

»Keine Sorge, ich habe sowieso keinen Badeanzug dabei«, entgegne ich und verdrehe die Augen. Anfang Oktober kriegen mich keine zehn Pferde ins Wasser, da kann die Sonne noch so warm vom Himmel scheinen. Selbst im Sommerurlaub beschränke ich das Schwimmen auf ein Minimum, weil ich es einfach nicht so gut kann.

»Es ist schön, dass du dich dazu entschlossen hast, in den Leuchtturm deines Urgroßvaters zu ziehen. Das zeigt mir, dass meine Bemühungen nicht umsonst waren.« Ben grinst mich frech an und ich verschränke abwehrend die Arme vor der Brust.

»Was soll das denn heißen? Bist du etwa nur mit mir ausgegangen, damit ich auf der Insel bleibe?«, entgegne ich schnippisch, denn da ist plötzlich ein Stich in meinem Inneren zu vernehmen. Eine leise Stimme in meinem Kopf wünscht sich, er würde verneinen, doch ich ignoriere ihr Flüstern, indem ich meine Fingernägel in meine Handflächen bohre. Bens Gesichtsausdruck wird plötzlich ernst und er schüttelt leicht den Kopf, dann streift er sich seufzend mit der Hand durch sein kurzes Haar.

»Nein, versteh mich nicht falsch. Ich wollte damit nur sagen, wie wichtig es mir ist, dass dir Sylt gefällt. Keine Ahnung, aber als wir uns das erste Mal begegnet sind, hast du so eine unerklärliche Abneigung der Insel gegenüber besessen, dass ich es mir zur Aufgabe gemacht habe, dich vom Gegenteil zu überzeugen. Mir bedeutet diese Insel einfach *alles*. Hier habe ich die Ruhe gefunden, die mir immer gefehlt hat. Sobald man den Blick übers Meer schweifen lässt und den weiten Horizont sieht, kann man alle Probleme und Sorgen vergessen ...« Er blickt wieder in die Ferne und eine Sehnsucht zeichnet sich auf seinem Gesicht ab, die mich für einen Moment aus der Fassung bringt. Seine sonst so fröhliche Art weicht für den Bruchteil einer Sekunde und ich erkenne Schmerz in seinen Zügen, den er gut verbirgt. Doch dann blinzelt Ben und schenkt mir erneut dieses charmante Lächeln, das ihn so unwiderstehlich macht.

»Ich bin nicht nur deswegen mit dir ausgegangen, Ramona«, murmelt er und beugt sich ein Stück vor. Wir sehen uns in die Augen und auf einmal scheint es, als würde die Luft zwischen uns knistern. Spürt er auch diese Spannung, oder bilde ich es mir nur ein? Ich schlucke hart und lecke mir über die trockenen Lippen. Diese unerwartete Nähe macht mich ganz nervös. Ob er mich erneut küssen wird? Stocksteif sitze ich auf der Decke und starre auf Bens Lippen.

»Du hast mich mit deiner abwehrenden Einstellung neugierig gemacht, sodass ich dich kennenlernen wollte. Irgendwie wollte ich wissen, was dahintersteckt.«

»Jetzt weißt du es ... und bist enttäuscht?«, presse ich krächzend hervor. Meine Stimme klingt heiser, als habe ich wochenlang nichts getrunken. Je länger er mich aus seinen graublauen Iriden ansieht, desto heftiger klopft mein Herz. Himmel, wieso übt dieser Kerl so eine Anziehung auf mich aus?

»Nein. Ich habe immer noch keinen blassen Schimmer«, murmelt er leise. Seine Worte gehen im Kreischen einiger Möwen unter, die über unseren Köpfen hinwegfliegen. »Du bist mir ein Rätsel, Ramona.«

Ich lache nervös auf. »Quatsch, ich bin wie ein offenes Buch.« Zumindest hat das Thomas immer behauptet, als wir noch zusammen gewesen sind. Aber vielleicht lag es bloß daran, weil mein Ex-Freund nie sonderlich auf mich und meine Gefühle geachtet hat? Weil ich ihm in allem zugestimmt habe, was er von mir verlangte … Tja, selbst schuld, würde ich sagen!

Stille breitet sich zwischen uns aus. Selbst das Meeresrauschen klingt plötzlich weit entfernt. Ich ziehe scharf die Luft ein, als Ben sich ein weiteres Stück vorbeugt, sodass sein Gesicht nur noch wenige Zentimeter von meinem entfernt ist. Hitze steigt mir in die Wangen und ich halte angespannt den Atem an. Jetzt nehme ich den Moment viel intensiver wahr als gestern am Strand, denn mein Verstand ist heute nicht vom Alkohol vernebelt.

Das plötzliche Klingeln meines Handys dröhnt so laut aus meiner Gesäßtasche, dass wir beide erschrocken auseinanderfahren. Ich reiße es beinahe heraus, um den Anrufer wegzudrücken. Vera muss immer zum denkbar unmöglichsten Zeitpunkt anrufen! Wenn es nicht wichtig ist und sie mir wieder eine der Geschichten über die Tierliebe ihres Freundes und ihrer angeblichen Tierhaarallergie auftischen will, werde ich echt sauer. Denn das gerade zwischen Ben und mir – ich glaube wirklich, dass wir uns geküsst hätten, wenn dieser Anruf nicht dazwischengefunkt hätte!

»Wie auch immer ...« Er erhebt sich wieder. »Es freut mich, dass du länger in Westerland bleibst, obwohl dein Auto wieder repariert ist.«

»Diese Lösung ist nur vorrübergehend, bis Silke gesund ist und ich den Erbschein unterschrieben habe«, entgegne ich leise, traue mich nicht, zu ihm aufzublicken und fixiere einen dunklen Punkt weit am Horizont. Ich glaube, es ist eine Möwe, die über den Wellen kreist, aber sicher bin ich mir nicht. Mein Herz hämmert immer noch wie wild gegen meinen Brustkorb und es dauert einige Atemzüge lang, bis ich mich beruhigt habe, um wieder halbwegs klar denken zu können.

»Es ist also nicht ausgeschlossen, dass du bleiben wirst«, meint Ben mit einer Selbstbestimmtheit, dass ich in meinem Entschluss tatsächlich für einen Moment schwanke. Dann stehe ich ebenfalls auf und zucke mit den Schultern.

»Keine Ahnung. Meine Wohnsituation ist gerade in der Schwebe, wie du weißt. Und ich bin arbeitslos. Ob ich ein paar Tage länger auf Sylt bleibe, bis ich einen Plan habe, wie es weitergeht, wird kaum jemanden stören. Vermutlich wird nur meine beste Freundin eine Vermisstenanzeige aufgeben, wenn ich mich nicht regelmäßig bei ihr melde«, erkläre ich ihm und halte kurz mein Handy hoch, das den romantischen Moment zwischen uns jäh zerstört hat. »Vera und ich wohnen im selben Wohngebäude in Hamburg und haben bis heute Morgen auch in der Designagentur zusammengearbeitet.«

»Na, dann solltest du sie wohl schnell zurückrufen, ehe sie höchstpersönlich hier aufkreuzt, um dich am Kragen nach Hamburg zu schleifen«, meint Ben grinsend. Ich muss leise lachen, denn das kann ich mir bei Vera tatsächlich gut vorstellen. Manchmal ist sie schlimmer als eine Mutter, die sich um ihr Neugeborenes sorgt, wenn es um mich geht. Keine Ahnung, womit ich ihre überfürsorgliche Art hervorrufe, aber manchmal tut dieser Charakterzug von ihr gut. Zum Beispiel kurz nach meiner Trennung von Thomas, als ich mir bei ihr die Augen über seinen Betrug ausgeheult habe.

Ben beugt sich hinab und sammelt schnell die Dosen zusammen, um sie mit der Picknickdecke im Korb zu verstauen.

»Ich werd dann mal wieder fahren und dich in Ruhe telefonieren lassen, bevor diese Vera tatsächlich auf die Idee kommt, Westerland nach dir absuchen zu lassen. Wenn du Hilfe brauchst, scheu dich nicht, mir zu schreiben. Ich könnte den Wasserhahn reparieren. Oder eine Pizza vorbeibringen. Also dann ...« Etwas unschlüssig steht er vor mir, den Korb in einer Hand, mit der anderen kratzt er sich kurz übers stoppelige Kinn.

»Ja ... also dann ...«, wiederhole ich und sehe verlegen auf die Spitzen meiner roten Gummistiefel. Schweigend stehen wir noch einen Moment lang voreinander, dann schenkt Ben mir ein letztes Lächeln und wendet sich zum Gehen. Stumm sehe ich ihm nach, bis er hinter den Dünen verschwunden ist. Erst dann gehe ich langsam zurück ins Innere des Leuchtturms. Irgendwie bin ich ein bisschen über das Ende unseres Picknicks enttäuscht, auch wenn ich es mir nur ungerne eingestehe. Weil mir nun nichts anderes übrig bleibt und der

Abend sowieso keine weiteren Überraschungen bringt, werde ich das einzig Logische tun und Vera anrufen. Keine Ahnung, ob sie bereits von meiner Kündigung weiß, aber sie sollte es von mir erfahren und nicht durch die Gerüchte in der Agentur Wind davon bekommen. Wer weiß, vielleicht hat sie eine Idee, was ich nun machen soll. Mit meinem Job, diesem Leuchtturm und – mit Ben!

Ein neuerlicher Schauer durchläuft mich, als ich an den attraktiven Mechaniker mit dem großen Herzen denke. Er wirkt offen und freundlich, hat immer ein Lächeln auf den Lippen, dennoch gibt es etwas, das er vor mir – und vielleicht sogar vor sich selbst – verbirgt. Diese kurz aufflackernde Sehnsucht in seinem Gesicht geht mir nicht mehr aus dem Kopf.

Um meine Gedanken zu zerstreuen, setze ich mich erneut in den gemütlichen Ohrensessel und rufe Vera zurück. Wenigstens habe ich hier drinnen ein schwaches Telefonsignal, wenn schon das Internet nicht funktioniert. Es dauert einige Herzschläge lang, bis sie endlich rangeht.

»Ja?«, schnieft sie ins Smartphone. Irritiert ziehe ich die Augenbrauen zusammen.

»Ich bin's, Ramona. Was ist passiert? Ist Olivers Hund weggelaufen?«, frage ich und versuche, einen Witz zu machen, um meine Freundin aufzuheitern. Veras Launen sind selten beständig, in einem Moment himmelhochjauchzend und im anderen zu Tode betrübt, das bin ich von ihr gewohnt. Am besten kommt man bei ihr durch, wenn man in die Offensive geht.

Tatsächlich vernehme ich ein kleines Lachen zwischen den Schluchzern. »Nein, nicht der Hund. Der hockt hier auf Tante Friedas Wolldecke auf dem Sofa und bewegt sich keinen Zentimeter von der Stelle. Oliver ist seit zwei Tagen nicht nach Hause gekommen und hat mir diesen Streuner dagelassen«, jammert sie, dann höre ich etwas poltern und einen unterdrückten Fluch. »Aus, Teddy! Das ist mein Lieblingskissen! Ach, verdammt!«

Ich warte einen Moment ab, bis es wieder leise ist. Scheinbar hat Vera den Raum verlassen, in dem ihr neuer Mitbewohner wütet.

»Was heißt, er ist nicht nach Hause gekommen?«, hake ich besorgt nach, um meiner Freundin mein Mitgefühl zu signalisieren. Ich war noch nie ein großer Fan von Oliver, weil er Vera nicht zu schätzen weiß. Nicht selten habe ich ihr geraten, diese On-Off-Beziehung zu beenden, doch sie wollte nichts davon hören. Wer bin ich jedoch, ihre Beziehung zu kritisieren, wenn es bei mir auch nicht besser läuft.

»Oliver war auf einer Klimakonferenz in Stuttgart, das war Donnerstag. Seitdem fehlt von ihm jede Spur«, schnieft sie und zieht geräuschvoll die Nase hoch.

»Hast du es auf seinem Handy versucht?«

»Natürlich. Aber es geht jedes Mal nur die Mailbox ran. Meinst du, Oliver betrügt mich?«

»Quatsch«, sage ich wie aus der Pistole geschossen. »Wenn er das tun würde, wäre er ganz schön dämlich. So eine tolle Frau wie dich findet er kein zweites Mal. Bestimmt hat er nur erneut irgendeine Aktion im Kopf, wie er die Welt verbessern kann und dabei vergessen, sein Handy wieder einzuschalten. Oder es auf stumm gestellt und gar keine Zeit, seine Nachrichten zu checken. Der taucht wieder auf, so wie immer.«

»Danke, Süße«, antwortet Vera und klingt schon wieder ein bisschen zuversichtlicher. »Eine andere Frau würde es vermutlich nicht so lange mit ihm und seinen Marotten aushalten. Stell dir vor, ich koche seit Wochen nur noch vegan!«

»Das muss Liebe sein!«, entfährt es mir und ich kann mir ein Lachen kaum verkneifen, doch das muss ich gar nicht, denn auch Vera kichert über meinen Kommentar. Ihr Schluchzen verebbt.

»Du hast recht. Wenn er wieder hier auftaucht, dann kann er was erleben. Die vegane Wurst wird im Kühlschrank schon schlecht.«

»Verfüttere sie an den Hund?«, schlage ich vor und lasse mich noch ein Stück weiter ins Polster sinken. Langsam wird es im Raum dämmrig, doch ich bin gerade viel zu faul, um aufzustehen und das Licht einzuschalten.

»Ha! Das habe ich versucht, doch das Vieh ist wählerisch. Vermutlich riecht er, dass ich ihm Fleischersatz andrehen will. Aber ich kann es Teddy nicht verübeln, denn die Wurst schmeckt total pappig.« Abermals lacht sie, ihre Laune scheint wieder besser zu sein. »Und was ist mit dir? Gibt's schon etwas Neues wegen des Erbes und von diesem geheimnisvollen Unbekannten, von dem ich in der Agentur erzählt habe?«

Ich schnappe nach Luft und richte mich kerzengerade auf. »Du hast was?«

»Na, das hast du mir doch selbst erlaubt. Deine Worte: *Ich habe jemanden kennengelernt. Das kannst du Thomas gerne aufs Brot schmieren*«, zitiert sie mich. »Und das habe ich Freitag getan. Er war ziemlich gemein und hat mit Mareike getuschelt. Also habe ich die

Bombe in der Mittagspause platzen lassen.« Vera scheint stolz über diesen schlauen Einfall zu sein, doch ich verdrehe nur die Augen. Na großartig! Ich weiß zwar nicht, was genau sie über meine vermeintlich neue Affäre erzählt hat – und das will ich lieber auch gar nicht –, doch ich kann mir sehr gut vorstellen, dass diese Geschichte das Fass zum Überlaufen gebracht hat. Vermutlich fühlte sich Thomas in seinem Ego verletzt, deshalb auch die plötzliche Kündigung aus heiterem Himmel.

Seufzend streiche ich mir einige Strähnen aus der Stirn. Wenigstens ging es kurz und schmerzlos, statt wegen des Jobs vors Arbeitsgericht zu ziehen und mit Thomas lang und breit auseinanderzuklamüsern, wer denn nun welchen Fehler gemacht hat, um eine mickrige Abfindung zu kassieren, die die ganzen Nerven nicht wert ist. Ich war schon lange nicht mehr glücklich in meinem Job, das wird mir in meiner Zeit auf Sylt immer deutlicher bewusst. Also, was soll's! Soll Thomas glauben, dass ich wegen eines Kerls so lange weg bin. Er hat mir die Geschichte mit meinem Erbe sowieso nicht abgekauft und es als eine Ausrede angesehen, ein bisschen Urlaub zu machen.

»Dann ist es ja gut, dass ich nicht wiederkommen werde«, meine ich daraufhin. Vera stößt einen Laut aus.

»Was?!«, quiekt sie erschrocken.

»Thomas hat mir heute Vormittag bereits gekündigt. Nun bin ich frei wie ein Vogel. Oder wie die Möwen hier an der Nordsee. Wusstest du eigentlich, dass diese Vogelart nur deshalb so laut kreischt, um die tosenden Wellen zu übertönen?«, scherze ich, um meine Worte nicht so bitter klingen zu lassen. Vera zieht scharf die Luft ein.

»Nicht sein Ernst ...«

»Doch. Aber Thomas schneidet sich mit dieser überstürzten Kündigung ins eigene Fleisch. Wer soll meine ganzen Aufträge in der Agentur auffangen? Natürlich habe ich keine riesigen Firmen betreut, deren Popularität mit einem von mir perfekten Internetauftritt steht und fällt, dennoch war ich sehr gut und gewissenhaft in meinem Job. Das weißt du und auch jeder andere in der Agentur, selbst wenn sie sich vielleicht jetzt das Maul über mich zerreißen und wild spekulieren, warum ich wirklich nicht mehr zur Arbeit gekommen bin. Die Gerüchte sind mir egal – und der Job auch. Ich bin nicht auf Thomas' Wohlwollen angewiesen.« Ich hole tief Luft nach diesem Redeschwall. »Außerdem habe ich bereits eine Idee, wie es weitergehen soll.«

»Oh, erzähl!«, kommt es sofort von meiner Freundin. Ich weiß genau, wie neugierig Vera ist. Deshalb ist es nicht schwer, sie mit den neuesten Gerüchten zu ködern. Dumm nur, dass ich in Wirklichkeit nicht den geringsten Plan habe, wie es beruflich mit mir weitergeht. Eigentlich weiß ich nicht einmal, was der morgige Tag in diesem Leuchtturm bringt. Wenn ich Vera jedoch eine rosige Geschichte auftische, wird sie zumindest nicht mehr glauben, ich wäre todunglücklich über meine jetzige Situation. In Wahrheit fühle ich mich auf einmal ziemlich frei. Unbekümmert, ohne ein schlechtes Gewissen haben zu müssen, meine eigenen Entscheidungen treffen zu können. Denn obwohl ich immer schon für meine Unabhängigkeit gekämpft habe, wurde ich dennoch unbewusst eingeengt durch die

Meinung, die die Menschen über mich hatten. Zuerst meine Eltern und meine Schwester, weil ich nicht ihren Vorstellungen entsprach und nicht ebenfalls in die Medizin ging. Und dann Thomas, der stets wollte, dass ich genau so funktionierte, wie es ihm gerade in den Kram passte. Jetzt bin ich heilfroh, ihn nicht geheiratet zu haben. Ein Leben als Hausfrau und Mutter wäre auf Dauer einfach nichts für mich.

»Nun, es ist noch nicht spruchreif, aber ich habe hier einen Leuchtturm, der dringend renoviert werden will. Einen Mechaniker, der mir seine Hilfe angeboten hat – und eine Möglichkeit, mir einen eigenen Kundenstamm aufzubauen«, erzähle ich Vera von meiner Idee, die seit heute Nachmittag in meinem Kopf herumspukt. »Weißt du, Bens Webauftritt ist schon ziemlich veraltet. Und weil er mein Auto so schnell repariert hat, habe ich ihm vorgeschlagen, seine Homepage auf Vordermann zu bringen, damit er mehr Kundenaufkommen in seiner Werkstatt verzeichnen kann. Außerdem kennt hier in Westerland gefühlt jeder jeden. Hier verbreiten sich Gerüchte wie ein Lauffeuer. Das kann ich mir zunutze machen, um eine eigene Designagentur zu gründen. Vielleicht habe ich endlich Glück und komme in meinem Leben voran, statt ewig auf der Stelle zu treten.«

»Oh, das würde ich dir so sehr wünschen, Süße. Schließlich hattest du es die vergangenen Monate über nicht leicht. Erst die Trennung von Thomas und jetzt auch noch die Kündigung.«

Seufzend reibe ich mir mit Daumen und Zeigefinger über den Nasenrücken. »Die Sache ist Vergangenheit und ich weine Thomas nicht mehr hinterher.« Weil ich jemand anderen kennengelernt habe, der verdammt interessant ist, füge ich in Gedanken hinzu, um Vera keinen Stoff für Spekulationen zu liefern. Am anderen Ende der Leitung höre ich plötzliches immer lauter werdendes Bellen und Veras unterdrücktes Fluchen.

»Ach, verdammt, sitz! Ich muss Schluss machen, Moni. Der Hund will raus, sonst ruiniert er mir das Sofa. Wenn Oliver nach Hause kommt, dann kann er was erleben!« Sie beendet das Gespräch und ich grinse in mich hinein. Ich kann mir zu gut vorstellen, wie Vera jetzt mit einem riesigen Golden Retriever kämpft, um ihm die Leine anzulegen, damit er schnellstmöglich vor die Tür kommt und dabei nicht einfach abhaut. Also lege ich mein Handy ebenfalls zur Seite und strecke mich, bevor ich die gemütliche Position in meinem neuen Ohrensessel verlasse. Wenn man diese Situation objektiv betrachtet, in die ich unverschuldet hineingeraten bin, kann man doch etwas Gutes erkennen. Der Leuchtturm, der mir zuerst wie eine lästige Bürde vorkam, birgt in Wahrheit die Chance für einen Neuanfang. Vielleicht gibt es tatsächlich die Möglichkeit, ihn zu renovieren und eine Agentur zu gründen. Zwar ist diese Abgeschiedenheit nicht gerade meine liebste Wohnumgebung, aber wenigstens habe ich vorrübergehend ein Dach über dem Kopf. Ich muss mir einen Plan machen und Schritt für Schritt vorgehen, statt sofort alles zu überstürzen. Zuerst sollte ich jedoch nach oben gehen und mich ins Bett legen. Morgen kann ich immer noch weitere Schritte einleiten, um meine Zukunft selbst in die Hand zu nehmen.

Nachdem ich sicherheitshalber die Tür des Anbaus abgeschlossen habe, durchquere ich den Raum und schultere den Rucksack sowie die Reisetasche mit meinen Habseligkeiten, dann öffne ich die Tür zum Inneren des Leuchtturms, wo eine schmale Wendeltreppe hinauf ins obere Stockwerk führt, in dem der Schlaf- und Arbeitsraum meines Urgroßvaters lagen. Mittlerweile fällt mir der Anstieg nicht mehr ganz so schwer wie bei meinem ersten Besuch. Vermutlich, weil ich mich damit abgefunden habe, hier vorerst zu wohnen. Zuerst hat mich die Baufälligkeit des Leuchtturms wirklich abgeschreckt und ich konnte mir nicht vorstellen, jemals noch einen Fuß hineinzusetzen. Doch nun habe ich keine andere Wahl, als mich mit meiner neuen Situation zu arrangieren.

Etwas umständlich stoße ich die Tür vor mir mit der Schulter auf, weil das rostige Schloss klemmt. Der Raum ist bereits dunkel und ich taste suchend die Wand neben mir nach dem Lichtschalter ab. Das spärliche Licht der kleinen Lampe im Treppenhaus reicht nicht, um das Innere der Kuppel zu erleuchten. Nach einigen weiteren Versuchen finde ich endlich den Schalter und die Deckenleuchte springt mit leisem Surren an. Schummeriges Licht erleuchtet den halbkreisrunden Raum. Bei der nächsten Gelegenheit werde ich wohl einige Glühbirnen kaufen müssen, um die Beleuchtung zu ändern, sollte ich längerfristig hier unterkommen. Meine Taschen stelle ich an die Wand neben der Tür und gehe zur Mitte des Zimmers, dann drehe ich mich einmal um meine eigene Achse. Verrückt, wie eigenartig dieser runde Raum aussieht. Ich muss sogar kichern, denn eigentlich ist die Vorstellung, in einem historischen Leuchtturm, der über einhundert Jahre alt ist, zu wohnen, ziemlich cool. Wer von meinen Freunden kann schon behaupten, jemals in einem richtigen und vollfunktionsfähigen Leuchtturm übernachtet zu haben? Ob wohl das Leuchtfeuer noch funktioniert?

Neugierig durchquere ich das spärlich möblierte Zimmer zur fleckigen Glastür, hinter der ich den Arbeitsraum vermute. Die einzige andere Tür in der Wohnkuppel führt zum angrenzenden winzigen Badezimmer. Genau wie jede Pforte hier im Leuchtturm, klemmt auch diese und ich bekomme sie nur mit Mühe auf. Dann trete ich über die Schwelle und sehe mich staunend um, nachdem ich das Licht eingeschaltet habe. Auch hier besteht die Wand ausschließlich aus Glas mit einem Portal am Ende, durch welches man auf den schmalen Balkon mit der Stahlbrüstung treten kann, den man auch von außen sieht. Neben mir befindet sich ein verstaubtes Bedienfeld mit unterschiedlichen Knöpfen und Schaltern. Ob das Leuchtfeuer wohl maschinell gesteuert wird? Oder stand mein Urgroßvater noch höchstpersönlich jede Stunde auf, um das Signal für die Schiffe auszulösen? Ich könnte Ben fragen, bestimmt weiß er mehr über den Leuchtturm als ich. Die Lichtmaschine, die mich an einen überdimensionalen Scheinwerfer erinnert, ist an der Außenseite angebracht. Weil ich jedoch nichts anfassen will, um nicht möglicherweise etwas zu verstellen und damit Gefahr zu laufen, das Leuchtfeuer aus Versehen einzuschalten, verlasse ich den Arbeitsbereich durch die Tür nach draußen. Sogleich weht die kühle Meeresbriese zu mir herüber und zerzaust mein offenes Haar. Der Balkon ist sehr schmal, kaum einen Meter breit, und führt einmal um die Kuppel herum. Ich umrunde den Leuchtturm, halte mich dabei sicherheitshalber mit einer Hand am Geländer fest, um in der Dunkelheit nicht plötzlich über etwas zu stolpern und zu stürzen. Das tosende Meer unter mir würde mich schneller verschlucken, als ich nach Hilfe rufen könnte, davon bin ich mittlerweile überzeugt. Nicht umsonst hat mich Ben mehrmals vor unüberlegtem Baden in der Nordsee gewarnt.

Ben ... Schon wieder stiehlt sich dieser Mann in meinen Kopf und lässt mein Herz unwillkürlich höherschlagen. Verdammt, ich sollte jeden romantischen Gedanken an ihn vertreiben und nur noch praktisch denken. Ben will mir helfen, diesen Leuchtturm auf Vordermann zu bringen. Im Gegenzug helfe ich ihm mit seiner Website und dem Marketing. Eine Hand wäscht die andere. Eine rein geschäftliche Beziehung, die beiden Seiten nutzt – mehr sollte es zwischen uns nicht sein. Dennoch kann ich die Erinnerung an unseren Kuss nicht vertreiben, die sich in meinem Herzen eingenistet hat und es jetzt jedes Mal wild galoppieren lässt, sobald wir uns über den Weg laufen.

Seufzend stütze ich mich mit den Händen an der Brüstung ab und beuge den Oberkörper ein bisschen vor, um den Wind im Gesicht zu spüren. Für einen Moment schließe ich die Lider, atme tief ein und öffne sie wieder, um meinen Blick über den mittlerweile nachtschwarzen Horizont schweifen zu lassen. Helle Sterne funkeln über mir und von hier oben scheint es, als müsste ich nur die Hand ausstrecken, um einen Stern vom Himmel zu holen. Wahnsinn! Dieser Ausblick verschlägt mir glatt die Sprache. Über mir erkenne ich das

Sternbild des Orion und den Großen Wagen. Irgendwo weiter hinten müsste der Polarstern zu sehen sein. Leider habe ich in der Schule zu schlecht aufgepasst, um mich an weitere Sternbilder erinnern zu können. Mein Urgroßvater muss alles genau gekannt haben, denn wie hätte er sonst den Schiffen ihren Weg weisen können? Muss man sich als Leuchtturmwärter mit den Sternen auskennen? Keine Ahnung ...

Einen Augenblick lang bleibe ich noch hier draußen in der Dunkelheit stehen und lasse die Natur auf mich wirken. Ben hatte recht: Die Nordsee besitzt auch schöne Seiten, die man erst kennenlernen muss!

Kapitel 12

Ohrenbetäubendes Gekreische lässt mich erschrocken aus dem Bett hochfahren. Müde streiche ich mir mit den Händen mehrmals über das Gesicht, um einigermaßen zu mir zu kommen. Danach versuche ich, die Quelle des Lärms auszumachen. Ich entdecke die offene Glastür zum Balkon. Im Arbeitsbereich auf dem Bedienfeld sitzen drei große Möwen und kreischen um die Wette.

Stöhnend halte ich mir den Kopf, bevor ich mich endlich dazu aufraffe, das Bett zu verlassen. Meine Nacht war grauenvoll, denn obwohl ich sehr schnell eingeschlafen bin, riss es mich mehrere Male aus dem Schlaf. Das schmale Bett quietschte bei jeder Bewegung und ich musste mich viel zu häufig drehen, als dass ich mich wirklich erholen konnte.

»Kusch. Verschwindet von hier«, rufe ich den Möwen zu und wedele hektisch mit den Armen, traue mich jedoch nicht, näher als ein paar Meter an sie heranzugehen. Durch die Glasscheibe zwischen uns starren mich die Vögel herausfordernd an, ohne ihr morgendliches Konzert zu unterbrechen. Verdammt, wie bekomme ich die Möwen jetzt aus dem Arbeitsraum? Erneut wedele ich mit den Armen über meinem Kopf und schreie sie an, was die Vögel jedoch nicht zu beeindrucken scheint. Nach ein paar erfolglosen Versuchen gebe ich auf. Sie werden bestimmt von selbst wieder davonfliegen, sobald sie Hunger bekommen. Außerdem hämmert jemand sehr lautstark gegen die Tür, wodurch meine Aufmerksamkeit von den Möwen weggelenkt wird. Dieser Leuchtturm ist verdammt hellhörig, womit ich gar nicht gerechnet habe. Vielleicht liegt es ja an der Bauweise, was weiß ich.

Weil das Klopfen immer lauter und drängender wird, haste ich die schmale Wendeltreppe hinunter und stolpere am Fuße derer beinahe über meine eigenen Füße. Gerade noch rechtzeitig kann ich einen Sturz abfangen, indem ich mich am Geländer festkralle. Keuchend stoße ich die Tür zum angrenzenden Anbau auf und eile zum Eingang. Ich vermute Claudia, die mir vielleicht ein paar Sachen vorbeibringt, weil ich ihr vor dem Schlafengehen noch eine knappe Zusammenfassung über den Zustand meiner neuen Bleibe geschickt habe.

Doch als ich die Tür schwungvoll öffne, steht nicht meine Schwester vor mir, sondern Ben. Er sieht mich genauso perplex an wie ich ihn, doch fängt er sich schnell wieder.

»Guten Morgen, Ramona. Ich habe mir gedacht, ich bringe dir einen Kaffee vorbei?« Grinsend hält er einen Pappbecher hoch, auf dem ich das Logo von Monas Strandcafé erkenne. Gott, wie spät ist es überhaupt? Halb sieben? Hat der Typ nichts Besseres zu tun, als an einem Montagmorgen quer über die halbe Insel zu fahren, um mir einen Kaffee vorbeizubringen?

»Darf ich reinkommen?«, fragt er mit hochgezogenen Augenbrauen und mustert mich von oben bis unten.

Sein Grinsen wird immer breiter, während ich rot anlaufe. Mein kurzer Schlafanzug und die zerzausten Haare bieten nicht gerade den elegantesten Anblick. Schnell mache ich einen Satz rückwärts, damit Ben den Raum betreten kann.

»Entschuldige mich einen Moment«, sage ich und flitze bereits zurück nach oben in mein Schlafzimmer. Dort schlüpfe ich geschwind in frische Unterwäsche, Jeans und einen einfachen Rollkragenpullover, dann spritze ich mir im Badezimmer notdürftig eiskaltes Wasser ins Gesicht, mit dem ich mir auch noch den Mund ausspüle. Die Haare zu einem lockeren Knoten am Hinterkopf gebunden, kehre ich zu Ben in den Wohnbereich zurück. Mein unerwarteter Besucher ist gerade dabei, den kleinen Tisch mit dem spärlichen Geschirr zu decken, das er in den Schränken der Küchenzeile gefunden hat.

»Hey«, murmele ich und vergrabe die Hände in den Gesäßtaschen meiner Jeans, bleibe an der Tür stehen und sehe zu ihm rüber. Mir ist mein Aufzug von vorhin peinlich, doch Ben scheint es elegant übergehen zu wollen. »Was machst du so plötzlich hier?«

Er lächelt mir zu und stellt einen Teller auf den Tisch, bevor er eine mitgebrachte Papiertüte aufreißt und belegte Brote darauf stapelt. Danach platziert er jeweils noch einen für sich und mich. Ich ziehe einen der Stühle zurück und setze mich an den Tisch. Ben tut es mir gleich.

»Ich sagte doch, ich wollte dir bloß Frühstück bringen«, meint er gut gelaunt und nimmt einen großen Schluck von dem Kaffee, dessen Aroma sich bereits im Raum verteilt hat.

»Um sechs Uhr in der Früh? Wieso glaubst du überhaupt, dass ich um diese Uhrzeit frühstücken kann?«, frage ich skeptisch, doch mein Magen knurrt bereits beim Anblick der leckeren Brote. Sicherheitshalber habe ich die Uhrzeit auf meinem Handy gecheckt, ehe ich zurück zu Ben in den Anbau gekommen bin. Dieser Typ ist doch komplett verrückt! Selbst ich würde unter anderen Umständen noch im Land der Träume weilen, statt seelenruhig zu frühstücken.

»Der frühe Vogel, und so. Du weißt schon. Ich erledige meine Sachen gerne direkt, um später keinen Stress zu haben. Außerdem muss ich gleich zurück in die Werkstatt. Albert hat heute Berufsschule und weil Dieter erst Mittwoch aus dem Urlaub zurückkommt, muss ich mich gleich beeilen ...«

»Und dann kommst du ausgerechnet fürs Frühstück hierher?«, frage ich mit hochgezogenen Augenbrauen. Er zuckt grinsend mit den Schultern.

»War sowieso auf dem Weg zu Mona und da habe ich ihr von dir erzählt. Es kam eins zum anderen – und dann hat sie mir etwas für dich mitgegeben, diese gute Seele.«

Ich bezweifele, dass Mona ihr Café bereits um diese Uhrzeit geöffnet hat. Was musste Ben tun, um ihr zu dieser frühen Morgenstunde Kaffee und belegte Brote abzuschwatzen? Später werde ich mich bei Mona für diese nette Geste bedanken, auch wenn ich befürchte, dass sie nicht unbedingt *freiwillig* so früh im Café stand, um Brote zu schmieren.

»Ich wollte dir eine Freude bereiten. Und dafür sorgen, dass du nicht verhungerst«, erklärt er sachlich, doch seine Augen ruhen einen Moment zu lange auf meinem Gesicht, was mich sofort nervös macht. Bilde ich es mir ein, oder versucht er, mit mir zu flirten? Seine Worte scheinen belanglos, doch der intensive Blick aus seinen graublauen Iriden geht mir unter die Haut und lässt mich erschaudern. »Außerdem ist der Sonnenaufgang es wert, dass man dafür aufsteht. Ein bisschen Zeit haben wir noch, aber schau doch mal, wie schön die Farben am Himmel bereits leuchten.«

Mit einem Kopfnicken deutet er zum großen Fenster, das in Richtung des Felsvorsprungs am Hang ausgerichtet ist. Gestern habe ich bereits den Ausblick daraus genossen, jetzt hingegen verschlägt mir die malerische Natur den Atem. Ich erhebe mich sogar und trete dicht ans Fenster heran, um den rosaroten Himmel zu bewundern. Es ist immer noch dämmrig und die Sonne versteckt sich hinter Wolken, dennoch erkennt man bereits die ersten hellen Strahlen, die den Himmel in ein warmes Licht tauchen.

»Habe ich zu viel versprochen?«, raunt er mir zu und ich erschaudere augenblicklich, als ich seine Wärme dicht hinter mir vernehme. Ben umfasst mit einer Hand die Gardine und schiebt sie ein Stück weiter zur Seite. Seine andere Hand liegt locker auf meinem Oberarm. Diese Geste sollte nichts Besonderes sein, doch die Wärme seiner Hand dringt sogar durch meinen Pullover hindurch und lässt die Stelle angenehm kribbeln. Ich ziehe scharf die Luft ein, als er sich hinter mir bewegt und sein Oberkörper meine Schulter streift. Ben ist mehr als einen Kopf größer als ich, hat breite Schultern und eine definierte Brust. Nur mit Mühe kann ich dem Drang widerstehen, mich einfach gegen ihn zu lehnen und entspannt die Augen zu schließen.

»Wenn du umbauen möchtest: Das hier wäre die perfekte Stelle für eine große Tür, die auf eine weitläufige Terrasse hinausführt. Was meinst du? Dann könntest du jeden Morgen draußen frühstücken und den wunderschönen Sonnenaufgang bewundern. Es ist wirklich ein Traum, hier zu wohnen, du hast großes Glück.«

Ich drehe mich um und blicke zu ihm auf. Sein Gesicht ist meinem so nah, dass ich mir einbilde, seinen Atem über meine Wange streifen zu spüren. Gefangen zwischen Fenster und seinem Körper, fällt es mir schwer, ruhig zu atmen, so schnell schlägt mein Herz.

»Und wo wohnst du?«, frage ich stockend, um meine Gedanken in eine andere Richtung zu lenken und etwas mehr über Ben zu erfahren. Wenn ich ihn in ein lockeres Gespräch verwickele, dann komme ich wenigstens nicht in Versuchung, wie eine Idiotin auf seine vollen Lippen zu starren.

»Ach, ich habe bloß eine winzige Einzimmerwohnung über der Werkstatt. Nicht nennenswert«, erklärt er lachend und macht einen Schritt rückwärts, um dadurch wieder Abstand zwischen uns zu bringen. »Aber aus diesem Leuchtturm könnte man wirklich eine Wohlfühloase machen, falls eine Sanierung genehmigt wird. Ich kenne mich nicht aus, doch ich kann mir vorstellen, dass er unter Denkmalschutz steht und es ein langwieriger Prozess sein wird, an alle nötigen Unterlagen heranzukommen, um einen Umbau zu verwirklichen.«

Ich atme erleichtert auf, schlinge mir jedoch gleichzeitig die Arme um den Oberkörper, als würde mich der plötzliche Verlust seiner Wärme frösteln lassen.

»Daran habe ich noch nicht gedacht«, gestehe ich ihm. »Bis gestern hatte ich mich ja noch nicht einmal entschieden, mein Erbe tatsächlich anzunehmen. Aber sobald Simon wieder aus dem Urlaub zurück ist, werde ich einen Termin machen und vor seinen Augen den Erbschein unterschreiben.«

Bei der Erwähnung dieses Namens huscht ein Schatten über Bens Gesicht. Zumindest kommt es mir so vor, als würden sich seine Züge für den Bruchteil einer Sekunde verhärten, doch dann lächelt er mich an, als wäre nichts gewesen.

»Wenn du noch nicht unterschrieben hast, dann warte nicht zu lange. Dieser Leuchtturm ist eine unglaubliche Chance für jeden, dem die Insel am Herzen liegt. Er symbolisiert ein Wahrzeichen Sylts.« Er nickt mir zu und deutet auf den immer noch gedeckten Tisch und unsere halb vollen Teller. Dann nimmt er sein angebissenes Brot in die Hand. »Ich muss los. Wenn ich dir noch weitere schöne Ecken der Insel zeigen soll, melde dich einfach bei mir. Jetzt muss ich mich aber beeilen, zurück in die Werkstatt zu kommen, bevor mir die Kunden die Bude einrennen.«

Ben lacht und auch ich muss kichern, dann winke ich ihm zum Abschied, ohne meine sichere Position am Fenster zu verlassen.

***

Gegen Nachmittag fahre ich in die Stadt, um einige Dinge zu besorgen, damit ich mein neues Heim damit ausstatten kann. Neben Lebensmitteln und Hygieneartikeln habe ich noch etwas Kleidung und ein paar

Grünpflanzen mitgenommen, um den Wohnbereich im Anbau etwas gemütlicher zu gestalten. Zwar habe ich keinen grünen Daumen und es kommt nicht selten vor, dass Pflanzen bei mir ein jämmerliches Dasein fristen, aber wenigstens sieht es für den Anfang ganz hübsch aus. Meine Freundin Vera verdreht stets die Augen, wenn sie eine vertrocknete Grünpflanze im Müll entdeckt, die sie mir zum Geburtstag, Weihnachten oder Ostern geschenkt hat.

Nachdem ich meine Einkäufe im Kühlschrank und den wenigen Regalen verstaut habe, bekomme ich Hunger. In der Hektik habe ich mir nichts gekauft und eigentlich hatte ich eine schnelle Suppe kochen wollen, was sich jedoch als schwieriger herausstellt als gedacht. Zwar finde ich einen Kochtopf im Schrank unter der Spüle, doch dieser ist an der Unterseite so verkohlt, dass es mich davor ekelt, ihn zu benutzen. Nachdem ich ihn aufwendig unter kaltem Wasser geschrubbt habe, weil das warme Wasser im Boiler unter der Spüle längst aufgebraucht ist, bleibt mir nichts anderes übrig, als darin meine Tütensuppe zu kochen. Ich reiße die Verpackung auf und begieße den Inhalt mit Wasser. Dann betrachte ich den alten Gasherd. Tatsächlich habe ich so etwas noch nie benutzt, denn die Küche in meiner Wohnung ist ziemlich modern. Natürlich könnte ich jetzt nach der Bedienungsanleitung googlen, wenn ich Internetempfang hätte. Doch eine Tütensuppe aufzuwärmen, werde ich wohl noch hinkriegen, immerhin will ich kein Sternemenü zaubern.

Vorsichtig drehe ich an den Knöpfen unterhalb der Herdplatte, doch es passiert nichts. Muss ich ein Feuerzeug benutzen? Ratlos betrachte ich den kleinen Topf mit dem Pulverinhalt, dann wieder den Herd und schaue sogar unterm Backofen und im Seitenschrank nach, ob es andere Knöpfe gibt. Tatsächlich finde ich eine mittelgroße Gasflasche im Schrank, die mit einem Schlauch verbunden ist. Vielleicht sollte ich an dem Rädchen am oberen Rand drehen? Einen Versuch ist es wert, also schraube ich das Ventil auf. Dann bediene ich noch einmal den Knopf am Herd und drehe beherzt daran, um nur wenige Sekunden später erschrocken zur Seite zu springen. Eine bläuliche Flamme schießt in die Höhe und versenkt den Topf an den Seiten. Himmel, kein Wunder, dass er so schwarz aussieht.

Nach dem ersten Schock komme ich wieder zu mir und schalte den Herd augenblicklich aus, ehe noch etwas Schlimmeres passiert. Okay, das war's mit meiner Suppe! Seufzend nehme ich ein Handtuch und umfasse damit den heißen Kochtopf, um ihn so schnell wie möglich in die Spüle zu befördern. Also werde ich wohl außerhalb essen müssen, bis ich entweder lerne, mit einem Gasherd umzugehen oder mir einen moderneren zulege. Erst überlege ich, Claudia einen spontanen Besuch abzustatten, entscheide mich dann jedoch dagegen. Bisher habe ich von ihr nur eine sehr knappe Nachricht wegen Silkes Windpocken erhalten, weshalb ich nicht weiß, wie ansteckend meine Nichte noch ist.

Demnach bleibt mir nur ein Mittagessen in Monas Café. Tatsächlich bin ich während meiner Zeit in Westerland so etwas wie ihr Stammgast geworden. Mona ist eine sehr herzliche Frau, die jeden ihrer Cafébesucher wie gute Freunde behandelt. Zwar ist sie sehr neugierig, doch das sind tatsächlich viele der Inselbewohner, wie ich feststellen musste. Allen voran Clärchen und ihre Freundinnen vom Rommé-Club. Die alten Damen lieben es, über die neuesten Gerüchte zu tuscheln, wenn sie bei ihrem Stammtisch in Monas Café die Köpfe zusammenstecken.

Ich verlasse mein neues Heim und fahre mit dem Auto zurück in die Stadt. An einem öffentlichen Parkplatz stelle ich meinen Beatle ab und gehe über den langen Holzsteg hinab zum Strandcafé. Mit einem zufriedenen Lächeln streiche ich dabei mit der Hand über die langen Farne und das hohe Schilfgras, das an den Dünen entlang des Holzgeländers emporrankt. Die frische Nordseebrise weht durch mein Haar und zaubert ein breites Lächeln auf mein Gesicht. Verdammt, mir gefällt es hier wirklich! Noch vor ein paar Wochen hatte ich nichts für diese Insel übrig und jetzt kann ich mir irgendwie nicht vorstellen, sie zu verlassen. Daran ist Ben schuld ... Ohne es zu ahnen, hat er mich mit seiner lockeren und einnehmenden Art der Insel nähergebracht, sodass ich mich kaum dagegen sträuben konnte. Meine negative Haltung ist zerfallen wie der Sand, der gerade unter meinen Füßen knirscht.

Gut gelaunt stoße ich die Tür des Cafés auf und trete in das gemütliche Innere. Sofort grüßt mich Mona mit einem Winken.

»Hallo, Liebes! Komm rein und setz dich. Soll ich dir einen Kaffee bringen?«

Nickend gehe ich zu meinem Stammplatz am Fenster und vertiefe mich mit knurrendem Magen in die Speisekarte. Mona bietet nur wenige Gerichte an, vor allem verschiedene Sorten Baguettes und belegte Brötchen, die sie zum Teil selbst herstellt, zum anderen von den größeren Restaurants bezieht, um hungrigen Besuchern eine kleine Auswahl anbieten zu können. Hauptsächlich gibt's hier jedoch Kuchen und leckere Törtchen von Björn, dem ansässigen Konditor.

Ich habe gerade gewählt, da steht sie auch schon mit meinem schwarzen Kaffee vor mir. Lächelnd überreicht sie mir das Getränk.

»Könnte ich noch ein Fischbrötchen bekommen?«

»Natürlich!« Sofort eilt die Cafébesitzerin hinter den Tresen, um eins der Fischbrötchen aus der Anrichte zu nehmen. Mit meiner Bestellung kommt sie zurück an den Tisch und setzt sich einen Moment zu mir, weil im Café gerade nicht viel los ist. Genießerisch beiße ich in mein Mittagessen. Es schmeckt großartig, beinahe so gut wie vergangenes Wochenende beim Fest, als ich mit Ben einen Abstecher in den Imbiss gemacht habe. Ben ... Allein schon bei der Erinnerung an diesen Abend beginnt mein Herz, schneller zu schlagen. Irgendwie habe ich nicht gedacht, dass ich mich binnen so kurzer Zeit wieder für einen Mann interessieren würde. Vor allem für einen, den ich kaum kenne und der so völlig anders ist als Thomas und meine vergangenen Beziehungen. Ben ist so herzlich und lebensfroh, hilfsbereit und dabei gar nicht auf seinen eigenen Vorteil bedacht. Vor allem ist er jedoch liebevoll in seiner Art, wie er mit mir und seinen Mitmenschen umgeht. Schon oft habe ich gehört, wie er vor allem bei Mona im Café hilft, wenn es mal brenzlig wird und sie ein starkes Paar Hände benötigt. Dass er oft genug Reparaturarbeiten vornimmt, die nichts mit seiner eigentlichen Arbeit als Automechaniker zu tun haben, kam mir auch bereits zu Ohren. Er half auch regelmäßig Tante Clara bei der Gartenarbeit, bevor sie vergangenen Sommer ins Seniorenheim umgezogen ist. Jeder hier in Westerland beschreibt Ben als einen Mann mit einem Herzen aus purem Gold. Selbst Claudia und Dirk haben nur Gutes über Ben zu berichten. Doch immer, wenn ich Gesprächen hier im Café lausche und sein Name fällt, schwingt ein besorgter Unterton mit. Mona hatte bereits in einem Gespräch erwähnt, dass Ben sich auf keine Beziehungen einlässt und lieber für sich bleibt. Um welches Geheimnis handelt es sich also, weshalb er niemanden näher an sich heranlässt?

»Danke für das Frühstück heute Morgen«, sage ich zu Mona, die mir immer noch gegenübersitzt und mich erwartungsvoll anschaut. »Die Brote waren unglaublich lecker.«

»Nicht dafür, meine Liebe«, meint sie mit einer abwinkenden Handbewegung und lächelt breit, dann ergreift sie meine Hand und drückt sie fest. »Als ich von Claudia gehört habe, dass du in den Leuchtturm eingezogen bist, um dein Erbe anzunehmen, habe ich mich wirklich so sehr gefreut. Nicht auszudenken, sollte ein neuer Besitzer dieses Wahrzeichen einfach abreißen, weil der Leuchtturm niemandem wichtig ist.«

Irritiert ziehe ich meine Hand weg. »Eigentlich wohne ich dort nur vorrübergehend, bevor ich zurück nach Hamburg gehe, weil Silke die Windpocken hat. Ich habe den Erbschein noch nicht unterschrieben, denn, wie du bereits weißt, ist mein Testamentsvollstrecker gerade im Urlaub«, kläre ich Mona auf, damit sie sich keine falschen Hoffnungen macht. Denn obwohl ich mit jedem Tag die Insel immer mehr ins Herz schließe, kann ich mich noch nicht dazu durchringen, den Rest meines Lebens an diesem Ort zu verbringen.

»Ach, wie schade. Ich hatte gehofft, du würdest dich hier niederlassen. Nicht nur ich, viele andere fänden es wunderbar, dich dauerhaft auf der Insel begrüßen zu können.«

Skeptisch hebe ich eine Augenbraue. »Wer?«

»Na, wer wohl? Deine Familie, zum Beispiel. Claudia hat immer so viel von dir erzählt. Wie klug und selbstständig du bist, weil du dir immer eine eigene Meinung bildest, statt auf andere zu hören. Und natürlich ich, Björn, Clärchen und ihre Freundinnen. Ach ja, und Ben bestimmt auch ...« Sie zwinkert mir zu und ich kann nicht verhindern, bei ihren Worten rot zu werden. Schnell wende ich den Blick ab und sehe aus dem Fenster, während ich an meinem Kaffee nippe. Die Wellen schäumen über den Sand und spülen Muscheln an. Die Nordsee ist an diesem Tag stürmisch.

»Er war heute Morgen schon surfen, weißt du.« Mona deutet mit einem Kopfnicken zum Fenster und ich kann auf den Wellen eine Gestalt ausmachen. »Ben surft oft in den frühen Morgenstunden, meist bei Sonnenaufgang. Er ist immer der erste hier im Café, der sich einen Kaffee abholt. Wegen ihm habe ich meine Öffnungszeiten ausgeweitet und bin schon früh hier. Ein Glück, denn heute ist im Café der Strom ausgefallen und er hat mir geholfen.«

»Oh«, meine ich leise und beobachte den Mann auf dem Surfbrett. Er lenkt das Segel mit solch einer Geschicklichkeit durch das stürmische Wasser, dass es beinahe aussieht, als würde er auf den Wellen fliegen.

»Ben ist ziemlich geschickt und wirklich hilfsbereit. So war er schon immer, doch nachdem er aus Hamburg zurückgekehrt ist, hat er sich verändert«, erzählt sie weiter. »Er ist irgendwie ... unnahbar geworden. Niemand weiß, was damals während des Studiums vorgefallen ist. Ben spricht nie über seine Zeit dort. Na ja, vermutlich sollten wir einfach froh darüber sein, dass er wieder in Westerland lebt und seine Werkstatt hier betreibt.« Etwas schwerfällig erhebt sich Mona von ihrem Platz an meinem Tisch, weil neue Gäste das Café betreten haben. Nachdenklich sehe ich ihr hinterher und lasse ihre Worte auf mich wirken. Wie es aussieht, muss ihn etwas belasten, wenn er sich von den Menschen hier auf der Insel abkapselt, sobald niemand hinsieht. Gedankenverloren sehe ich Ben beim Windsurfen zu und vertilge den Rest meines späten Mittagessens. Dann lege ich das Geld auf den Tisch und verlasse das Café.

Obwohl wir uns erst heute Morgen gesehen haben, und ich eigentlich weiß Gott genug mit der Ausstattung meiner Bleibe zu tun habe, zieht es mich zu Ben. Langsam wate ich durch den von den Wellen feuchten Sand. Das Watt ist komplett verschwunden, Wasser schäumt immer wieder hinauf bis zu meinen Knöcheln. Zum Glück trage ich die roten Gummistiefel, wie ich mir nun angewöhnt habe. High Heels gehören nicht hierher und auch die schicken Röcke und eleganten Blusen haben an diesem Ort nichts verloren. Sie sind Teil eines anderen Lebens, das ich vor einer Ewigkeit geführt habe. Tatsächlich fühle ich mich, als wäre ich eine ganz neue Frau geworden. Irgendwie glaube ich, dass meine Begegnung mit Ben diesen Wandel vollbracht hat.

Durch ihn fühle ich mich richtig *gesehen*, was mich viel selbstsicherer macht.

Ich hole mein Smartphone heraus und richte es auf Ben, der gerade eine spektakuläre Drehung auf den Wellen vollführt, um ein Foto zu machen. Die Wellen flauen ab und sein Surfbrett wird langsamer. Er entdeckt mich und winkt mir aus der Ferne zu. Automatisch erwidere ich seinen Gruß, spüre deutlich, wie sich ein breites Grinsen auf mein Gesicht stiehlt. Verdammt, dieser Kerl macht mich wirklich glücklich. Wieso zur Hölle habe ich dieses Gefühl so lange verdrängt? Nur, weil ich das, was ich mit Thomas hatte, für die große Liebe hielt, habe ich mein Herz nach der Trennung abgeschottet. Doch es gibt so viele andere Empfindungen, die mich jetzt fluten, ohne dass ich sie zurückdrängen kann. Ein Lächeln von Ben – und schon fühle ich mich leicht wie eine Feder und stark wie ein Fels in der Brandung.

»Hey«, ruft er und kommt auf mich zu, das Surfbrett hat er dabei lässig unter den Arm geklemmt. In einiger Entfernung zu mir bleibt er zögerlich stehen, dann stellt er sich neben mich. Ich wende mich ihm zu.

»Hey«, entgegne ich und ignoriere das laute Herzklopfen, das bestimmt das Tosen der Wellen übertönt. »Hast du etwa schon Feierabend? Scheinst deinen Job ja eher locker zu sehen.« Ich lache gekünstelt, um meine Worte wie einen Scherz klingen zu lassen, weil ich ganz plötzlich in seiner Nähe nervös werde. Meine Handflächen beginnen zu schwitzen und mein Puls rast, als ich Ben in seinem eng anliegenden Neoprenanzug mustere. Er streicht sich grinsend die feuchten Haare aus der Stirn.

»Ist dir denn gar nicht kalt bei dem Wetter? Ich finde den Wind verdammt frisch«, plappere ich weiter drauflos, damit keine peinliche Stille zwischen uns entsteht. Bens Grinsen wird breiter. Er stellt sein Brett in den Sand neben sich und streckt einmal den Rücken durch.

»Ich warte auf Ersatzteile und kann deshalb nicht weiter am Wagen von Karl-Heinz arbeiten«, erklärt er mir. »Und weil ich heute schon so früh am Morgen in der Werkstatt war, habe ich mir den Nachmittag freigenommen. Es hat seine Vorteile, wenn man sein eigener Chef ist.« Er zwinkert mir zu, dann schlingt er die Arme um seinen Oberkörper. »Und ja, es ist kalt, wenn man sich nicht bewegt. Auf den Wellen spüre ich die Kälte nicht. Es ist ein befreiendes Gefühl, auf dem Brett zu stehen und sich im Wasser treiben zu lassen. Gerade bei diesem extremen Wetter, wenn man glaubt, die Wellen könnten dich in die Tiefe reißen, ist der Adrenalinkick unglaublich. Dann kann ich fast alles um mich herum vergessen«, erklärt er mir. Ich erkenne erneut dieses kurze Aufflackern von Sehnsucht in seinem Gesicht, das ich schon ein paarmal erblickt habe, wenn Ben so unachtsam war, es zu verbergen.

»Ich habe meine Sachen bei Mona. Wenn du einen Moment auf mich wartest, dann zeige ich dir was«, sagt er schnell und schnappt sich sein Brett.

»Okay«, rufe ich ihm nach, weil er bereits über den Strand zum Café hinaufeilt. Ich stecke die Hände in die Taschen meiner Jacke, die ich mir ebenfalls heute Vormittag in der Stadt gekauft habe, dann schaue ich ein paar Kindern aus der Ferne dabei zu, wie sie eifrig im Sand buddeln. Ihre Mutter sitzt im Strandkorb daneben und ein kleiner Hund hüpft um ihre Beine herum.

Es fröstelt mich und ich schlinge die Arme um mich. Danach gehe ich ebenfalls durch den Sand in Richtung des Cafés, um Ben entgegenzulaufen. Weiter als ein paar Schritte komme ich jedoch nicht, denn schon steht er in Jeans und seinem Parka vor mir.

»Wollen wir?«, fragt er mich gut gelaunt und reicht mir seine Hand. Irritiert blicke ich auf seine schlanken Finger.

»Willst du Händchen halten?«, frage ich skeptisch.

»Na ja, du siehst aus, als würdest du frieren. Meine Hände sind immer warm, davon kannst du dich gerne überzeugen. Alternativ könnte ich dir meine Jacke anbieten?«

»Nein. Schon gut«, winke ich ab, doch er ergreift meine Hand und verschränkt unsere Finger miteinander.

»Los, komm. Es wird dir gefallen. Ist nicht weit, nur am Strand entlang. Du weißt ja, am Meer ist der Weg immer am kürzesten.«

»Aber ich bin mit dem Auto hier«, wende ich ein, als er sich bereits in Bewegung setzt und mich mitzieht.

»Macht nichts. Ich doch auch. Dann gehen wir eben wieder zurück. So ein Spaziergang am Strand ist doch romantisch. Dieser tolle Himmel über uns und das Meer, der Anblick ist doch unglaublich ...« Er hebt das Geesicht hinauf in den wolkenverhangenen Himmel. Er ist grau und es sieht irgendwie nach Regen aus.

»Ich sehe nur Wolken«, kommentiere ich trocken, muss jedoch kichern. Ben schaut über die Schulter hinweg zu mir und schiebt beleidigt die Unterlippe vor, doch seine Augen funkeln amüsiert. Er drückt meine

Hand etwas fester. Tatsächlich vertreibt seine Wärme die Kälte aus meinen Gliedern.

»Mann, bist du unromantisch. Es sind wunderschöne Wolken«, korrigiert er mich schmunzelnd. Dann führt er mich schweigend weiter den Sandstrand entlang, ohne meine Hand loszulassen. Unsere Schultern berühren sich ab und zu, obwohl ich versuche, etwas Abstand zu wahren. Irgendwie fühlt sich dieser Spaziergang mit ihm so vertraut an, dass ich ein bisschen Angst bekomme, mich zu sehr fallen zu lassen und dieses angenehme Gefühl zu genießen. Was, wenn ich mich in etwas verrenne, das nicht existiert? Was, wenn Ben nur so nett zu mir ist, weil er mich von der Schönheit der Insel überzeugen will, genau wie er es mir prophezeit hat? Danach könnte er sich ebenfalls von mir abwenden, was Mona bereits angedeutet hat: *Ben ist unnahbar und lässt niemanden näher als nötig an sich heran ...*

»Wie weit ist es denn noch?«, frage ich nach einer Weile des Schweigens und sehe mich nach allen Seiten um. Die Strandabschnitte unterscheiden sich kaum voneinander, weshalb ich mich gerade nur schlecht orientieren kann. Überall stehen vereinzelte Strandkörbe und es gibt hier und da eine kleine Imbissbude, an der man Snacks bekommt.

»Wir sind fast da«, erklärt Ben und lässt meine Hand los, als habe er sich eben erst daran erinnert, dass er mich festhält. Beinahe bedauere ich die dadurch entstandene Distanz zwischen uns, als er ein paar Schritte voraus durch den Sand läuft, um dann jedoch neben einem Strandkorb stehen zu bleiben. Ben dreht sich zu mir um und deutet mit seiner Hand rechts neben sich.

Mit dem Blick folge ich seiner Geste und reiße erstaunt die Augen auf. Neben uns auf einer Anhöhe erstreckt sich ein gigantisches Kliff, das sich von einem sanften Anstieg neben hohen Dünen weiter in die Ferne zieht und endlos erscheint.

»Was ist denn das?«, entfährt es mir ehrfürchtig. Langsam gehe ich auf Ben zu und betrachte das Steingebilde, das von Nahem wie eine massive Mauer wirkt, die den Strand von der Außenwelt abschirmt.

»Das Rote Kliff«, erklärt Ben und stemmt die Hände in die Hüften. »Genial, oder? Neben dieser Schönheit kommt man sich ganz unbedeutend vor, finde ich. Dieses Lehmkies-Kliff ist eins der imposantesten Wahrzeichen der Insel. Die Steilkante ist fast dreißig Meter hoch, deshalb wirkt es wie eine unüberwindbare Festung. Besonders bei Sonnenuntergang leuchtet der Limonit-Sandstein in rötlichen Farben. Wir müssen nur ein bisschen warten, dann kannst du dich selbst davon überzeugen.«

»Wow«, hauche ich in Anbetracht dieser Schönheit. »Von dort oben hat man bestimmt einen unglaublichen Ausblick aufs Meer.«

»Auf jeden Fall. Aber hier unten ist die Atmosphäre auch klasse«, bestätigt Ben. »Man ist ganz abgeschottet, finde ich. Hierher verirren sich nur wenige Badegäste. Gerade in der Nebensaison ist diese Ecke nicht so überlaufen, und man kann ein bisschen die Seele baumeln lassen. Ich komme oft an diesen Ort, wenn ich nachdenken muss.«

Ich sehe zu ihm auf. »Musst du jetzt über etwas nachdenken?«

»Schon möglich …«, murmelt er und schaut mich an. Unter seinem intensiven Blick erschaudere ich unwillkürlich, dennoch halte ich ihm stand. Ben macht noch einen Schritt auf mich zu, bis wir so dicht voreinander stehen, dass ich seine Körperwärme beinahe spüren kann. Der kalte Wind weht durch mein Haar, zerzaust es – und ehe ich meine Lockenmähne bändigen kann, hebt Ben die Hand und streicht mir eine Strähne hinters Ohr. Diese sanfte Berührung jagt mir eine Gänsehaut über den Körper, doch ich verharre reglos in dieser Position – in freudiger Erwartung, was gleich passieren wird.

»Weißt du …«, beginnt er und ich schlucke hart, befeuchte meine trockenen Lippen mit der Zunge und werde auf einmal ganz nervös. Ben legt seine Hand an meine Wange. »Ich bin froh, dass du dein Auto in *meine* Werkstatt gebracht hast. Wärst du zu Jürgen zwei Straßen weiter gegangen, dann hätten wir uns nie kennengelernt.«

»Das hast du Dirk zu verdanken. Und Claudia mit ihrer Überredungskunst. Wenn's nach mir ginge, dann hätte ich noch am selben Abend den nächsten Autozug zurück nach Hamburg genommen, weil ich der Meinung war, diese Insel würde es nicht gut mit mir meinen«, entgegne ich in lockerem Tonfall, obwohl ich innerlich so angespannt bin wie eine Bogensehne. Mein Herz schlägt mir bis zum Hals, sodass mir die Worte nur mühsam entfliehen. Ben schüttelt leicht den Kopf und ein Lächeln umspielt seine Lippen. Mit der Hand streicht er sanft über meine Wange, dann legt er sie vorsichtig, aber bestimmend an meinen Hinterkopf und greift in meine Locken. Dadurch zieht er mich ein Stück näher zu sich heran.

»Weißt du, ich fühle mich zu dir hingezogen, seitdem du auf Sylt bist. Es reicht mir nicht mehr, dich bloß von der Schönheit der Insel zu überzeugen. Nun möchte ich dich überzeugen, hierzubleiben«, raunt er mir zu und küsst mich im nächsten Moment. Die Anspannung fällt von mir ab und ich erwidere den Kuss nach einem kurzen Zögern. Seine Lippen schmecken salzig von der Nordseeluft und dem Meereswasser. Ich schmiege mich an ihn und lasse mich fallen, erwidere den sanften Druck seiner Lippen und als seine Zunge über meinen Mundwinkel streicht, gewähre ich ihr Einlass. In meinem Inneren breitet sich ein wohlig warmes Gefühl der Geborgenheit aus, vermischt mit einem längst vergessen geglaubtem Verlangen. Ich schlinge meine Arme um seinen Hals und auch Ben zieht mich noch näher an sich heran, umfasst mit einer Hand meine Taille, als wolle er mich nicht mehr loslassen. Dieser Augenblick am menschenleeren Strand bedarf keiner Worte, denn ich fühle mich mit ihm verbunden und so nah, wie ich Thomas in all den Jahren unserer Beziehung nie gewesen bin.

Der Moment der Zweisamkeit währt jedoch nicht lange, denn mein Handy klingelt laut und zerstört die romantische Atmosphäre.

»Gott, verdammt!«, fluche ich leise und zerre verärgert mein Smartphone aus der Jackentasche. Ben schmunzelt, macht jedoch einen Schritt rückwärts und setzt sich in den Strandkorb neben uns, während ich das Gespräch entgegennehme.

»Hallo? Ja, ich bin's. Oh, das trifft sich gut. Nächste Woche? Geht das nicht schon eher? Verstehe, gut, dann direkt Montag, um zehn. Danke.« Ich lege auf und schaue zu Ben herüber, der mich neugierig mustert. »Das war Heike, die Sekretärin von Kaiser & Söhne. Dort habe ich ja die Sache mit dem Erbe laufen. Sie meinte, Simon Kaiser wäre endlich aus dem Urlaub zurück und hat einen Termin für mich frei.«

»Oh, ach so«, meint er bloß und sieht an mir vorbei zum Wasser. Ich setze mich neben ihn. Sofort spüre ich eine Anspannung zwischen uns, die nichts mit Verlangen zu tun hat. Etwas hat sich verändert.

»Ja ... Ich muss mir langsam Gedanken machen, was ich will«, erkläre ich, um ein Gespräch in Gang zu bringen. »Muss ein Testamentsvollstrecker nicht eigentlich neutral seinem Mandanten gegenüber sein? Irgendwie scheint es, als würde Simon die Sache mit dem Erbe unnötig in die Länge ziehen und mich nicht kompetent beraten, was meine Möglichkeiten anbelangt. Ich selbst kam bisher nicht dazu, mich im Internet über den Ablauf einer Erbangelegenheit schlau zu machen. Vielleicht mache ich mir auch nur unnötig Gedanken darüber, trotzdem ist Simons Verhalten eigenartig.« Ich lege den Kopf schief und betrachte Ben von der Seite, der immer noch stur geradeaus schaut. »Sag, kennst du Simon Kaiser? Ihr habt denselben Familiennamen. Außerdem kam es mir vor, als hättest du Kontakt zur halben Insel.«

Er presst seine Lippen zu einem dünnen Strich zusammen. »Ob ich ihn kenne? Leider besser, als mir lieb ist. Simon ist mein Cousin.«

Vor Überraschung bleibt mir der Mund offen stehen. Mit dieser Antwort habe ich nicht gerechnet, auch wenn ich irgendwie bereits geahnt habe, dass es wegen desselben Nachnamens eine Verbindung gibt. Ben hat seinen Cousin schon einige Male in Gesprächen erwähnt und auch Mona sowie die anderen Inselbewohner, die ich mittlerweile gut kenne, haben über Simon und Ben gesprochen. Ich jedoch habe diesen Worten keine richtige Beachtung geschenkt und die Hinweise nicht verstanden.

»Günther Kaiser ist mein Vater. Ihm gehört die Anwaltskanzlei. Das ‚Söhne‘ im Namen ist an die Familientradition angelehnt, die ich durchbrochen habe, als ich mich nach dem Studium gegen das Leben als Anwalt entschied«, erklärt Ben seufzend. Er legt seine Unterarme auf den Oberschenkeln ab, faltet seine Hände über den Knien zusammen und beugt seinen Torso ein Stück vor. Seine angespannte Haltung zeigt deutlich, wie wenig ihm dieses Thema gefällt. Schweigend warte ich ab, ob er das Gespräch weiterführt, denn ich möchte ihn jetzt nicht unterbrechen.

»Ich sag dir, als Anwalt wäre ich eingegangen. Simon hat Erbschafts- und Zivilrecht studiert, weshalb er sich bestens mit diversen Kaufverträgen und Ähnlichem auskennt. Ich spezialisierte mich auf Wunsch meines Vaters auf Familienrecht – und es hat mich innerlich zerstört! Die Fälle, die ich während meines Studiums und in den Praktika bearbeiten musste, gingen mir zu nahe. Vor allem als –« Plötzlich bricht er ab und fährt sich mit beiden Händen übers Gesicht, als müsse er eine unangenehme Erinnerung fortwischen. Erneut beschleicht mich das Gefühl, dass Ben etwas quält, worüber er mit niemandem sprechen will. Vorsichtig lege ich meine Hand auf seine Schulter, um ihm durch diese Geste zu signalisieren, dass ich bei ihm bin.

Er atmet hörbar aus, dann wendet er mir sein Gesicht zu. Ein kleines Lächeln umspielt seine Lippen, das seine Augen jedoch nicht erreicht.

»Wie auch immer ... Ich würde mich nicht wundern, wenn Simon eigene Pläne verfolgt«, brummt er.

»Wie meinst du das?«

Ben zuckt mit den Schultern. »Er war schon immer so, selbst in unserer Kindheit. Sobald er einen Vorteil für sich gesehen hat, konnte er es nicht lassen, so lange an dieser Sache zu rütteln, bis er bekommen hat, was er wollte. Egal, worum es ging. Aber, na ja, vielleicht sehe ich es zu schwarz, weil ich in dieser Hinsicht ein gebrandmarktes Kind bin. Simon und ich sind uns nicht grün, waren es auch nie, obwohl wir wie Brüder aufgewachsen sind. Der stetige Konkurrenzkampf zwischen uns hat immer schon an meinen Nerven gezerrt. Das war auch einer der Gründe, warum ich auf keinen Fall in der Familienkanzlei mitarbeiten wollte. Mich täglich mit Simon messen zu müssen, der meinem Vater beweisen wollte, dass er besser ist als ich, hätte ich nicht lange ausgehalten. Eigentlich ist Simon kein schlechter Mensch, sein Ehrgeiz ist nur unerträglich.«

Nachdenklich lege ich die Stirn in Falten. So, wie Ben seinen Cousin beschreibt, glaube ich beinahe, dass er recht haben könnte. Nur weiß ich nicht, ob es mir zum Vorteil oder Nachteil gereicht, dass sich mein Testamentsvollstrecker insgeheim für mein Erbe interessiert. Bestimmt könnten wir uns einigen, wenn wir offen darüber reden würden. Ich nehme mir vor, Simon Montag direkt auf das Thema anzusprechen.

»Wenn er so scharf auf den Leuchtturm ist, dann sollte er mich geradeheraus fragen, statt irgendwelche Tricks zu versuchen«, meine ich schulterzuckend.

»Dann willst du die Insel doch noch verlassen.« Es ist mehr eine Feststellung als eine Frage. Dennoch höre ich den enttäuschten Ton aus seiner Stimme heraus.

»Keine Ahnung. Ich glaube nicht, dass ich hierhergehöre. Zuerst muss ich mir darüber klar werden, was ich möchte.«

»Und der Leuchtturm gehört nicht dazu?«

Erneut zucke ich mit den Schultern. »Vielleicht ... Ich bin mir nicht sicher. Der Erbschein liegt noch bei Claudia in der Nachttischschublade des Gästezimmers. Sie konnte es nicht wissen, als sie meine Sachen eilig zusammengesucht hat. Sobald ich mit Simon gesprochen habe, werde ich vermutlich doch noch ablehnen, weil ich mich nicht mit dem Verkauf befassen möchte. Zwar würde der Gewinn meine jetzige finanzielle Notsituation deutlich verbessern, dennoch habe ich gerade keinen Nerv für so ein langwieriges Verfahren wegen des Denkmalschutzes. Am einfachsten wäre es tatsächlich, die ganze Sache abzublasen, oder einfach im Leuchtturm einzuziehen ... Bevor ich jedoch mit einer aufwendigen Renovierung starten kann, muss ich erst zur Bank gehen und schauen, ob ich ohne einen festen Job überhaupt die nötigen finanziellen Mittel für so eine Großaktion bewilligt bekomme, was wohl sehr fragwürdig ist.«

»Und es kann dich *nichts* umstimmen zu bleiben?«, fragt er leise und sieht mir in die Augen. Abermals verliere ich mich in seinem Blick, der so liebevoll und zugleich schmerzerfüllt ist.

»Keine Ahnung«, hauche ich und schließe die Lider, bevor sich unsere Lippen erneut für einen sanften Kuss begegnen.

Kapitel 13

Die nächsten Tage verbringe ich mit diversen Erledigungen bezüglich des Leuchtturms. Sie helfen mir, den Kopf freizubekommen, damit ich nicht ständig an Ben und unsere leidenschaftlichen Küsse am Strand denken muss. Denn jedes Mal, wenn sich die Erinnerung daran in mein Gedächtnis schleicht, grinse ich wie ein Honigkuchenpferd.

Ben hat versprochen, mir mit den gröbsten Renovierungen zu helfen, für die ich kein Vermögen ausgeben muss. Zudem wollte er mir zeigen, wie ich den Gasherd richtig nutze, um nicht Gefahr zu laufen, den Leuchtturm aus Versehen in Brand zu stecken. Bevor ich jedoch eine neue Küche bestellen und einbauen lassen, geschweige denn ein neues Badezimmer und andere Möbel kaufen kann, muss ich den Erbschein bei Simon unterschreiben. Nach dem Nachmittag am Strand haben Ben und ich zwar nicht mehr über die Option, auf Sylt zu bleiben, gesprochen, doch plötzlich fühlt es sich richtig an. Für Ben würde ich ein neues Leben in Westerland anfangen, denn im Grunde hält mich in Hamburg nicht mehr viel bis auf meine Freunde. Er könnte mir dabei helfen, endlich meinen Traum von einer eigenen Designagentur zu verwirklichen, denn er hat genug Kontakte auf der Insel, denen er mich vielleicht empfehlen würde.

Voller Zuversicht, weil ich es geschafft habe, die neuen Gardinen am großen Fenster im Anbau selbst anzubringen, hole ich mein Handy und schicke Ben eine Nachricht.

Ramona: Hey, ich war bereits fleißig und habe die Gardinen ausgetauscht. Aber mir fehlt das nötige Werkzeug, um die Schrauben an der Gardinenstange richtig festzuziehen. Hast du heute Abend Zeit, mir zu helfen?

Ich lasse die Nachricht absichtlich beiläufig klingen, damit Ben nicht glaubt, dass ich ihn zu einem Date einlade. Wir haben uns zwar geküsst, jedoch nicht darüber gesprochen. Ich für meinen Teil fürchte, dass ich mich ziemlich in diesen Kerl verknallt habe, obwohl ich überhaupt nicht weiß, wann zur Hölle das passiert ist. Dabei habe ich geglaubt, mich nach der Trennung von Thomas nicht mehr so schnell auf einen anderen Mann einlassen zu können. Zumindest habe ich es mir fest vorgenommen, um nicht erneut verletzt zu werden. Doch da habe ich die Rechnung wohl ohne mein Herz gemacht, in das sich Ben mit seinem charmanten Lächeln und der zuvorkommenden Art Stück für Stück geschlichen hat.

Das Smartphone in meiner Hand vibriert und zeigt seine Antwort an, die direkt mein Herz zum Hüpfen bringt.

Ben: Selbstverständlich. Ich bringe Werkzeug und Pizza mit.

Ramona: Pizza klingt wunderbar! Sehen wir uns um sieben?

Ben: Ja. Freue mich.

Lächelnd lege ich das Handy wieder weg und mache mich daran, noch ein paar der Kisten auszuräumen, in denen neues Geschirr und einige Küchengeräte verstaut sind.

***

Es ist kurz nach sieben, als ich nervös durch den Raum im Anbau hin und her laufe. Bisher ist von Ben keine Spur zu entdecken und auch mein Handy bleibt stumm. Hat er unsere Verabredung vergessen? Seit dem Kuss sind drei Tage vergangen, in denen wir uns nicht mehr gesehen haben. Unsere kurzen Nachrichten, die wir uns zwischendurch geschrieben haben, waren immer nur vage und beinhalteten keinerlei Liebesbekundungen oder romantisches Interesse. Laut eigener Aussage war er wegen der Werkstatt ziemlich beschäftigt, weshalb er mich bisher nicht besucht hat. Ich habe die Abende alleine im Leuchtturm verbracht, mir die Zeit mit einem Buch vertrieben oder mit Vera telefoniert, die mir den neuesten Klatsch aus Hamburg berichtete.

Nun bin ich verdammt nervös, Ben endlich wiederzusehen – doch er lässt auf sich warten. Enttäuscht schaue ich auf mein Smartphone, doch das Display bleibt schwarz. Sollte ich mich noch mal bei ihm melden? Ich will mich gerade dazu durchringen, ihn anzurufen, als eine Nachricht eingeht.

Ben: Sorry, muss noch etwas Dringendes erledigen. Ich beeile mich, kann aber nicht versprechen, dass die Pizza noch warm sein wird ...

Erleichtert atme ich auf. Also ist ihm nur etwas dazwischengekommen. Ich hatte schon Sorge, er könnte unser Treffen absagen. Schnell tippe ich eine Antwort.

Ramona: Ich esse auch kalte Pizza. Zur Not müssen wir meinen Backofen ausprobieren.

Weil ich mir jetzt Zeit lassen kann, steige ich erneut die Wendeltreppe hinauf in mein Schlafzimmer und verschwinde im Bad, um mein Make-up auszubessern, das ich vorhin viel zu schnell aufgetragen habe. Zufrieden betrachte ich mich im Spiegel. Meine Locken habe ich mir zu einem lockeren Pferdeschwanz gebunden, der Mascara lässt meine Wimpern noch länger aussehen und der zartrosa Lipgloss bringt meinen Mund zum Glänzen. Üblicherweise schminke ich mich nicht so dezent, denn Thomas mochte knallrote Lippen und dunklen Lidschatten, durch den meine blauen Augen deutlich zur Geltung kamen. Doch Ben kennt mich fast nur ungeschminkt, weshalb ich heute Abend nicht übertreiben wollte. Zudem entspricht dies eher meinem Naturell. Wieder eine Sache mehr, die ich nur für Thomas getan habe.

Ich kontrolliere noch mal mein Outfit im Spiegel, das aus Jeans und einem lockeren Pullover besteht, und nicke zufrieden. In diesen neuen Klamotten fühle ich mich tatsächlich wohl, was ich kaum geglaubt habe. Früher war es für mich undenkbar, mich in so einem schlichten Outfit mit einem Mann zu treffen, für den ich mich interessiere. Selbst in der Designagentur habe ich stets auf hohe Schuhe, Rock und elegante Bluse bestanden, weil es Thomas gefallen hat. Mir wird immer deutlicher bewusst, wie sehr ich mich in Hamburg verstellt habe, um anderen zu gefallen. Doch in Bens Gegenwart kann ich sein, wie ich will und bin, weshalb ich mich bei ihm so wohlfühle. In seiner Gegenwart habe ich nicht das Gefühl, mich verstellen zu müssen, damit er mich mag. Sobald ich diesen Gedanken an mich herangelassen habe, kann ich nicht aufhören zu grinsen. Es ist eigenartig, wie sehr ich mich darüber freue, ihn gleich wiederzusehen. Ob es ihm auch so geht?

Es ist bereits kurz vor neun, als ich wieder nach unten in den Anbau gehe. Oben habe ich noch ein wenig meine Klamotten hin und her geräumt, weil ich noch gar keinen richtigen Kleiderschrank besitze. Es sollte nicht aussehen, als würde ich meine Sachen herumliegen lassen. Deshalb habe ich sie in der Reisetasche unterm Bett verstaut.

Unten sehe ich mich noch einmal in meinem Wohnbereich um, ob auch alles an seinem Platz steht. Da ich bisher keine neuen Möbel besorgt habe, wirkt die Einrichtung kahl und wenig einladend. Dennoch habe ich vorhin alles sauber gemacht und bereits den Tisch für unser Abendessen gedeckt. Die vergilbte Gardine, die ich heute Nachmittag durch eine strahlendweiße ausgetauscht habe, lässt den Raum dennoch freundlicher wirken. Lediglich das Anschrauben habe ich nicht bewerkstelligen können, denn die Gardinenstange ist genau wie alles andere in diesem Leuchtturm sehr in die Jahre gekommen und die Schrauben sind beim Montieren durchgedreht. Jetzt hält die Stange nur sporadisch und würde sich vermutlich aus der Halterung lösen, sollte man an den Gardinen zupfen. Hoffentlich kann Ben sie reparieren, denn das war der Vorwand, unter dem ich ihn zu mir eingeladen habe. Es war mir ein bisschen unangenehm, ihn nur zu fragen, weil ich mich nach ihm sehne.

»Also, was mache ich jetzt noch?«, sage ich zu mir selbst und stemme die Hände in die Hüften. Dann fällt mir der Ofen ein, den ich bisher noch nicht benutzt habe. Vielleicht sollte ich ihn vorab testen, ehe wir die Pizza wirklich noch eiskalt essen müssen. Wenn wir sie für ein paar Minuten im Backofen erwärmen können, dann schmeckt sie beinahe wie frisch zubereitet.

Ich gehe zur Küchenzeile und öffne den Backofen, um die Bleche herauszuholen. Sie sind genauso fleckig und verrostet wie der Rest der Küchenutensilien, aber ich habe sie aufwendig geschrubbt, sodass ich zumindest davon überzeugt bin, sie nutzen zu können. Dann schließe ich die Ofentür wieder und drehe an dem Knopf, der meiner Meinung nach das Innere erwärmen müsste. Leider tut sich nichts, also probiere ich die anderen Drehknöpfe aus. Es kann doch nicht sein, dass der Backofen auch mit Gas betrieben wird, oder? So etwas habe ich noch nie gehört, deshalb versuche ich es weiter, drehe immer wieder hoch und runter, bis ich es klicken höre. Ich will schon jubeln, weil ich den Dreh raushabe, doch dann knackt es laut und plötzlich wird alles um mich herum stockfinster.

»Was zum ...?!«, entfährt es mir erschrocken. Panisch taste ich mit den Händen um mich herum, berühre die Arbeitsplatte und stütze mich ab, während ich langsam einen Schritt vor den anderen setze. Ängstlich lausche ich in die Stille des dunklen Raumes hinein. Ein Stromausfall hat mir gerade noch gefehlt! Ich habe keine Taschenlampe im Haus, zumindest habe ich bei meiner Aufräumaktion vor ein paar Tagen keine gefunden. Nicht einmal eine einzige Kerze gibt es hier.

Mir fällt ein, dass ich immer noch mein Handy an der Frau habe. Erleichtert ziehe ich es aus meiner Gesäßtasche und schalte die Taschenlampenapp ein. Ein schmaler Lichtstrahl fällt vor mich auf den Fußboden und ich richte ihn an die Wand gegenüber, wo ich den Schalter neben der verschlossenen Eingangstür erkenne. Durch die kleine Lichtquelle ermutigt, betätige ich den Schalter in der Hoffnung, dass die Deckenleuchte wieder angeht. Leider habe ich Pech und es bleibt weiterhin dunkel um mich herum. Fieberhaft überlege ich, was ich tun kann. Was hatte mir Simon damals über die Versorgung des Leuchtturms erzählt? Das warme Wasser wird im Boiler im Bad und unter der Spüle erhitzt, der Herd benötigt Gas aus der Gasflasche neben dem Einbauschrank und der Strom ...? Richtig! Jetzt fällt es mir wieder ein. Der Strom kommt von dem Generator draußen neben den Klippen, ungefähr zweihundert Meter entfernt. Genau an der Stelle, an der ich vor ein paar Tagen mit Ben gepicknickt habe.

Mit einem verärgerten Aufstöhnen, weil ich jetzt wieder vor die Tür muss, um mir den Generator anzuschauen, verlasse ich den Anbau. Dabei lehne ich die Eingangstür jedoch nur an, falls Ben kommt und ich ihn nicht sofort sehe.

Draußen ist es mittlerweile genauso stockdunkel wie im Leuchtturm, denn auch die Außenlaternen funktionieren nicht mehr. Sobald Ben hier ist, werde ich ihn fragen, ob es eine andere Möglichkeit gibt, in der Einöde an Strom zu gelangen. Es kann doch nicht sein, dass die Sicherung der Küchengeräte jedes Mal rausgehauen wird, sobald ich etwas kochen möchte ...

Mit dem Smartphone in der Hand, das mir den Weg erleuchtet, gehe ich langsam um den Anbau herum und die Klippe hinauf, wo ich im Dunkeln die Umrisse des Stromgenerators ausmachen kann. Der unebene Kiesboden erschwert meine Schritte, die ich nur zaghaft setze, um nicht zu stolpern. Die Sterne über mir spenden kaum Licht und mein Handy zeigt nur noch wenig Akku an. Neben dem Generator bleibe ich stehen und betrachte ratlos das große Gerät. Vielleicht ist es sinnvoller, auf Ben zu warten, bevor ich selber an den vielen Knöpfen am Bedienfeld herumdrücke und es vielleicht noch schlimmer mache. In der Dunkelheit sieht man sowieso kaum die Hand vor Augen, da wird es schwierig für mich, den Strom wieder zum Laufen zu bringen.

Seufzend tippe ich eine Nachricht an Ben, damit er sich beeilt und eine Taschenlampe mitbringt. Somit könnten wir zumindest unsere Pizza essen. Doch vermutlich wäre es besser, das Treffen unter diesen Umständen abzublasen.

Ich habe gerade die Nachricht verschickt, als ich eine Männerstimme vernehme. Na endlich!

»Ramona? Bist du da?«, ruft Ben aus der Ferne, denn er hat vermutlich die offene Tür entdeckt.

»Ich bin hier hinten!«, antworte ich laut, dann höre ich seine Schritte auf dem Kies. Ich will ihm freudig entgegeneilen, doch mein Fuß verheddert sich am großen Kabel, das neben dem Stromgenerator im Gras liegt. Mir entweicht ein erstickter Schrei und das Smartphone rutscht mir aus den Händen. Aus einem Impuls heraus versuche ich, es aufzufangen, ehe es über die Klippe ins Wasser fällt. Doch ich habe die Rechnung nicht mit meinem Gleichgewicht gemacht, das ich durch das Straucheln nicht im Griff habe. Statt das Smartphone zu fangen, mache ich in der Dunkelheit einen Schritt vorwärts und stolpere. Ich rutsche mit dem Fuß ab und meine Beine knicken nach vorne. Der Schrei bleibt in meiner Kehle stecken, als ich den Boden unter den Füßen verliere. Die Sekunden verfliegen wie in Zeitlupe und mein Herz rast, pumpt Adrenalin durch meinen Körper – bis ich nur noch Dunkelheit und die eiskalten Wellen um mich herum wahrnehme. Hustend und prustend tauche ich wieder auf, rudere wie wild mit den Armen.

»Ben! Hilfe!«, schreie ich panisch. Die Wellen um mich herum reißen an mir, obwohl ich versuche, den Kopf über Wasser zu halten und gegen die Strömung anzukämpfen.

»Verdammt, Ramona! Was, um Himmels willen, ist passiert?!« Bens Stimme klingt so weit weg, dass ich bereits fürchte, er würde mich nicht finden. Kälte kriecht durch meine Glieder, die nasse Kleidung fühlt sich bleischwer an und zieht mich in die Tiefe. Ich kämpfe gegen die Strömung an, hebe die Arme über den Kopf und spucke Wasser aus.

»Ich bin hier. Hilf mir!« Neben mir vernehme ich ein lautes Platschen und nur einen Augenblick später schlingen sich starke Arme um meinen Oberkörper.

»Ben«, hauche ich atemlos, immer noch starr vor Schreck.

»Ich bin hier. Ich hole dich hier raus«, versichert er mir und stemmt sich gegen die Strömung. Gemeinsam schaffen wir es mit Mühe aus dem Wasser, bis wir auf allen vieren ans Ufer kriechen. Niemals in meinem Leben war ich so froh, Sand unter meinen Fingernägeln zu spüren, obwohl ich ihn bisher immer ziemlich eklig fand ...

Keuchend schnappe ich nach Luft und verharre in meiner knieenden Position, weil ich Angst habe, mich zu rühren. Scheiße, ich wäre beinahe ertrunken, hätte Ben mir nicht geholfen. Die Nordsee ist heute Abend stürmisch, ich habe sogar die rote Flagge am Nachmittag gesehen, als ich wie üblich meinen Kaffee bei Mona abgeholt habe. Irgendwie habe ich nicht damit gerechnet, dass mir so ein Missgeschick passiert, vor allem nicht zu dieser späten Stunde und völlig allein in der Abgeschiedenheit dieses Ortes. Wäre Ben nicht genau in diesem Moment gekommen – keine Ahnung, was dann passiert wäre!

Diese Erkenntnis treibt mir Tränen in die Augen. Ich bin immer noch total entsetzt über diese Situation, die mir ganz surreal erscheint. Ein lautes Schluchzen entweicht meiner Kehle und ich schlinge die Arme um meinen Oberkörper, weil augenblicklich die Kälte zurückkehrt, die ich wegen der Panik zuerst nicht vernommeen habe. Weinend wiege ich mich vor und zurück, bis ich einen warmen Körper hinter mir ausmachen kann. Ben zieht mich in seine Arme und drückt mich fest an seine Brust. Er kann zwar die Kälte nicht komplett vertreiben, weil auch seine Kleidung klitschnass und klamm ist, dennoch beruhigt mich seine Nähe ungemein.

»Es ist alles gut. Wir haben es geschafft«, raunt er mir ins Ohr und streichelt über mein nasses Haar und den Rücken. Eine Weile hocken wir am Ufer, um uns herum herrscht finstere Dunkelheit und das Peitschen der Wellen ist ohrenbetäubend laut. Es dauert lange, bis ich mich halbwegs beruhigt habe. Ben hilft mir auf die Beine und stützt mich, während wir uns erschöpft den schmalen Weg zwischen den Dünen hinauf zum Leuchtturm schleppen.

»Zum Glück bin ich ein so guter Schwimmer. Das hätte sonst für uns beide böse ausgehen können. Wäre ich nur wenige Minuten später gekommen, dann hätte dich die Strömung weiter vom Ufer fortgerissen«, meint Ben mit ruhiger Stimme, als er die Tür zum Anbau aufschiebt und mich ins Innere bugsiert. »Setz dich erst mal. Was hast du überhaupt da draußen verloren?«

Bibbernd kauere ich mich auf die schmale Couch, ziehe die Knie fest an meinen Körper und schlinge meine Arme darum.

»Der Strom ist ausgefallen. Ich wollte den Generator wieder in Gang bringen«, erkläre ich mit tränenerstickter Stimme. »Und dann ist mir mein Smartphone ins Wasser gefallen.«

Ben schüttelt leicht den Kopf. »Gott, wegen eines Handys muss man nicht gleich hinterherspringen.« Seine Stimme klingt amüsiert, vermutlich will er dadurch der Situation die Ernsthaftigkeit nehmen. Ein kleines Lächeln stiehlt sich auf mein Gesicht.

»Klar. Da sind alle wichtigen Kontakte drauf. Ohne werde ich kaum überleben.«

Er lacht leise, dann setzt er sich neben mich. »Du solltest aus den nassen Klamotten raus, ehe du dich erkältest.«

»Und was ist mit dir?«, frage ich leise. Aus Bens Haaren tropft das Wasser auf den Fußboden, das Sofapolster ist von unseren Hosen bereits durchweicht.

»Mach dir um mich mal keine Sorgen. Ich habe immer Ersatzkleidung im Auto, weil ich oft spontan surfen gehe und meine Kleidung nicht selten nass wird. Du aber solltest vielleicht unter die Dusche springen, um dich aufzuwärmen, solange ich meine Klamotten aus dem Auto hole«, schlägt er mir vor und legt mir dabei seine Hand aufs Knie. Wir sehen uns einen Moment lang in die Augen, dann senke ich den Kopf und nicke ihm zu. So tropfnass, wie ich bin, gebe ich keinen schönen Anblick ab. Zum Glück ist es dunkel im Anbau, so kann Ben wenigstens die verschmierte Mascara nicht sehen.

Er stützt mich, damit ich auf die Beine komme. »Soll ich dir helfen, nach oben zu kommen?«

»Schon gut. Die Treppe schaffe ich alleine«, entgegne ich und schenke ihm ein kleines Lächeln. Ich bin immer noch ziemlich durch den Wind wegen meines unfreiwilligen Tauchgangs in der Nordsee.

»Im Dunkeln? Lass mich dir helfen, dann fühle ich mich sicherer, dass du dir da oben nicht auch noch ein Bein brichst. Die Treppe ist steil, nehme ich an.«

Seufzend willige ich ein, obwohl es mir nicht behagt, mich Ben gegenüber so hilflos zu zeigen. Dennoch bin ich froh darüber, dass er bei mir ist. Tatsächlich komme ich nur schwer die steile Wendeltreppe hinauf, denn meine Beine fühlen sich immer noch schwer an. Ben schiebt mich von hinten an, stützt meine Schulter und irgendwie schaffen wir es nach einigen Mühen hinauf ins obere Stockwerk. Hier ist es ebenfalls dunkel, jedoch fällt schwaches Mondlicht durch die große Glasfront, hinter der sich das Leuchtfeuer und das Bedienfeld befinden, und spendet wenigstens etwas Helligkeit. Zumindest kann ich hier Bens Konturen viel besser erkennen, weil sich meine Augen bereits an die Dunkelheit gewöhnt haben. Dicht vor mir bleibt er stehen und mustert mich.

»Wo ist dein Badezimmer? Kann ich dir helfen?«

Über seine übermäßige Besorgnis muss ich leise kichern. »Du musst mir nicht beim Ausziehen helfen. Das schaffe ich allein«, gebe ich mit wild klopfendem Herzen zurück. Der Gedanke, er könne mir beim Entkleiden zusehen, treibt mir die Röte ins Gesicht und lässt meinen gesamten Körper kribbeln.

»Alles klar. Dusch in Ruhe. Ich komme gleich wieder.«

Nickend sehe ich ihm zu, wie er durch die Tür zum Treppenhaus verschwindet. Meine nassen Socken hinterlassen Fußspuren auf dem Linoleumboden. Erschöpft schleiche ich ins angrenzende Bad und schließe die Tür, ehe ich mich aus meiner Kleidung schäle, die feucht an meinem Körper klebt. Mondlicht fällt durch das winzige Dachfenster. Trotz der spärlichen Beleuchtung erkenne ich im Spiegel, wie furchtbar ich aussehe. Meine nassen Locken kleben an meinem Gesicht und das Make-up ist komplett verschmiert. Erneut bin ich froh über die Dunkelheit um mich herum.

Bibbernd steige ich in die kleine Duschwanne und schreie erschrocken auf, als mich eiskaltes Wasser aus der Duschbrause trifft. Vergeblich warte ich darauf, bis es sich im Boiler erhitzt und ich mich endlich unter dem warmen Wasserstrahl entspannen kann. Leider bleibt es wegen des Stromausfalls eiskalt, sorgt jedoch dafür, dass ich endlich zu mir komme und vertreibt den Schrecken der vergangenen Minuten. Bibbernd wasche ich mir die Haare und entferne das restliche Make-up, bevor ich aus der Dusche steige und mich in ein weiches Badetuch hülle, um mich etwas zu wärmen. Ich verlasse das Badezimmer – und mache direkt wieder einen Schritt rückwärts, als ich Ben neben meinem Bett stehen sehe. Gott, den habe ich für einen Augenblick tatsächlich vergessen, weil ich noch zu sehr in Gedanken gewesen bin!

Stumm betrachte ich ihn, starre ihn regelrecht an. Er hat mir den Rücken zugewandt und hält sein Shirt in den Händen. Weil Ben tatsächlich eine Taschenlampe aufgetrieben hat, fällt ein schwacher Lichtstrahl durch den Raum und auf seinen definierten Oberkörper. Ich erkenne die Muskelstränge auf seinem Rücken und den breiten Schultern, als er die Arme über den Kopf streckt und in sein Shirt schlüpft. Erst dann dreht er sich zu mir um und lächelt mich an.

Beschämt halte ich das Badetuch vorne an der Brust zusammen und flitze zu ihm, wo ich meine Reisetasche mit den Klamotten unter dem Bett hervorziehe und wahllos einige Kleidungsstücke herauszerre, um wieder ins Bad zu eilen. Mit wild klopfendem Herzen lehne ich mich gegen die geschlossene Tür. Sein Anblick hat mich für einen Moment völlig eingenommen und dass ich praktisch halb nackt vor ihm stand, wurde mir zu spät bewusst. Mit hochrotem Kopf ziehe ich meine Unterwäsche an und schlüpfe in Jeans und Sweatshirt. Erst nach ein Paar Sekunden bemerke ich, dass es Bens Sweatshirt ist, das ich angezogen habe. Ich habe es ihm seit unserem Date beim Fest nicht zurückgegeben. Der graue Stoff wärmt mich und schmiegt sich an meine noch etwas feuchte Haut. Schnell rubbele ich meine Haare trocken und kämme sie durch. Ohne einen Fön ist es schwer, meine Locken zu bändigen, weshalb ich jetzt schon weiß, dass ich sie morgen früh mühsam entwirren muss. Deshalb fasse ich sie lediglich zu einem lockeren Knoten am Hinterkopf zusammen, damit sie mir nicht widerspenstig ins Gesicht fallen. Dann atme ich tief ein und verlasse das Bad erneut.

Ben hat es sich auf meinem Bett gemütlich gemacht, einen geöffneten Pizzakarton auf dem Schoß.

»Ich hatte die Pizzen im Auto. Sorry, jetzt sind sie leider kalt, aber schmecken trotzdem«, verkündet er und beißt in ein Stück. Sofort knurrt mein Magen und mir läuft das Wasser im Mund zusammen. Ich trete zu ihm und verharre in meiner Position. Fragend sieht er zu mir auf.

»Willst du dich nicht setzen?« Ben benimmt sich, als wäre nichts gewesen. Als hätte er mir nicht vor wenigen Minuten das Leben gerettet. Ein bisschen bin ich ihm dankbar dafür, dass er Normalität in diese Situation bringt, denn innerlich fühle ich mich immer noch unwohl und wie gelähmt. Schweigend setze ich mich zu ihm und greife nach der Pappschachtel neben mir.

»Danke«, murmele ich und öffne den Deckel. Köstlicher Pizzaduft steigt mir in die Nase und regt meinen Appetit an.

»Ach, nicht der Rede wert. Nur schade, dass die Pizza jetzt kalt ist. Beim nächsten Mal komme ich pünktlich, damit wir sie warm essen könne«, meint er in lockerem Tonfall. Ich lege den Karton zurück aufs Bett und drehe mich zu Ben um.

»Das meine ich nicht«, sage ich mit Nachdruck und blicke ihm fest in die Augen. Sofort wird sein Gesicht ernst. »Danke, dass du mir geholfen hast. Dass du hier warst. Einfach alles ... ich ...« Meine Stimme versagt und ich habe schon wieder einen Kloß im Hals. Eigentlich habe ich keine Ahnung, was genau ich ihm damit sagen will. Überhaupt fällt es mir in diesem Moment schwer, meine Gefühle in Worte zu fassen. Seine Nähe tut mir unglaublich gut und mein Herz überschlägt sich geradezu vor Aufregung.

Ben legt seine Pizza ebenfalls zurück, dann ergreift er meine zitternden Hände, die in meinem Schoß liegen. Der schwache Lichtstrahl der Taschenlampe lässt Schatten auf seinem Gesicht tanzen. Sein Blick liegt ruhig und fest auf mir, sodass ich direkt wieder nervös werde. Ich schlucke den Kloß in meiner Kehle hinunter.

»Ramona ... ich ...«, murmelt Ben und stoppt. Geräuschvoll räuspert er sich, wendet sich jedoch nicht von mir ab. Angespannt halte ich den Atem an. »Wäre dir etwas passiert, ich könnte es mir niemals verzeihen.«

»Natürlich ... so ist es immer. Niemand will für das Unglück eines anderen verantwortlich sein.«

Kopfschüttelnd drückt er meine Hände. »Das meine ich nicht. Es geht um *dich.* Hätte ich *dich* verloren, hätte es mich zerstört. Ohne dich kann ich mir Sylt kaum noch vorstellen. Als wärst du ein Teil dieser Insel. Ein Stück von mir ...«, setzt er kaum hörbar hinzu. Seine Worte hallen durch meinen Kopf, als hätte er sie mir entgegengeschrien. Es pulsiert in meinen Ohren und mir wird plötzlich heiß. In meinem Bauch kribbelt es wie verrückt. So leicht und gleichzeitig erdrückt habe ich mich schon lange nicht mehr gefühlt, vermutlich bisher noch nie in meinem Leben. Diese einfachen Worte sorgen dafür, dass sich die Angst der vergangenen Stunde komplett in Luft auslöst und nichts als Freude in mir zurückbleibt.

»Ben, ich ...«, hauche ich überrumpelt, und weiß nicht, was ich auf seine Worte erwidern soll.

»Du musst mir nicht antworten. Ich weiß auch nicht, warum ich das gesagt –« Weiter kommt er nicht, denn ich rücke näher zu ihm heran und verschließe seinen Mund mit meinen Lippen. Woher ich auf einmal diesen Mut aufbringe, den ersten Schritt zu machen, weiß ich nicht. Unsere vergangenen Küsse gingen immer von Ben aus, weshalb ich glaube, heute nichts falsch zu machen. Er hätte mich nicht geküsst und mir diese Worte gesagt, wenn er kein Interesse an mir hätte. Also habe ich nichts zu verlieren.

Einen Augenblick verharren wir in dieser Position. Niemand wagt es, sich zu rühren und ich glaube schon, doch noch einen Fehler gemacht zu haben. Ehe ich mich jedoch von ihm lösen kann, lässt Ben meine Hände los und erhöht den Druck auf meinen Mund, legt dabei eine Hand in meinen Nacken und zieht mich enger an sich. Ich lächele leicht, als seine Zunge in meinen Mund schlüpft, lasse mich fallen und erwidere den Kuss mit derselben Intensität. Mit den Händen streichele ich über seine breiten Schultern, die Wirbelsäule hinab und zum Saum seines Shirts, das am Rücken ein Stück hochgerutscht ist. Meine Fingerspitzen streifen seine warme Haut darunter und ich erschaudere, als er den Kuss vertieft.

»Ich möchte diese Situation nicht ausnutzen«, meint er schließlich, nachdem wir uns für wenige Sekunden voneinander lösen. Er legt seine Stirn an meine und sieht mir tief in die Augen, als würde er Ablehnung oder Protest in meinem Blick suchen. Doch er wird nicht fündig, weil ich genau das hier will. Jetzt und mit ihm. Vermutlich habe ich es schon lange herbeigesehnt, es jedoch nicht nah genug an mich herangelassen.

»Tust du nicht.«

»Eigentlich bin ich gekommen, um mit dir über etwas Wichtiges zu sprechen ...«

»Das kann bis morgen warten«, raune ich ihm zu und küsse ihn erneut. Ich schlinge meine Arme um seinen Hals und lasse mich rückwärts auf die Matratze sinken. Dabei ziehe ich Ben mit mir, bis er halb auf mir liegt. Mit meinen Fingern streiche ich durch seine immer noch feuchten Haare und atme seinen Geruch ein. Schnell merke ich, wie sein Widerstand in sich zusammenfällt und sich all seine Sinne nur noch auf mich konzentrieren. Unser Kuss wird leidenschaftlicher und ein leises Keuchen entrinnt meiner Kehle, als er mit seinem Mund über meinen Kiefer weiter hinab zu meinem Hals wandert, um zärtlich hineinzubeißen. Mit Zähnen und Lippen liebkost er die empfindliche Haut und ich neige den Kopf zur Seite, um ihm alles darzubieten. Unkontrolliert zupfe ich an seinem Shirt und auch seine Hände wandern unter meinen Pullover.

»Das Sweatshirt steht dir«, meint Ben mit einem amüsierten Ton in der Stimme. Ich muss ebenfalls grinsen.

»Es ist deins, falls du es nicht bemerkt hast.«

»Habe ich. Du siehst darin viel besser aus als ich.« Er hockt sich hin und zieht sich das Shirt über den Kopf, sodass ich einen guten Blick auf seine Bauchmuskeln erhaschen kann, ehe er sich erneut zu mir runterbeugt und mir aus dem Oberteil hilft. Nur noch im BH liege ich unter ihm. Mein Herz droht, mir aus der Brust zu springen, weil er mich ausgiebig mustert.

»So siehst du noch besser aus. Du bist wunderschön«, flüstert er ehrfurchtsvoll und streichelt mit der Hand über meine Wange, bevor unsere Lippen erneut in einem leidenschaftlichen Kuss miteinander verschmelzen.

Kapitel 14

Als ich die Augen aufschlage, fallen Sonnenstrahlen durch die großen Fenster in mein Schlafzimmer. Murrend drehe ich mich auf die Seite und ziehe mir die Bettdecke über den Kopf. Beim nächsten Shoppingtrip muss ich mir unbedingt blickdichte Vorhänge kaufen, um nicht jedes Mal von der Sonne geweckt zu werden.

Instinktiv suche ich mit der Hand nach meinem Smartphone, um nach der Uhrzeit zu sehen, bis mir wieder einfällt, dass ich es gestern Abend in den Wellen verloren habe. Ich streife die leere Bettseite neben mir und bin auf einmal hellwach. Ben war hier. Er hat neben mir übernachtet. Und jetzt ist er weg. Irritiert ziehe ich mir die Bettdecke bis unters Kinn und setze mich auf, starre auf die zerwühlten Laken. Habe ich mir den Sex mit ihm bloß eingebildet?

Hitze steigt mir in die Wangen und ich sehe an mir herunter. Ich trage lediglich Unterwäsche und sein graues Sweatshirt, in dem ich geschlafen habe. Nein, mein Körper erinnert sich noch zu genau an seine Küsse und Berührungen. Es war definitiv kein Traum. Doch warum ist er einfach so gegangen, statt neben mir aufzuwachen? Dabei habe ich gehofft, endlich mit ihm über alles sprechen zu können, mich nochmals bei ihm zu bedanken und ihn zu fragen, warum er gestern Abend zu spät zu unserem Treffen gekommen ist ...

Verwirrt schwinge ich die Beine über die Bettkante und suche nach meiner Hose. Vielleicht besorgt Ben bloß Frühstück für uns. Es ist Sonntagmorgen und ich habe keinen Kaffee im Haus, weil mir immer noch eine Maschine fehlt. Erleichtert atme ich aus. Bestimmt ist er zu Monas Strandcafé gefahren, um das flüssige Glück zu holen.

Etwas gelassener, ziehe ich mich an und mache mich im Bad frisch, ehe ich die Wendeltreppe hinunter zum Anbau gehe. Dort sehe ich mich kurz im Raum um, dann laufe ich zur Küchenzeile und hole Geschirr für unser Frühstück aus dem Hängeschrank. Damit decke ich den Tisch und setze mich auf den Stuhl gegenüber dem großen Fenster, aus dem ich nach draußen blicke. Der blaue Himmel ist wolkenlos und die Nordsee liegt still vor mir. Der Sturm von gestern Abend ist längst vergangen, nichts erinnert mehr an die tosenden Wellen und den eisigen Wind. Es ist still um mich herum, nur das leise Surren des alten Kühlschranks ist zu vernehmen. Überrascht springe ich von meinem Platz auf und gehe rüber, reiße die Kühlschranktür auf und bemerke das Leuchten der kleinen Lampe. Der Strom ist wieder da! Zur Sicherheit betätige ich den Lichtschalter. Sogleich wird der dämmrige Anbau mit Licht geflutet. Dann hat Ben bereits heute Morgen den Strom am Generator wieder eingeschaltet. Ich werde mich bei ihm bedanken, sobald er zurück ist. Ob er vielleicht noch draußen ist?

Sofort eile ich aus dem Haus und den Hang hinauf zum Stromgenerator, doch Ben ist nirgends zu sehen.

Enttäuscht blicke ich mich um und schaue hinab zum Wasser, das nur wenige Meter unter meinen Füßen gegen die Klippe peitscht. Ein Schauer durchläuft mich. Plötzlich wird mir die ganze Tragweite meines Unfalls bewusst. Es handelt sich um wahnsinniges Glück, dass ich gestern Abend genau an dieser Stelle hinabgestürzt bin. Nur wenige Meter weiter den Hang hinab verläuft eine Mündung mit scharfkantigen Klippen. Wäre ich dort hinabgestürzt, hätte ich mir vermutlich in der Dunkelheit das Bein gebrochen, wenn nicht sogar etwas Schlimmeres geschehen wäre. Ich entferne mich von der Stelle und gehe einige Schritte am Hang entlang zwischen den Dünen zum schmalen Strandabschnitt, an dem Ben und ich gestern aus dem Wasser gestiegen sind. Einige Möwen kreisen kreischend über meinem Kopf und landen auf dem Wasser. Der Sand ist feucht von den Wellen und ich kann weiter hinausgehen, da die Nordsee im Vergleich zu gestern Abend wieder deutlich zurückgegangen ist. Sand und Muscheln knirschen unter den Sohlen meiner Gummistiefel. Ich bücke mich und hebe eine schwarze Miesmuschel auf, umschließe sie mit den Fingern. Es ist noch gar nicht so lange her, dass ich auf solch eine Muschel getreten bin und mir den Fuß aufgeschlitzt habe. Damals habe ich alles an dieser Insel gehasst und fand es furchtbar, hier festzustecken. Jetzt jedoch liebe ich so vieles daran: das glitzernde Wasser in der Morgensonne, den weichen Sand unter meinen Füßen, die angenehme Meeresbrise und sogar das laute Kreischen der Möwen. Das habe ich Ben zu verdanken. Hätte er sich nicht so sehr um mich bemüht, dann wäre ich längst wieder zurück in Hamburg. Vielleicht wären wir uns dann gar nicht nähergekommen, sondern hätten es bei einer rein geschäftlichen Beziehung belassen. Unsere Wege hätten sich getrennt, sobald er mein Auto repariert gewesen wäre. Dann wäre ich vermutlich auch nicht in diesen Leuchtturm gezogen, in dem ich mich bereits jetzt schon heimisch fühle. Niemals habe ich geglaubt, dass mir diese Abgeschiedenheit und Stille gefallen könnten, denn in Hamburg ging es immer laut und hektisch zu.

Ich stecke die Miesmuschel in die Tasche des Sweatshirts und begebe mich auf den Weg zum Leuchtturm. Wenn Ben zurückkommt, dann soll er mich nicht wieder suchen müssen.

***

Keine Ahnung, wie viel Zeit mittlerweile vergangen ist, denn ich habe kein Smartphone, um nachzuschauen. Hier im Leuchtturm gibt es keine Uhr, weshalb ich mir vornehme, morgen früh eine zu kaufen. Doch es müssen bereits Stunden vergangen sein, in denen ich unruhig durch den Anbau laufe und immer wieder aus dem Fenster blicke. Ben ist immer noch nicht aufgetaucht. Langsam mache ich mir Sorgen, dass etwas nicht stimmt. Wieso hat er mich nicht geweckt? Enttäuschung breitet sich in meinem Inneren aus. Ich habe ihn nicht für diesen Typ Mann gehalten, der nach dem Sex einfach so verschwindet ...

Je mehr Zeit verstreicht, desto mehr ärgere ich mich über mich selbst, weil ich so naiv war zu glauben, mit Ben würde es anders laufen als mit Thomas. Scheinbar sind alle Männer gleich. Erst wickeln sie dich um den

Finger, und wenn sie bekommen haben, was sie wollen, lassen sie dich links liegen. Noch einmal begehe ich jedoch nicht den Fehler, einem Mann hinterherzulaufen. Eine verkorkste Beziehung hat mir wirklich gereicht! Denn wäre ich damals nicht so hartnäckig gewesen, dann hätte Thomas es vermutlich bei dem einen One-Night-Stand nach der betrieblichen Weihnachtsfeier vor Jahren belassen. Ich war jedoch so dumm zu glauben, für ihn etwas Besonderes zu sein und habe mir Liebe eingebildet. Er hatte lediglich seinen Spaß mit mir und für ihn war es bequem, weil ich immer auf Abruf gewesen bin, wenn er seine Bedürfnisse befriedigen wollte. Das war keine Liebe, es war Gewohnheit und Bequemlichkeit. Wenn mir jetzt dasselbe mit Ben passiert – ich könnte es nicht ertragen. Dabei habe ich wirklich geglaubt, er wäre anders als mein Ex …

Verärgert balle ich die Hände zu Fäusten. Tränen der Enttäuschung brennen hinter meinen Lidern. Trotzdem ist da diese leise Stimme in meinem Kopf, die mir zuflüstert, dass ich nicht aufgeben darf. Dass es bestimmt eine logische Erklärung für sein kommentarloses Verschwinden gibt. Sicher kommt er bald zurück und erklärt alles. Hätte ich jetzt doch nur ein Handy, dann könnte ich ihn fragen, was los ist. Wahrscheinlich musste er nur etwas Dringendes erledigen, genau wie gestern Abend …

Der Zwiespalt zwischen Ärger und Sorge in mir wird immer größer, bis ich diese Warterei nicht mehr aushalte. Ich schnappe mir meine Jacke und die Handtasche, dann verlasse ich den Leuchtturm und gehe die wenigen Meter zwischen den Dünen entlang zu meinem Wagen, den ich abseits an der Straße geparkt habe. Wenn Ben nicht zu mir kommen will, dann werde ich zu ihm fahren, um ihn zur Rede zu stellen.

Die ganze Fahrt über bis zu seiner Werkstatt zermartere ich mir das Hirn, warum er nicht bis zum Morgen geblieben ist. War es ihm unangenehm, mit mir geschlafen zu haben? Habe ich seine Worte vielleicht falsch interpretiert und er mag mich nicht so wie ich ihn? Ist er deshalb wortlos gegangen, um uns beiden die Peinlichkeit zu ersparen, über diesen One-Night-Stand sprechen zu müssen? Die Gedanken kreisen unaufhörlich in meinem Kopf und verstummen erst, als ich meinen Beatle auf dem Hof von Bens Werkstatt parke.

Wie erwartet dringt kein Geräusch aus der Werkstatt, immerhin ist Sonntag. Das große Tor ist verschlossen und auch auf dem Hof stehen kaum Fahrzeuge. Langsam gehe ich um das Gebäude herum und steige die zwei Stufen hinauf zum Eingang des Büros. Die Tür ist verriegelt und im Inneren brennt kein Licht. Es hätte mich auch gewundert, wenn ich dort sonntags Bens Sekretärin Gaby angetroffen hätte. Ben scheint ebenfalls nicht da zu sein. Grübelnd lege ich Daumen und Zeigefinger ans Kinn. Er hatte erwähnt, dass seine Wohnung über der Werkstatt liegt, also müsste sich der Eingang doch hier befinden. Suchend blicke ich mich um, entdecke jedoch kein weiteres Klingelschild neben der Eingangstür. Ich kann ja nicht mal meinen Schwager anrufen und ihn nach Bens Wohnung befragen, weil ich kein Handy mehr habe. Außerdem würde sich Dirk ganz bestimmt wundern, was ich von Ben will und diese Information sofort mit Claudia teilen. Diese wiederrum würde mich ihrerseits mit Fragen löchern, was ich gerade gar nicht gebrauchen kann. Schließlich bin ich verdammt durcheinander, was meine Gefühle für Ben anbelangt. Ich habe mich in ihn verliebt und geglaubt, ihm würde es ebenso ergehen. Nun bin ich mir jedoch nicht mehr so sicher, weshalb ich mit ihm reden möchte. Wenn ich ihm jetzt meine Liebe gestehe und alles auf eine Karte setze, dann werde ich wenigstens Gewissheit haben. Entweder weist er mich ab, oder wir werden zusammen glücklich.

Ratlos gehe ich zurück zum Tor der Werkstatt und sehe mich um, bis ich eine Außentreppe an der Rückseite des Hauses entdecke. Da oben muss seine Wohnung sein! Sogleich steige ich die Stufen hinauf und bleibe vor der Wohnungstür stehen. Plötzlich werde ich ganz nervös, weil ich einfach hier auftauche, um mit Ben zu reden. Vielleicht sollte ich besser wieder fahren, um nicht so aufdringlich und anhänglich rüberzukommen? Doch wenn ich ihn nicht jetzt zur Rede stelle, werde ich ewig an den Fragen in meinem Kopf zu knabbern haben und keine Ruhe finden. Also drücke ich beherzt auf den Klingelknopf und warte gespannt. Das Geräusch tönt durchs Innere der Wohnung und ist so laut, dass ich es sogar hier draußen noch vernehmen kann. Je länger ich vor der Tür stehe, desto heftiger klopft mein Herz. Doch niemand öffnet. Ich klingele noch zwei weitere Male, bevor ich mit hängenden Schultern die Treppe hinuntersteige und zu meinem Auto zurückkehre. Hier komme ich nicht weiter. Zuerst sollte ich mir ein neues Handy zulegen und schauen, ob ich meine Kontaktliste aus der Cloud wiederherstellen kann. Dann könnte ich Ben zumindest anrufen, um zu erfahren, wieso er ohne ein Wort des Abschieds gegangen ist. Bei Claudia vermute ich immer noch Quarantäne wegen Silkes Windpocken, weshalb ich dort nicht vorbeifahre. Mein nächster Stopp befindet sich in Monas Café, weil ich Ben am Strand vermute. Leider werde ich schnell enttäuscht, denn dieser ist beinahe menschenleer und die Nordsee bereits so weit zurückgegangen, dass Windsurfen unmöglich ist.

In Gedanken versunken, stoße ich die Tür zu Monas Café auf und laufe direkt Clärchen in die Arme, die mit ihren beiden Freundinnen im Schlepptau gerade gehen will.

»Ramona, meine Liebe. Wirklich schön, dich zu sehen«, sagt sie freudestrahlend und schüttelt überschwänglich meine Hand. »Ich habe gehört, dass du endlich dein Erbe angenommen und in den Leuchtturm vom alten Herbert gezogen bist. Wir freuen uns alle sehr darüber.«

»Oh, woher weißt du das denn?«

»Na, die ganze Insel spricht längst darüber. Claudia hat es mir neulich im Supermarkt erzählt«, meint die alte Dame im Plauderton und tätschelt meinen Arm. »Die arme Silke leidet so sehr an ihren Windpocken, meinte deine Schwester. Ich kann mich noch gut daran erinnern, als meine Enkel so krank gewesen sind. Man will den Kleinen gerne helfen, aber kann nicht. Jeder muss da einmal durch.«

Geduldig warte ich ab, bis Clärchen zu Ende erzählt hat. Mittlerweile bin ich es gewohnt, dass sie mich anspricht und dann in ihre Erinnerungen abschweift. Vermutlich ist es typisch für ältere Menschen wie sie. Außerdem scheint sie ziemlich gut Bescheid zu wissen, was in Westerland vor sich geht. Ob ich sie auf Ben ansprechen sollte?

»Es ist so schön zu sehen, wie Ben sich um dich kümmert, meine Liebe«, erzählt Clärchen und kommt meiner Frage zuvor. »Er blüht richtig auf in deiner Gegenwart. Erst neulich haben wir ihn dabei beobachtet, wie er Kaffee für dich geholt hat. Er hatte mit Mona darüber gesprochen, dass er dir bei der Renovierung helfen möchte. Nicht wahr, Mädels?« Ihre Freundinnen nicken zustimmend. Die alte Frau sieht mich mit einem milden Lächeln an und drückt noch einmal meine Hände, ehe sie mich loslässt.

»Ach, ich freue mich wirklich für den Jungen. Und für dich natürlich auch. Nach den privaten Rückschlägen der vergangenen Jahre bist du vermutlich sein Licht im Dunkeln.«

Irritiert ziehe ich die Augenbrauen zusammen. Was meint sie damit? Klar, manchmal habe ich seinen sehnsuchtsvollen Blick bemerkt, dennoch kam er mir immer ausgeglichen vor.

»Kannst du mir erklären, was du damit meinst? Ich mache mir Sorgen um ihn, weil er heute Morgen plötzlich verschwunden ist«, frage ich Clärchen, denn ich kann nicht länger warten. Ich muss wissen, wo er steckt und ob sein Verschwinden einen triftigen Grund hat, oder ob er einfach nur mit meinen Gefühlen gespielt hat.

»Er ist weg? Nun, wenn er nicht in der Werkstatt ist, dann weiß ich auch nicht. Es gibt nicht so viele Orte, wo er sein könnte. Hast du schon am Strand nach ihm gesehen?«

Ich nicke betrübt.

»Kopf hoch, meine Liebe. Er wird schon wieder auftauchen«, beschwichtigt mich die alte Frau, dann verabschiedet sie sich von mir und rauscht mit ihren Freundinnen im Schlepptau davon. Seufzend gehe ich ins Innere des Cafés zu Mona an den Verkaufstresen und setze mich auf einen der hohen Barhocker statt an meinen Stammplatz im hinteren Ende des Raumes.

»Dasselbe wie immer?«, fragt die Cafébesitzerin freundlich und als ich bestätigend nicke, dreht sie sich bereits zum Kaffeeautomaten um. Wenige Sekunden später summt das Gerät und ich schaue dabei zu, wie schwarze Flüssigkeit in einen Becher läuft.

»Ich habe dein Gespräch mit Clärchen an der Tür mitbekommen. Er hat in aller Frühe die Insel verlassen«, meint Mona und legt die Stirn in Falten, nachdem sie den Kaffee vor mir abgestellt hat.

»Die Insel? Wie meinst du das?«, frage ich erschrocken, ohne das Getränk anzurühren. »Einfach so? Wo wollte er denn hin? Und warum so plötzlich? Kommt er bald zurück?« *Ich muss ihm unbedingt meine Gefühle gestehen ...*

»Das weiß ich nicht. Er sah ziemlich besorgt aus, als er sich einen Kaffee und Frühstück für unterwegs bei mir abgeholt hat. Es war noch früh und ich habe eigentlich geglaubt, dass das Essen für dich gewesen ist ... Bis er mir erzählte, dass er den Autozug erwischen muss.«

Den Autozug ... Dann muss er zumindest bis Niebüll fahren, um dort möglicherweise umzusteigen. Mist, ich brauche dringend ein Handy, um ihn zu kontaktieren.

»Meinst du, er kommt bald zurück?«, frage ich hoffnungsvoll. Mona zuckt mit den Schultern.

»Er wirkte angespannt auf mich. So, als würde er vor irgendetwas oder irgendjemandem fliehen wollen. Ist vielleicht was zwischen euch vorgefallen?« Sie mustert mich forschend, sodass ich den Kopf senken muss, damit sie die aufsteigenden Tränen in meinen Augen nicht erkennen kann.

»Doch ich kann mich auch irren. Vielleicht hatte er es bloß eilig, weil er etwas Wichtiges erledigen musste. Morgen ist er bestimmt wieder zurück. Immerhin muss er hier eine Autowerkstatt leiten«, entkräftet sie ihre Worte schnell. Mit beiden Händen umfasse ich den Kaffeebecher, um das Zittern zu unterdrücken. Erneut kreisen die Gedanken in meinem Kopf, dass er womöglich vor *mir* geflohen sein könnte. Doch dass er deshalb sogar die Insel verlässt, damit habe ich nicht gerechnet. Will er mir nicht unter die Augen treten, weil er unseren One-Night-Stand bereut? Mein Magen krampft sich zusammen und ich schlucke die Tränen hinunter. Es ist feige von ihm, nicht mit mir zu sprechen. Denkt er, ich würde seine Abfuhr nicht akzeptieren? Ich bin erwachsen und kann mit einer Enttäuschung leben, doch Ungewissheit ist schlimmer zu ertragen.

»Du hast recht, er wird sich schon melden«, meine ich in lockerem Ton und trinke meinen Kaffee aus. Dann zahle ich und verlasse das Café.

***

Am Montagmorgen besorge ich mir als Allererstes ein neues Smartphone mit einer Prepaidkarte im Elektronikgeschäft, bevor ich zu meinem Termin bei Kaiser & Söhne fahre. Es ist viel zu teuer, aber in meiner Not bleibt mir nichts anderes übrig, wenn ich nicht noch länger auf ein Handy verzichten will. Vergangenen Abend habe ich versucht, nicht an Ben zu denken, doch es hat nicht funktioniert. Ich habe mir immer wieder den Kopf darüber zerbrochen, was ich falsch gemacht habe. Zwischen uns war das Knistern deutlich zu spüren. Wenn er keinen anderen triftigen Grund hatte, wortlos die Insel zu verlassen, dann *muss* sein Verschwinden mit mir zu tun haben.

Bereits in meinem Auto schalte ich das Handy ein. Zwar habe ich nun eine neue Nummer, doch wenigstens kann ich meine alten Kontakte aus der Cloud übertragen. Laut meines Mobilfunkanbieters wird es ein paar Stunden dauern, bis eine Rufumleitung auf meine neue Nummer freigeschaltet ist. Eine Ersatzkarte wird mir erst in den kommenden Wochen zugeschickt, sobald ich mich entschieden habe, an welche Adresse die Post gehen soll.

Bens Name ist weit oben in meinem Telefonbuch. Sogleich spüre ich einen Stich im Herzen. Nervös kreist mein Finger über seinem Kontakt und ich traue mich nicht, seine Nummer zu wählen. Soll ich ihn fragen, was passiert ist? Würde er überhaupt drangehen?

Ich atme mehrmals ein und aus, dann nehme ich meinen ganzen Mut zusammen und klicke auf Bens Namen. Mit dem Smartphone am Ohr warte ich angespannt. Mein Herz klopft immer schneller doch nach nur wenigen Sekunden kommt die Ansage, dass der Teilnehmer nicht erreichbar ist. Enttäuscht lasse ich das Smartphone sinken und warte einen Augenblick, bis ich es erneut versuche. Leider habe ich auch dieses Mal keinen Erfolg.

Frustriert stecke ich das Handy zurück in meine Tasche und steige aus dem Auto. Ich werde es einfach später erneut versuchen, sobald ich meinen Termin bei Kaiser & Söhne hinter mich gebracht habe. Während meiner Nacht mit Ben habe ich mich vollends dazu entschlossen, auf Sylt zu bleiben. Doch seitdem er weg ist, gerät mein Entschluss ins Wanken ...

»Sie sind früh dran«, meint Heike, die Sekretärin, als ich zu ihr an den Empfangstresen trete und meinen Namen nenne. »Herr Kaiser ist noch gar nicht hier, müsste aber jeden Moment kommen. Nehmen Sie doch erst mal im Wartebereich Platz. Möchten Sie einen Kaffee?«

Kopfschüttelnd setze ich mich auf einen der Stühle vor Simons Büro und schlage die Beine übereinander. Ungeduldig wippe ich mit dem Fuß und sehe immer wieder zum Eingang. Endlich öffnet sich die Tür und Simon eilt herein.

»Heute bitte keine Termine«, ruft er Heike zu und rauscht bereits an mir vorbei, ohne mich zu beachten. Mit einem verärgerten Schnauben erhebe ich mich von meinem Platz.

»Ich habe hier nicht umsonst gewartet«, sage ich mit fester Stimme. Simon wirbelt zu mir herum und sieht mich mit hochgezogenen Augenbrauen an. Es braucht einen Moment, bis sich Erkennen auf seinem Gesicht abzeichnet.

»Ramona? Dich habe ich ja gar nicht erkannt. Du siehst so ... anders aus«, kommt es gedehnt von ihm, und ich bin mir nicht sicher, ob ich seine Worte als Kompliment oder Beleidigung werten soll. Irritiert ziehe ich die Augenbrauen zusammen.

»Mein Outfit steht gerade nicht zur Debatte«, entgegne ich. Bei unserem letzten Treffen trug ich High Heels und einen Bleistiftrock. Kleidung, die ich üblicherweise bei der Arbeit anhatte. Heute komme ich in meinen roten Gummistiefeln und Jeans sowie einem Kapuzenpullover in die Kanzlei. Außerdem bin ich ungeschminkt, was für mich noch vor ein paar Wochen undenkbar gewesen wäre. Meine eleganten Klamotten gehören zu einem anderen Leben, wie mir scheint. Sylt hat mich nicht nur äußerlich verändert. Der weite Himmel und die raue See, der kühle Sand unter meinen Zehen – alles hat dazu geführt, dass ich mit mir selbst ins Reine gekommen bin. Ich bin endlich zu einer Frau geworden, die sich nicht herumkommandieren lässt. Genau das lasse ich Simon jetzt spüren.

»Ich habe bereits vor Tagen diesen Termin gemacht, also wirst du mich nicht einfach so abwimmeln«, beharre ich auf meinem Standpunkt. »Wir müssen noch einmal über den Leuchtturm sprechen.«

Der Anwalt seufzt und streicht sich mit der Hand kurz durch die Haare. Er wirkt ein bisschen genervt, weil er sich mit mir abgeben muss. Doch es ist schließlich seine Arbeit und die Sache mit meinem Erbe ist immer noch nicht in trockenen Tüchern, was größtenteils seine Schuld ist. Zwar konnte ich mich zuerst nicht entscheiden, aber er hätte doch ebenfalls mehr Argumente liefern können, um mir bei der Entscheidungsfindung zu helfen. Stattdessen ist er einfach in den Urlaub geflogen ... Oder hatte Ben recht und Simon verfolgt eigene Pläne, weshalb er diesen Fall absichtlich auf die lange Bank schiebt?

»Also schön«, meint er schließlich und macht eine einladende Geste in Richtung seines Büros, ehe er die Tür öffnet. »Dann komm rein. Möchtest du einen Kaffee?«

»Nein danke.« Ich gehe an ihm vorbei und setze mich auf den freien Stuhl vor dem Schreibtisch. Simon umrundet den Tisch und setzt sich mir gegenüber. Dann faltet er seine Hände auf der Tischplatte und sieht mich erwartungsvoll an.

»Ich gehe davon aus, dass es um dein Erbe geht?«, fragt er nach einem Moment des Schweigens. »Bist du hier, um es auszuschlagen?«

»Wie kommst du darauf?«, will ich irritiert wissen. Bisher habe ich diese Möglichkeit ihm gegenüber mit keinem Wort erwähnt. Simon lehnt sich in seinem Bürosessel zurück.

»Was willst du denn mit diesem maroden und baufälligen Gebäude? Es würde dich an diese Insel ketten. Oder hast du vor, es zu verkaufen? Du solltest dich jetzt entscheiden, ehe es zu spät ist und du das Ding gar nicht mehr loswirst.«

»Nein, darüber habe ich noch nicht nachgedacht«, meine ich und krame in meiner Handtasche, weil mein Smartphone vibriert. Es ist eine unbekannte Nummer. Der Anwalt lächelt mild.

»Ich kann mir nicht vorstellen, dass du dein Leben in der Einöde verbringen willst, Ramona. Oder glaubst du, Ben würde sich zu dir in den Leuchtturm gesellen? Da kennst du ihn aber nicht sehr gut.«

Bei Erwähnung seines Namens erstarre ich. Das Vibrieren meines Handys stoppt und das Display zeigt mir einen verpassten Anruf an. Doch das ist mir gerade egal.

»Was meinst du damit?«, will ich zögernd von ihm wissen. »Was hat Ben mit der ganzen Sache zu tun? Es ist allein meine Entscheidung, ob ich den Leuchtturm behalten will oder nicht.«

»Bist du dir da sicher? Ich schätze dich anders ein.«

»Du kennst mich nicht«, entgegne ich sogleich und umklammere den Griff meiner Handtasche fester.

»Da hast du recht, das tue ich nicht. Dafür kenne ich meinen Cousin nur zu gut. Sicher hat er dir erzählt, dass wir miteinander verwandt sind.« Der Anwalt macht eine bedeutungsschwere Pause und sieht mich eindringlich an. »Er ist niemand, der sich dauerhaft bindet.«

Mein Herz rast bei seinen Worten und mir wird kalt. Dennoch versuche ich, nach außen hin so ruhig wie möglich zu bleiben. Wieso zur Hölle interessiert es ihn, was zwischen Ben und mir läuft?

»Wie kommst du darauf, dass ich Interesse an Ben habe? Außerdem tut das nichts zur Sache«, wende ich ruhig ein, kann jedoch nicht verhindern, bei dieser Lüge rot zu werden. Es ist mir unangenehm, mit Simon über Ben zu sprechen, weil ich dem Anwalt gegenüber meine Gefühle nicht offenbaren möchte. Ben ist ohne ein Wort nach unserer gemeinsamen Nacht ver-schwunden. Das allein ist eigentlich Grund genug, der Insel den Rücken zu kehren und nicht mehr an ihn zu denken. Trotzdem mache ich mir Sorgen und hoffe, noch einmal mit Ben reden zu können. Deshalb klam-mere ich mich an die Möglichkeit, dass er zu mir in den

Leuchtturm zurückkommt, wenn ich dort auf ihn warte.

»Natürlich hat diese Tatsache nichts mit unserem Fall zu tun. Es spricht sich herum, dass Ben sich häufig in deiner Nähe aufhält. Dir ist bestimmt bereits aufgefallen, dass die Insel praktisch ein Dorf ist, wo jeder jeden kennt und sich Gerüchte wie ein Lauffeuer verbreiten. Außerdem habe ich euch beide vor einigen Wochen auf dem Fest gesehen. Ihr wirktet sehr vertraut miteinander. Kein Wunder, dass er sich jemanden von außerhalb ausgesucht hat. Die wenigsten Frauen von hier würden sich auf ihn einlassen, weil sie seine Vergangenheit kennen.«

»Seine Vergangenheit?«

»Du weißt nichts davon, oder? Es ist kein Geheimnis, dass Ben einen Sohn hat. Fast jeder hier auf der Insel weiß das«, meint er wie beiläufig und zupft an seiner Krawatte. Für einen Moment bleibt mir die Luft weg und ich kann den Schock nicht vertreiben, der mir ins Gesicht geschrieben stehen muss. Ein Kind? Doch wieso hat er seinen Sohn nie erwähnt? Wo lebt er und was ist mit seiner Mutter?

Simon muss mir meine Unwissenheit ansehen, denn auf einmal erkenne ich ein schelmisches Grinsen auf seinem Gesicht, das er jedoch schnell verbirgt.

»Ach, wusstest du das nicht? Felix ist mittlerweile acht Jahre alt. Ich habe ihn und seine Mutter vergangenen Sommer kennengelernt, als die beiden hier Urlaub gemacht haben. Genaueres weiß ich nicht, aber ich kann mir sehr gut vorstellen, dass er immer noch an seiner Ex hängt. Sie wohnt mit dem Jungen in Hamburg«, erzählt Simon bereitwillig. Bei seinen Worten wird mir eiskalt und mein Magen krampft sich zusammen. Wieso zur Hölle erzählt er mir das? Sieht man mir an der Nasenspitze an, dass ich mich in Ben verliebt habe? Will er mir absichtlich wehtun, weil er mit Ben im Klinsch liegt, oder geht es ihm dabei nur um den Leuchtturm?

Um das Zittern meiner Hände zu verbergen, kralle ich meine Finger noch fester um den Griff meiner Handtasche. Diese Neuigkeiten treffen mich völlig unerwartet und werfen noch mehr Fragen auf. Hat Simon recht und Ben ist gerade bei seiner Ex in Hamburg? Ist sie überhaupt noch seine Ex? Wie könnte er sich von einer Frau lösen, mit der er ein gemeinsames Kind hat? Gott, mir wird regelrecht übel von diesem Gedankenkarussell!

Ich schlucke die aufsteigenden Tränen hinunter, weil mir diese Gedanken an die Nieren gehen. Wieso zur Hölle konnte Ben nicht ehrlich zu mir sein? Es tut weh, diese Dinge von seinem verhassten Cousin erfahren zu müssen, auch wenn ich von Ben bereits weiß, welche schlechte Beziehung die beiden Männer zueinander haben. Eigentlich sollte ich auf Simons Worte keinen Wert legen, weil ich mittlerweile verstanden habe, wie sehr er Ben hasst. Dennoch kann ich in meinem Gefühlschaos nicht objektiv denken und fühlen.

Weil ich immer noch schweigend meinen inneren Kampf ausfechte, redet Simon weiter.

»Wie dem auch sei. Du hast recht, diese Informationen tun eigentlich nichts zur Sache. Wollen wir dann noch einmal über den Leuchtturm sprechen? Wirst du das Erbe tatsächlich annehmen, um dich an Sylt zu binden? Du würdest Ben dadurch vermutlich täglich über den Weg laufen und –«

»Ich lehne ab«, falle ich Simon aus einem Impuls heraus ins Wort. Trotz steigt in mir auf. Die Erkenntnis, dass ich erneut von einem Mann enttäuscht wurde, weil ich zu naiv gewesen bin, an die Liebe zu glauben, übermannt mich. Ich weiß nicht, ob Ben noch Gefühle für seine Ex-Freundin hat – doch der gemeinsame Sohn wird ihn für immer an diese Frau binden. Wie könnte ich dagegenhalten? Vermutlich wäre ich sowieso nur das dritte Rad am Wagen, auch wenn er sich schlussendlich für mich entscheiden sollte. Also ist es sogar gut, dass Ben verschwunden ist, ehe ich ihm meine Gefühle gestehen konnte. Vielleicht ist es besser, wenn ich die Insel verlasse und wir uns nicht mehr sehen. Es würde mir zumindest den Schmerz ersparen, von ihm zu hören, wie er erneut glücklich mit der Mutter seines Kindes zusammenkommt ...

»Du lehnst ab?«, hakt Simon nach und kramt einige Papiere aus einem Aktenordner heraus. Der Erbschein liegt immer noch bei Claudia – aber vielleicht bedarf es diesem gar nicht mehr, wenn ich abtrete?

»Ja. Ich schlage das Erbe aus. Du hast recht, eigentlich habe ich kein Interesse an diesem baufälligen Leuchtturm«, meine ich lapidar und setze eine undurchdringliche Maske auf. Der Anwalt soll nicht merken, wie verletzt ich gerade bin.

Simons Miene hellt sich auf und er schiebt mir einige Schreiben herüber.

»Dann solltest du hier unterzeichnen, um die Sache in die Wege zu leiten. Normalerweise müsstest du für eine

Abtretung zum zuständigen Nachlassgericht, aber wir können das Prozedere beschleunigen, indem du eine schriftliche Erklärung abgibst und mir die Vollmacht für die weiteren Schritte überträgst. Dann werde ich stellvertretend das örtliche Amtsgericht aufsuchen, damit du nicht persönlich erscheinen musst«, erklärt er mir und reicht mir einen Kugelschreiber. Obwohl es mich kurz stutzig macht, warum die Sache plötzlich binnen weniger Minuten erledigt zu sein scheint, wo ich deswegen bereits Wochen hier bin, kann ich mich gedanklich trotzdem nicht durchringen, die Situation zu hinterfragen. Ich bin zu verwirrt und verletzt, sodass ich so schnell wie möglich dieses Büro verlassen möchte. Wie in Trance unterschreibe ich die Papiere an der gekennzeichneten Stelle, ohne mir den Text genau durchzulesen. Dafür bin ich gerade viel zu durcheinander und zudem bemüht, mir nichts anmerken zu lassen. Ich will mir vor Simon nicht die Blöße geben, in Tränen auszubrechen. Vermutlich würde sich dieses Gerücht ebenfalls binnen Sekunden in Westerland verbreiten. Ich fühle mich so elend, als hätte Ben mit mir Schluss gemacht, obwohl wir nicht einmal zusammen waren ...

»Dann hätten wir das ja endlich«, meint Simon zufrieden und steckt die Zettel zurück in den Ordner, bevor er sich erhebt und sein Jackett glatt streicht. Er hält mir die Hand hin, während ich mich ungelenk vom Stuhl erhebe. Mein ganzer Körper fühlt sich an, als würde er nicht mir gehören. Als wäre mir jede Bewegung fremd. Ich schüttele Simons Hand mit einem aufgesetzten Lächeln, doch innerlich bin ich wie gelähmt. Schweren Herzens verlasse ich die Kanzlei und erst im Schutz meines Autos, das mich plötzlich an meine erste Begegnung mit Ben erinnert, brechen alle Dämme. Ich kann mir selbst nicht erklären, warum die Wahrheit so schmerzt, denn ich habe diese Worte nicht von Ben gehört und kann nicht wissen, was wirklich hinter Simons Erzählungen steckt. Dennoch spüre ich, wie sich eine unsichtbare Kluft zwischen Ben und mir aufgetan hat, die ich niemals überwinden werde, auch wenn er zu mir zurückkommen sollte.

Schluchzend lehne ich meine Stirn gegen das Lenkrad und lasse meinen Tränen freien Lauf. Es dauert eine Weile, bis die erste Enttäuschung in Wut umschlägt. Die kurze Fahrt zum Ellenbogen verbringe ich damit, mich in Rage zu denken, um den Kummer aus meinem Herzen zu vertreiben.

Ein Teil der Insel ... von wegen! Er wollte mich nur davon überzeugen, hierzubleiben, hatte aber selbst nie die Absicht, es ebenfalls zu tun. Warum zur Hölle war es ihm so wichtig, dass ich mich in *Sylt* verliebe, wenn er selbst vermutlich längst wieder nach Hamburg gegangen ist? Mona meinte heute Morgen, Ben hätte die Insel verlassen. Also wohin sollte er, wenn nicht zu seinem Sohn?

Verärgert stapfe ich die Wendeltreppe hinauf in mein Schlafzimmer. Das Bett ist immer noch zerwühlt und erinnert mich sofort an vergangene Nacht, die ich in Bens Armen verbracht habe. Ein bitteres Lachen entfährt mir, während ich meine Habseligkeiten in die Reisetasche stopfe. Er ist nicht besser als mein Ex. Thomas hat mich betrogen, doch Ben hat mich verraten, weil er nicht die Wahrheit gesagt hat. Wahrscheinlich war ich für ihn wirklich nur ein netter Zeitvertreib, weil ich neu auf Sylt gewesen bin. Simon hat recht, hier hält mich nichts. Zwar ist da immer noch ein Funken Hoffnung in meinem Herzen, dass alles nur ein blödes Missverständnis ist – doch Bens Sohn kann ich mir nicht einfach wegdenken. Er hätte es mir sagen sollen. Wieso zur Hölle hat er dafür gesorgt, dass ich mich in ihn verliebe, um mir anschließend das Herz zu brechen?!

Weil es einfach keinen Sinn ergibt, länger auf Sylt zu verweilen, schnappe ich mir meine Sachen und stürze die Treppe wieder herunter, als wäre der Teufel höchstpersönlich hinter mir her. Dann verlasse ich den Leuchtturm und sehe nicht mehr zurück, als ich zu meinem Auto eile.

***

Als der Autozug in Niebüll hält, habe ich mich weitestgehend gefasst. Langsam steuere ich meinen alten Beatle über die Verladerampe den anderen Autos hinterher zur Ausfahrt. Der blaue Zug für die Rückfahrt Richtung Sylt steht schon bereit und die Autos reihen sich ein. Ich parke meinen Wagen abseits der Verlademarkierungen, um Claudia anzurufen. Damit ich mal wieder frische Luft schnappen kann, steige ich aus und krame mein Smartphone aus der Handtasche. Beim Scrollen durch meine letzten Anrufe fällt mir die unbekannte Nummer wieder ein, deren Anruf ich vor wenigen Stunden verpasst habe. Kurz überlege ich, zurückzurufen und will schon auf Wahlwiederholung klicken, als ich auf einen blonden Mann neben dem Kassenautomaten für die Tickets aufmerksam werde. Es wundert mich, dass überhaupt noch jemand Tickets vor Ort kauft, wenn es doch online viel einfacher ist. Neugierig beobachte ich den Mann, wie er ein Ticket zieht. Als er sich in meine Richtung dreht und sich umsieht, als würde er nach jemandem Ausschau halten, stockt mir der Atem und ich ducke mich instinktiv neben meinem Auto.

Verdammt, ist das dort drüben wirklich Ben? Das kann nicht sein! Sogleich beschleunigt sich mein Puls und meine Gefühle überschlagen sich. Zu meiner Wut und Enttäuschung von vorhin mischt sich unbändige Freude, ihn wiederzutreffen. Bevor ich mich jedoch entschließen kann, auf ihn zuzugehen, entdecke ich eine dunkelhaarige Frau mit einem blonden Jungen, die sich zu Ben gesellen. Dieser lächelt und wuschelt dem Kind durchs Haar. Der Junge lacht und sagt etwas, das ich aus der Ferne nicht verstehen kann. Sein rechter Arm liegt in einer Schiene. Die Frau legt dem Kind die Hand auf die Schulter, dann macht sie einen Schritt vor und umarmt Ben.

Ich halte den Atem an und kann einen erstickten Schrei gerade noch unterdrücken, damit mich niemand bemerkt. Zwar sehe ich das Gesicht der Frau nicht, doch das zufriedene Lächeln auf Bens Lippen erkenne ich ganz genau. Gott, dass muss seine Ex-Freundin mit seinem Sohn sein. Die drei sehen wie eine richtige Familie aus. Was, wenn sie nicht mehr seine Ex ist und die beiden wieder zueinandergefunden haben? Die Gedanken rasen wie wild durch meinen Kopf und mir wird gleichzeitig heiß und kalt. Meine Sicht verschwimmt und durch den Tränenschleier hindurch sehe ich noch, wie sich die drei entfernen. Ich muss mich gegen die geschlossene Fahrertür meines Wagens lehnen, denn ich habe Angst, mir könnten die Beine versagen. Mit zitternden Fingern umklammere ich mein neues Smartphone, das ich vor Schreck beinahe fallen gelassen habe.

Ben hat tatsächlich seinen Sohn getroffen – und er sah so verdammt glücklich aus! Simon hatte mit seiner Vermutung recht, dass sich Ben womöglich wieder zu seiner Ex hingezogen fühlt. Die innige Umarmung der beiden bestätigt diesen Verdacht. Ein Schluchzen entrinnt mir und ich presse mir instinktiv die Hand vor den Mund, um den Laut zu unterdrücken. Wie konnte ich so dumm sein, mich in einen Kerl zu verlieben, der mir niemals gehören wird?

Einige Herzschläge lang stehe ich wie erstarrt an mein Auto gelehnt und atme schnell durch den Mund ein und aus, um die Tränen zurückzuhalten, die hinter meinen Lidern brennen. Wie viel Pech kann ein Mensch haben? Die vergangenen Wochen haben mein Leben völlig durcheinandergebracht. Angefangen mit meiner Trennung von Thomas und dem Ärger auf der Arbeit. Dann das plötzliche Erbe und meine überstürzte Fahrt nach Sylt, wo ich in den Unfall mit Simon verwickelt wurde und daraufhin Ben kennengelernt habe. Die Kündigung und mein Entschluss, auf der Insel zu bleiben, weil ich mir von der Begegnung mit Ben mehr erhofft habe, als tatsächlich vorhanden war. Und zu guter Letzt die schmerzhafte Erkenntnis, dass er mich in Wahrheit nur benutzt hat, um sich womöglich abzulenken, bis seine Ex-Freundin und sein Sohn mit ihm nach Westerland kommen. Diese Achterbahn der Gefühle, die ich in der kurzen Zeit erlebt habe, hätte vermutlich jeden aus der Spur gebracht.

Schluchzend steige ich wieder in mein Auto, damit nicht doch noch jemand auf mich aufmerksam wird. Ich sollte mich beruhigen und endlich nach Hause fahren, um Ben und meine Zeit auf der Insel hinter mir zu lassen. Fahrig wische ich mir mit dem Handrücken über die Augen, ehe ich den Motor starte und mich endlich überwinde, loszufahren. Jetzt sind es nur noch knapp zweihundert Kilometer bis nach Hamburg in mein altes Leben.

Kapitel 15

»Ramona, wo zur Hölle bist du?«, will Claudia hektisch wissen.

»Zu Hause. In meinem Bett«, krächze ich müde und völlig zerschlagen. Meine Stimme klingt rau vom vielen Weinen. Die vergangene Nacht war die Hölle, denn ich habe einfach nicht in den Schlaf gefunden. Die Erinnerung an Ben war zu präsent in meinem Kopf und schmerzte, obwohl ich versucht habe, diese Pein und die Erkenntnis zu ignorieren, dass er nur mit mir gespielt hat. Oder habe ich selber die Zeichen falsch gedeutet? Hatte er nur nett sein wollen, als er sich immer wieder mit mir getroffen hat? War unsere gemeinsame Nacht für ihn lediglich ein unbedachter One-Night-Stand, den er im Nachhinein bereut? Schon wieder überschlagen sich die Gedanken in meinem Kopf, weshalb ich kaum Ruhe finde.

»Ja. Das habe ich auch gehört. Aber wieso, um Himmels willen, hast du nicht Bescheid gesagt, dass du zurück nach Hamburg fährst? Du hast einfach alles stehen und liegen lassen ...«

»Nein, im Grunde hatte ich sowieso nichts auf Sylt verloren. Du hast mich rausgeworfen«, murre ich und ziehe mir die Decke über den Kopf, um die Welt auszuschließen. Gerade kann ich nicht in meinen Alltag zurückkehren und am liebsten würde ich das Telefonat mit meiner Schwester beenden, um wieder Stille um mich herum zu haben. Meine Gedanken sind sowieso viel zu laut, sodass mein Kopf dröhnt.

»Doch nur wegen der Ansteckungsgefahr. Es war nicht gegen dich gerichtet, das weißt du doch.«

»Weiß ich. Trotzdem. Es war ein Fehler, überhaupt so lange geblieben zu sein …«

»Jetzt übertreibst du«, wendet meine Schwester ein. Ich kann förmlich sehen, wie sie die Augen verdreht. »Du warst und bist in unserem Haus stets willkommen. Die Kinder sind ganz traurig, dass du dich nicht von ihnen verabschiedet hast. Vor allem Silke, denn sie wollte dir selbst von ihrer Genesung erzählen. Deshalb waren wir gestern nach dem Kindergarten bei dir am Leuchtturm, aber du warst nicht da. Erst von Mona habe ich erfahren, dass du Sylt überstürzt verlassen hast. Wieso hast du mir nichts erzählt?«, wiederholt sie vorwurfsvoll, weil sie mit meinen Ausflüchten nicht zufrieden ist. Gekonnt übergehe ich die Frage, denn es verwirrt mich, woher denn die Cafébesitzerin schon wieder an diese neuesten Informationen gelangt ist. Simon konnte doch nicht sicher wissen, dass ich zurück nach Hamburg fahre. Es wäre lediglich eine Spekulation gewesen …

»Woher weißt du das?«, frage ich sie also, um weitere Vorwürfe ihrerseits zu unterbinden.

»Nun, weil du nicht auf meine Nachrichten reagiert hast, habe ich mir eben Sorgen gemacht. Als Silke und ich dich nicht beim Leuchtturm angetroffen haben, wollte sie an den Strand und ich bin zu Mona rein. Sie sprach mich direkt auf dich an, weil du dir gestern früh nicht wie üblich einen Kaffee geholt hast, obwohl du mittlerweile zu ihren Stammgästen zählst. Zudem hatte sie von Heike gehört, dass du bei Kaiser & Söhne am Montagmorgen das letzte Mal gesehen wurdest. Da habe ich mir gleich gedacht, dass du zurück nach Hamburg gefahren bist«, schlussfolgert meine Schwester. Ich stöhne auf. Tatsächlich bleibt unter den Inselbewohnern nichts geheim. Ich wundere mich sowieso, warum nicht noch mehr Gerüchte im Umlauf sind wie beim Spiel *Stille Post.* Jeder hört einen kleinen Bruchteil der Wahrheit und reimt sich den Rest dann selbst zusammen.

Seufzend rolle ich mich auf den Rücken und schiebe die Bettdecke wieder runter.

»Claudia, können wir dieses Gespräch bitte beenden? Mir geht's nicht so gut und ich muss mir über ein paar Dinge klarwerden«, sage ich schließlich. Ich bin wirklich müde und will noch ein bisschen schlafen, was vermutlich sowieso nicht funktionieren wird ...

»Ach, Liebes, ist es wegen Ben? Ich habe gehört, dass – «

»Nein«, lüge ich und schneide ihr damit das Wort ab, weil ich nicht schon wieder irgendwelche Spekulationen hören will. Tatsächlich habe ich die Nase gestrichen voll von Leuten, die immer irgendetwas behaupten, wovon sie keine Ahnung haben. Vermutlich wäre ich nach ein paar Tagen wieder zurück nach Westerland gefahren, wenn ich reiflich über den Vorfall nachgedacht hätte ... Das Erbe aus einem Impuls heraus auszuschlagen und überstürzt wegzufahren, war wieder so eine Kurzschlussreaktion meinerseits, die ich bereits bereue. Doch der Schmerz, Ben und seiner neuen Familie auf Sylt immer wieder über den Weg zu laufen, ist zu frisch, weshalb es vielleicht gut ist, wenn ein bisschen Gras über die Sache wächst. Hier in Hamburg kann ich mich wieder ins Leben stürzen und besser ablenken als in der Einöde am Ellenbogen.

»Also schön«, meint Claudia seufzend. »Dann melde dich doch bei mir, wenn es dir besser geht. Ich würde mich wirklich freuen, wenn du zurückkommen würdest. Außerdem habe ich den Erbschein im Gästezimmer gefunden. Er lag noch in der Nachttischschublade.«

»Kannst du entsorgen. Ich habe mein Erbe abgetreten«, erkläre ich und beende das Gespräch, ehe meine Schwester erneut zu debattieren beginnt. Dann schalte ich das Smartphone aus, um keine weiteren Anrufe und Nachrichten zu erhalten, und lege es auf den Nachttisch. Müde schleppe ich mich ins Bad und spritze mir Wasser ins Gesicht. Obwohl ich mich beinahe selbst nicht im Spiegel erkenne, verzichte ich auf das obligatorische Make-up. Ich habe schlichtweg keine Lust, mir Farbe ins Gesicht zu pinseln, um wie jemand anderes auszusehen und meine Gefühle dadurch zu verbergen. Gerade sehe ich zum Fürchten aus, weil ich mich elend fühle. Doch das ist mir egal, denn wen sollte mein Aussehen schon stören?

Nachdem ich mich angezogen habe, gehe ich in die Küche, um mir einen Kaffee zu machen. Mein Blick fällt auf den Stapel ungeöffneter Post auf dem Tisch und ich muss erneut schlucken, um den Kloß in meinem Hals zu verdrängen. Zualleroberst liegt die Rechnung aus Bens Werkstatt, die mich gestern Abend zum

Heulen gebracht hat, als ich sie aus dem überfüllten Briefkasten gefischt hatte. Gott, wäre ich doch niemals so spät am Abend nach Sylt gefahren, dann hätte ich keinen Unfall gebaut und wäre Ben niemals begegnet …

Noch ehe ich den ersten Schluck Kaffee genommen habe, klingelt es an meiner Wohnungstür Sturm. Erschrocken zucke ich regelrecht zusammen, weil die schrille Türglocke mir durch Mark und Bein fährt. Einen Moment lang versuche ich, das Geräusch zu ignorieren, aber mein Besucher ist verdammt hartnäckig. Wer zur Hölle will unter der Woche so früh etwas von mir?

Mit meinem Kaffeebecher in der Hand schlurfe ich zur Tür und öffne. Vera steht vor mir.

»Moni, na endlich! Ich habe dich schon vermisst und als ich vorhin gesehen habe, dass du deinen Briefkasten geleert hast, da –« Ihr Wortschwall erstirbt und das fröhliche Lächeln auf ihrem Gesicht verwandelt sich in eine entsetzte Grimasse. »Himmel, was ist denn mit dir passiert?«, entfährt es ihr geschockt. Sofort tritt sie in die Wohnung und schiebt die Tür mit dem Fuß zu, während sie mir bereits die Hände auf die Schultern legt. In ihren braunen Augen liegt ehrliche Bestürzung, dass ich beinahe gelacht hätte, würde es mir nicht so schlecht gehen.

»Die Nordseeluft tat dir definitiv nicht gut, wenn du jetzt *so* aussiehst!«, meint sie mit besorgter Stimme. Natürlich, in ihren Augen bin ich gerade ein Zombie mit den dunklen Augenringen, der blassen Haut und den zerzausten Locken. Zudem trage ich einen alten Jogginganzug, den ich noch aus meiner Studienzeit besitze. Meine beste Freundin kennt mich praktisch nur hübsch zurechtgemacht in eleganter Kleidung und mit ordentlicher Frisur. Seitdem ich in Thomas' Designagentur als Grafikerin angefangen habe, hat mich kaum jemand ungeschminkt und im Gammellook erlebt. Bis auf Thomas natürlich, jedoch geschah auch dies ziemlich selten.

Ich mache einen Schritt rückwärts und Veras Gesichtsausdruck wird sofort sanfter. »Sorry, das sollte nicht beleidigend klingen. Ich bin nur geschockt, frage mich, was los ist und mache mir Sorgen. Wir haben schon eine Weile nicht miteinander gesprochen und dann tauchst du wieder in deiner Wohnung auf ...«

»Nun, immerhin wohne ich noch hier«, entgegne ich trocken. Vera grinst schief.

»Das weiß ich doch. Trotzdem habe ich nicht damit gerechnet, dass du so schnell zurückkehrst, wo es dir zuletzt auf Sylt doch so gut gefallen hat. Deine Nachrichten an mich klangen so, als hättest du dich entschieden, Hamburg den Rücken zu kehren, nach dem, was wegen Thomas und der Arbeit passiert ist.« Erneut mustert sie mich eindringlich. »Es muss etwas vorgefallen sein. Willst du darüber reden?«

Ihre ehrliche Besorgnis und der mitleidige Ton in ihrer Stimme lassen meine Dämme brechen und abermals steigen mir die Tränen in die Augen, was Vera nicht verborgen bleibt. Seelenruhig streift sie sich die High Heels von den Füßen und stellt ihre Handtasche neben den Garderobenschrank, dann ergreift sie meine Hand und führt mich ins Wohnzimmer.

»Musst du nicht los? Du kommst zu spät zur Arbeit.«

»Die Arbeit ist gerade nebensächlich, wenn es dir so schlecht geht«, entgegnet sie. »Ich werde Mareike eine

Mail schreiben, dass ich mich heute nicht gut fühle und zum Arzt gehen werde. Sie wird meine Krankmeldung an Thomas weiterleiten, also mach dir wegen mir keine Sorgen. Viel wichtiger ist jetzt, dass du dich beruhigst und mir sagst, was auf Sylt vorgefallen ist.«

***

Keine zehn Minuten später sitzen wir beide in eine weiche Decke eingekuschelt auf meiner Couch und trinken Kaffee, den Vera erneut gekocht hat, weil mein Getränk längst kalt und ungenießbar geworden ist. Schluchzend erzähle ich Vera die ganze Geschichte. Angefangen von dem Unfall, über meine Dates mit Ben bis zu seinem Verschwinden nach unserem One-Night-Stand. Natürlich lasse ich meine Begegnung in Niebüll nicht aus, denn sie ist der ausschlaggebende Grund, warum ich mich hier heulend verkrieche.

Eine ganze Weile lang sitzt sie schweigend neben mir und hält meine Hand, ehe sie sich räuspert und mir direkt in die Augen sieht.

»Du hast es wieder getan«, meint sie schließlich seelenruhig. Irritiert ziehe ich die Augenbrauen zusammen.

»Was getan?«

»Du bist vor einer schwierigen Situation davongelaufen, statt dich ihr zu stellen. Nach der Trennung von Thomas hast du dein Erbe doch als Gelegenheit gesehen, dich für eine Weile aus dem Staub zu machen. Genau dasselbe tust du jetzt auch: Du haust ab, statt dich der Sache zu stellen und mit Ben zu sprechen, um seine Version der Geschichte zu hören.«

267

»Er hat eine Ex ...«, wende ich leise ein, als könnte dieser Umstand mein Verhalten rechtfertigen.

»Das haben wir alle«, meint Vera ungerührt und nippt an ihrem Kaffee. »Du warst doch auch erst kürzlich mit Thomas zusammen, schon vergessen?«

»Aber ich werde ganz sicher nicht noch mal mit diesem Kerl zusammenkommen. Zum Glück muss ich auch nicht mehr für ihn arbeiten.«

»Und warum gehst du dann davon aus, dass Ben wieder mit seiner Ex zusammen ist? Vielleicht denkt er genauso darüber wie du.«

Einen Moment stocke ich, denn dieser Gedanke ist mir in meinem Kummer noch gar nicht gekommen.

»Weil ... na, weil die beiden einen gemeinsamen Sohn haben«, halte ich dagegen, da ich krampfhaft nach einer Begründung für mein gebrochenes Herz suche. Vera schüttelt leicht den Kopf und sieht mich mitleidig an. Dann ergreift sie noch einmal meine Hand und drückt meine eiskalten Finger.

»Hör mal, ich verstehe sehr gut, wie verletzt du dich fühlst. Aber hast du diese Dinge direkt aus Bens Mund gehört? Bist du dir sicher, dass es keine andere Erklärung für sein Verschwinden gibt und dass dieser Simon dich nicht bloß aus Eigennutz angelogen hat? Du hast mir doch schon mal erzählt, dass dein Testamentsvollstrecker die Sache absichtlich in die Länge zieht und dir nur die negativen Aspekte deines Erbes aufzeigt.«

Dieser Einwand ist gar nicht so blöd, dennoch glaube ich nicht, dass mich Simon mutwillig angelogen hat. Er hat mir lediglich einige Fakten genannt, über die ich nicht informiert gewesen bin. Ben ist derjenige, der mir nicht die Wahrheit über seinen Sohn erzählt hat. Er hätte ehrlich sein müssen ... Immerhin hatten wir Sex. Erneut krampft sich mein Inneres zusammen und die Enttäuschung übernimmt die Oberhand. Es sollte nie eine Affäre sein. Doch jetzt hat es sich als Selbiges entpuppt. Schlimmer noch, es war bloß ein One-Night-Stand, denn Ben ist nach dem Sex kommentarlos verschwunden. Natürlich habe ich am Morgen danach kein romantisches Frühstück am Strand erwartet, aber wenigstens ein paar Worte zum Abschied wären nett gewesen. Diese Nacht war so impulsiv, dass ich nicht einmal Zeit hatte, mir selbst über meine Gefühle klarzuwerden. Zwar hatte ich bereits geahnt, dass Ben sich in mein Herz geschlichen hatte, doch Liebe habe ich nicht erwartet. Nun hocke ich hier und weine mir die Augen wegen eines Kerls aus, für den ich nur ein »Inselflirt« gewesen bin ...

Mühsam schlucke ich die Tränen hinunter und straffe die Schultern, dann blicke ich Vera fest in die Augen.

»Auch wenn er Interesse an mir hatte ... Die Dinge haben sich geändert. Er hat jetzt wieder seine Familie und ich habe keinen Platz in seinem Leben. Ansonsten hätte er sich bestimmt bei mir gemeldet, wo ich ihn doch bereits so oft angerufen habe«, erkläre ich meiner besten Freundin. »Schließlich muss er längst erfahren haben, dass ich Sylt verlassen habe. Die Insel ist ein Dorf, wie jeder stets betont hat.« Seufzend schiebe ich die Decke von mir und erhebe mich vom Sofa. All die Tränen und der Kummer bringen nichts, wenn man sich nicht zu hundert Prozent sicher sein kann. Dennoch versuche ich, mir einzureden, dass es besser ist, Ben zu vergessen. Ich muss Abstand zu der Situation gewinnen – und das kann ich am besten, wenn ich mich in die Arbeit stürze. Nur blöd, dass ich keinen Job mehr habe, mit dem ich mich ablenken kann.

***

Die kommenden zwei Tage nach meinem Gespräch mit Vera verschanze ich mich in meiner Wohnung und durchforste das Internet nach Stellenausschreibungen für Grafikdesigner. Leider sind die meisten Vakanzen bereits vergeben, schlecht bezahlt oder passen nicht auf mein Berufsprofil. Mit einigen Firmen hatte ich bereits kurze Telefonate, die mich jedoch nicht weitergebracht haben. Außerdem half mir diese Suche nicht dabei, Ben aus meinen Gedanken zu vertreiben.

Vera verbrachte ihren Feierabend bei mir in der Wohnung, weil ihr Freund Oliver wieder für einige Tage zu einer Großdemo gegen die Klimapolitik gefahren ist. Sie konnte mich sogar überreden, gestern Nachmittag mit ihrem Hund, den sie liebevoll Teddy getauft hat, eine Runde um den Wohnblock zu drehen, während sie auf der Arbeit gewesen ist.

»Zumindest ist es ein Vorteil, dass du zu Hause bist. Ich muss mir keine Sorgen machen, dass Teddy in einen der Pflanzenkübel pinkelt. Wenn du auf ihn aufpasst, fühle ich mich besser«, meinte sie zufrieden, während sie mir erklärte, worauf ich bei ihrem Hund achten müsse. Das Hundesitting für meine Freundin lenkte mich leider ebenso wenig ab wie meine vergebliche Jobsuche. Der Gedanke, eine eigene Designagentur zu gründen, macht sich zunehmend in meinem

Kopf breit, doch dafür habe ich nicht das nötige Startkapital und keinen Kundenstamm, auf den ich zurückgreifen kann, um mich die erste Zeit lang über Wasser zu halten. Natürlich könnte ich einen Kredit aufnehmen oder sogar meine Eltern um Hilfe bitten, aber um mich aus dem Nichts heraus selbstständig zu machen, fehlt mir gerade der Mut.

Ich will soeben mit dem Hund vor die Tür, als mein Handy klingelt. Es ist erneut eine mir unbekannte Nummer, dieses Mal jedoch eine andere. Langsam werden diese Anrufe unheimlich, die ich zumindest in den vergangenen Tagen gekonnt ignoriert habe. Nicht absichtlich, doch irgendwie habe ich es nie geschafft, einen der Anrufe entgegenzunehmen, weil ich zu sehr mit meiner eigenen Gefühlswelt beschäftigt gewesen bin, sodass ich mein Smartphone schlichtweg vernachlässigt habe. Nun jedoch stehe ich mit der Hundeleine in der Hand im Flur des Wohnhauses und habe keine Ausrede mehr parat, um das Gespräch nicht entgegenzunehmen.

»Hallo?«, frage ich zögernd, während Teddy bellend an der Leine zerrt, weil er endlich nach draußen möchte.

»Hallo. Spreche ich mit Ramona Siebert?«, ertönt eine helle Frauenstimme am anderen Ende der Leitung. Irritiert runzele ich die Stirn und klemme mir das Smartphone zwischen Ohr und Schulter, um beide Hände für die Leine frei zu haben. Teddy zerrt immer noch unnachgiebig und versucht, seinen Willen durchzusetzen. Langsam verstehe ich Vera, warum sie nicht begeistert über ihren pelzigen Mitbewohner ist. Teddy ist zwar ganz süß und zutraulich, kann jedoch sein wildes Temperament kaum bändigen. Vera sollte mit ihm dringend zur Hundeschule gehen, wenn sie ihn behalten möchten.

»Ja, die bin ich. Mit wem spreche ich?«

»Mein Name ist Manuela Braun. Ich bin Inhaberin eines Friseursalons und gerade auf der Suche nach einem Designer für meinen neuen Internetauftritt«, erklärt die Frau freundlich. »Sie wurden mir von einem Freund empfohlen.«

Ihre Worte lassen mein Herz aufgeregt hüpfen. Kann es sein, dass ich endlich mal Glück habe? Die vergangenen Wochen waren wirklich kein Zuckerschlecken, doch plötzlich sehe ich einen Lichtschweif am Horizont. Ist das die Chance, auf die ich die ganze Zeit über gewartet habe? Zwar frage ich mich, durch welchen Freund die Friseurin an meine Nummer gekommen ist, doch das ist gerade nebensächlich. Jetzt freue ich mich, wieder eine Aufgabe zu bekommen, die nichts mit Hunden zu tun hat.

»Hätten Sie Interesse, sich mit mir zu treffen, um sich mein Angebot anzuhören? Oder sind Sie nicht frei verfügbar? Dann wende ich mich mit meiner Bitte an Ihren Arbeitgeber ...«

»Nein«, falle ich ihr ins Wort und räuspere mich. »Ich meine, nein, ich bin noch frei und würde mir das Angebot gerne anhören.«

»Wunderbar. Was halten Sie davon, wenn wir uns auf einen Kaffee treffen? Sagen wir in einer Stunde unten am Hafen? Ich sende Ihnen die Adresse.«

Ich bedanke mich bei ihr und lege auf, um Teddy seinen Wunsch nach Auslauf endlich zu erfüllen.

Kapitel 16

Eine halbe Stunde später stehe ich vor einem kleinen Café mit Blick auf die Alster. Ich habe mich bei der Gassirunde beeilt, um noch zu duschen und mich für dieses Treffen entsprechend zu kleiden. Es ist ungewohnt, mich wieder so gestyled zu sehen, denn ich habe mich mittlerweile an meinen natürlichen Look gewöhnt. Nervös streiche ich mir eine der blonden Locken hinters Ohr, die sich aus dem Zopf gelöst hat. Seitdem ich meine Haare nicht mehr glätte, fällt es mir schwerer, eine ordentliche Frisur zu zaubern.

Weil ich keine Ahnung habe, mit wem ich mich treffe, sehe ich mich verstohlen nach allen Seiten um. Cafébesucher gehen an mir vorbei ins Innere und mustern mich neugierig, doch keiner von ihnen scheint die Friseurin zu sein, mit der ich verabredet bin. Ein Blick auf mein Smartphone verrät mir, dass ich pünktlich bin, also verspätet sie sich. Unruhig trete ich von einem Fuß auf den anderen, bis ich aus der Ferne eine dunkelhaarige Frau auf mich zukommen sehe. Sie trägt ihren beigen Mantel offen, sodass die elegante Bluse und die Stoffhose darunter zum Vorschein kommen. Als sie mich anlächelt und nur wenige Zentimeter vor mir stehen bleibt, stockt mir für einen Moment der Atem. Verdammt, das kann doch nicht wahr sein! Das ist Bens Ex-Freundin!

Ich fühle mich wie in einem falschen Film, denn als sie mir zur Begrüßung die Hand hinhält, kann ich mich nicht rühren, sondern starre sie mit vor Entsetzen geweiteten Augen an. Manuela räuspert sich und grinst schief, dann zieht sie die Hand wieder zurück und deutet auf einen der kleinen Tische im Außenbereich vor dem Café.

»Ramona, richtig? Tatsächlich war ich erst verunsichert, denn auf dem Foto von dir auf der Homepage der Designagentur, für die du arbeitest, hast du eine andere Frisur ... Wollen wir uns setzen?«

Ich reagiere nicht, sondern starre sie lediglich wortlos an. Natürlich, das Bild ist direkt nach dem Studium entstanden ... In meinem Kopf überschlagen sich die Gedanken. Zwar habe ich diese Frau am Montag nur kurz im Profil gesehen, doch bin ich mir zu hundert Prozent sicher, dass sie Bens Ex ist.

»Deinem Gesichtsausdruck nach zu urteilen, weißt du, wer ich bin. Das erspart uns eine lange Vorgeschichte«, meint sie in amüsiertem Tonfall und setzt sich an den freien Tisch zu ihrer Rechten. Großartig, dass sie sich scheinbar über mich lustig machen kann. Ich hingegen kann dieser Situation nichts Unterhaltsames abgewinnen. Was zur Hölle will Bens Ex-Freundin von mir und wieso weiß sie, wie ich aussehe? Woher hat sie meine Nummer und was noch viel wichtiger ist – wo ist Ben? Weil ich die beiden in Niebüll beim Autozug gesehen habe, bin ich davon ausgegangen, dass sie gemeinsam mit ihrem Sohn zu Ben nach Westerland gefahren sind. Habe ich mich geirrt?

»Komm schon, Ramona. Ich möchte mit dir reden«, sagt sie versöhnlich und deutet mit einem Kopfnicken auf den freien Platz ihr gegenüber. Zögernd schiebe ich den Stuhl zurück und setze mich.

»Also geht es hier gar nicht um einen Job ...«, brumme ich verstimmt, immer noch unschlüssig, was ich von dieser Situation halten soll. Manuela schnappt sich die Getränkekarte und studiert das Angebot.

»Ich nehme einen Iced Latte und ein Stück Apfelstrudel«, bestellt sie bei der Kellnerin, die an unseren Tisch tritt.

»Für mich nichts, danke«, entgegne ich, als die Frau mich ebenfalls fragend ansieht. Nickend lässt sie uns allein. Schweigen breitet sich zwischen uns aus, bis Manuelas Bestellung gebracht wird. Sie nimmt einen Schluck von ihrem Getränk, dann faltet sie die Hände über der Tischplatte zusammen und sieht mich mit einem freundlichen Lächeln an. Der Blick aus ihren braunen Augen wirkt dabei ein wenig verlegen, fast schon reumütig. Sie sieht nicht wie eine Frau aus, die jemand anderem mutwillig schaden will, weshalb ich mich etwas entspanne. Trotzdem kralle ich die Finger fester um den Griff meiner Handtasche auf meinem Schoß. Das laute Klingeln meines Smartphones durchbricht die Stille zwischen uns. Röte schießt mir in die Wangen und ich krame nach dem Handy.

»Willst du nicht rangehen?«, fragt sie mich mit hochgezogenen Augenbrauen. Mit einem Blick auf mein

Handydisplay sehe ich, dass es schon erneut diese unbekannte Nummer ist. Schnell drücke ich den Anruf weg und stecke das Smartphone wieder ein.

»Was willst du von mir?«, frage ich geradeheraus, um nicht länger auf heißen Kohlen zu sitzen. Es ist bestimmt kein Zufall, dass sich Bens Ex-Freundin mit mir treffen will. »Woher kennst du mich? Hier geht es nicht wirklich ums Geschäft, oder?«

Manuela nickt langsam. »Doch, tatsächlich geht's in erster Linie ums Geschäft«, meint sie lächelnd und isst ein Stück von dem Apfelstrudel. »Ich suche wirklich schon seit einiger Zeit nach einem passenden Designer für meine neue Marketingstrategie und den Internetauftritt, der mir vorschwebt. Bisher war ich von den Agenturen jedoch nicht begeistert, mit denen ich zusammengearbeitet habe. Mein Salon ist zwar klein, ich bediene jedoch das passende Klientel aus gehobenen Kreisen, weshalb mir Seriosität und ein gewisser Standard wichtig sind. Als ich deine Visitenkarte in Bens Jackentasche gefunden habe, dachte ich: Warum nicht? Fragen kostet schließlich nichts.«

»Und wieso, glaubst du, dass ich mit dir zusammenarbeiten werde?« Demonstrativ verschränke ich die Arme vor der Brust und lehne mich in meinem Stuhl zurück. Weiß sie von meiner Notsituation und möchte mir helfen oder nutzt sie meine missliche Lage nur aus, um sich lustig zu machen? Ich kenne diese Frau nicht und kann sie überhaupt nicht einschätzen. Zudem ist sie Bens Ex, was allein schon ein Grund wäre, jetzt aufzustehen und dieses Treffen augenblicklich zu beenden. Dennoch bleibe ich auf dem Stuhl sitzen, weil mir mein Körper nicht gehorcht. Insgeheim bin ich neugierig zu erfahren, was sie wirklich zu mir führt und warum sie nicht mit Ben nach Westerland gefahren ist.

»Ich hoffe einfach, dass du professionell genug bist, um Privates und Berufliches voneinander zu trennen«, meint Manuela ernst und schiebt das leere Glas von sich. »Ich kann mir denken, dass du bereits weißt, wer ich bin. Außerdem möchte ich auch Ben helfen, deshalb habe ich dich angerufen. Er hat mir von dir erzählt und wie nah ihr euch steht.«

Fragend hebe ich meine Augenbrauen, lockere meine misstrauische Haltung jedoch nicht.

»Ach ja? Wieso hat er dann mit keiner Silbe erwähnt, wer *du* bist?«, schnaube ich. Es ist absurd, dass ich mich hier mit seiner Ex auf einen Kaffee treffe, die versucht, sein Verhalten schönzureden.

»Ich bin nicht die Richtige, die dir Dinge über Ben erzählen sollte. Meine Version der Geschichte wird dich nicht umstimmen, ihm zu verzeihen, auch wenn er meiner Meinung nach nichts falsch gemacht hat. Ben hat lediglich versäumt, ehrlich zu dir zu sein, was seine Vergangenheit betrifft«, erklärt Manuela. »Wirst du mir dennoch zuhören? Dann verstehst du mich bestimmt besser. Mir liegt viel an Ben, deshalb möchte ich, dass er glücklich ist. Als er mir von dir erzählte, da wirkte er so zufrieden wie schon lange nicht mehr ... Deshalb habe ich dich kontaktiert. Er wird vermutlich sauer, wenn er davon erfährt, weil er es hasst, wenn sich jemand in seine Angelegenheiten einmischt. Doch ohne Hilfe wird er die Liebe seines Lebens erneut verlieren.«

Bei ihren Worten horche ich auf. Ein Schauer durchfährt mich. Liebe seines Lebens? Meint sie mich damit? Es fühlt sich immer noch ziemlich merkwürdig an, mit Manuela zu sprechen, aber sie scheint ernsthaft um Ben besorgt zu sein, weshalb ich ihr eine Chance geben will.

Weil ich keine Anstalten mache, sie zum Teufel zu jagen, nimmt sie es als Aufforderung, weiterzusprechen.

»Ben und ich haben uns an der Uni kennengelernt. Bestimmt weißt du, dass er Anwalt werden wollte. Ich hatte mit ihm dieselben Kurse in Politik und Zivilrecht, habe nach dem ersten Semester jedoch abgebrochen. Das Studium war einfach nichts für mich – und auch Ben fiel es schwer, doch er zog es trotzdem durch, während ich für ein Jahr ins Ausland ging. Als ich zurückkam, gingen wir miteinander aus und wurden ein Paar. Unsere Beziehung hielt jedoch nicht lange, weil es mich zurück in die Staaten zog. Dort hatte ich während des Auslandsjahres viel erlebt und neue Freunde kennengelernt. Ich vermisste das unbeschwerte Leben im Land der vielen Möglichkeiten, weshalb ich mich von Ben trennte und meine Zelte in Hamburg abbrach. Damit habe ich ihn sehr verletzt, denn für ihn war ich seine große Liebe, wie er mir beteuerte.« Sie seufzt und ich halte den Atem an. »Unser Kontakt brach ab. Doch als ich herausfand, dass ich schwanger war, stürzte ich in eine Krise. Ich liebte mein neues Leben und die Arbeit auf einer Pferderanch, die mich erfüllte. Also beschloss ich nach längerer Überlegung, zu bleiben und das Baby alleine auf der Ranch großzuziehen. Ben habe ich nichts über seinen Sohn erzählt, was ich mit den Jahren bereut habe. Erst nachdem Felix ein bisschen älter war, habe ich mich dazu durchgerungen, mein Schweigen zu brechen, denn der Junge vermisste einen Vater an seiner Seite. Auch wenn Ben nicht dieser Vater sein konnte, weil die Entfernung uns trennte, war es unglaublich zu sehen, wie stark die Bindung der beiden von Anfang an war.« Auf Manuelas Gesicht zeigt sich ein mildes Lächeln, als sie an ihren Sohn denkt.

»Ben war zuerst entsetzt, von Felix zu erfahren, doch er hat seine Vaterschaft nie angezweifelt und seinen Sohn direkt akzeptiert. Auch wenn wir uns getrennt haben, wusste er, dass ich ihn in dieser Hinsicht niemals angelogen hätte. Außerdem ist ihm Felix wie aus dem Gesicht geschnitten, sodass es keine Zweifel an seiner Vaterschaft gibt. Vor zwei Jahren habe ich mich dann doch noch dazu entschlossen, nach Hamburg zurückzukehren, um Felix nicht dauerhaft seiner Familie zu entziehen. Immerhin leben meine Eltern hier und ich habe zwei ältere Brüder, die ebenfalls schon Kinder haben.«

Schweigend lausche ich ihrer Erklärung und sinke immer mehr in mich zusammen. Wenn Ben und Felix so eine innige Beziehung zueinander haben, die sogar eine solche Distanz überdauert hat, wie soll ich dann jemals einen Platz an seiner Seite finden? Die winzige Hoffnung in mir schwindet.

Manuela merkt meine Stimmungsschwankung und lächelt mich aufmunternd an.

»Auch wenn Ben seinen Sohn über alles liebt, hat er mir immer noch nicht verziehen, dass ich Felix so viele Jahre vor ihm verborgen habe. Wir beide sind Freunde und kümmern uns mittlerweile gemeinsam um den Jungen, aber wir werden nie mehr ein Paar sein. Den

Funken, der damals noch in Bens Herzen glomm, habe ich mit meinem Schweigen erstickt. Aber das ist okay für uns beide, denn wir passen einfach nicht zueinander.« Sie winkt der Kellnerin zu, die ihr die Rechnung bringt, und zahlt mit einem großzügigen Trinkgeld. Dann kramt sie in ihrer Handtasche, holt eine Visitenkarte aus beigem Karton heraus, die sie über den Tisch zu mir schiebt. Neugierig betrachte ich das Logo darauf.

»Weil ich mein Leben neu sortieren musste, habe ich einen Friseursalon übernommen, der vor Jahren einer Tante von mir gehört hat. Ich selbst kann keine Haare schneiden, bin jedoch ausgebildete Visagistin und Kosmetikerin«, erklärt sie mir, bevor ich fragen kann, was ihre Arbeit auf einer Pferderanch mit einem Friseurjob zu tun hat.

»Ben besucht Felix jedes zweite Wochenende. Doch in den vergangenen Wochen wurden seine Besuche seltener oder er hatte Ausreden, warum er nicht kommen konnte. Felix war zunehmend enttäuscht, was mich ärgerte. Deshalb drängte ich Ben dazu, herzukommen, als Felix vergangenen Samstag beim Skateboardfahren mit seinen Freunden stürzte und sich den Arm brach. Wir waren den ganzen Abend über in der Notaufnahme und hatten wirklich Glück, dass der Bruch nicht kompliziert war und Montagmorgen direkt operiert werden konnte. Ben hatte keinen Autozug mehr bekommen und ist erst am Sonntag in aller Frühe hierhergekommen. Dabei habe ich von dir erfahren, weil ich ihn zur Rede gestellt habe«, beendet sie ihren Bericht. »Deshalb wollte ich dich kennenlernen. Er meinte zu mir, dass er dich seit Montag nicht erreichen konnte.«

Ihre Worte sickern in mein Hirn und ich erinnere mich an die vergangenen Tage, in denen ich verzweifelt versucht habe zu verstehen, warum Ben einfach verschwunden ist, statt mit mir zu reden. Samstagabend kam er zu spät zu unserer Verabredung, weil er etwas Wichtiges zu erledigen hatte. Ging es da um Felix und dessen Unfall? Hatte er vielleicht bereits versucht, seine Fahrt hierher zu organisieren? Obwohl er so in Sorge gewesen ist, kam er dennoch zu mir in den Leuchtturm, um mich nicht vor den Kopf zu stoßen. Doch warum hatte er nicht einfach gesagt, dass er nach Hamburg musste?

Endlich verstehe ich seine Beweggründe, denn diese Geschichte ist nicht innerhalb fünf Minuten erzählt und auch nichts, was man eben zwischen Tür und Angel bespricht. Ich hätte ihm vermutlich nicht mein Herz geöffnet, wenn wir nicht in Ruhe darüber gesprochen hätten. Diese Information hätte mich vermutlich erst davor zurückschrecken lassen, mir meine Gefühle für Ben einzugestehen ...

Jetzt komme ich mir ziemlich dämlich vor, weil ich so impulsiv reagiert habe, statt noch ein paar Tage länger auszuharren und zu warten, bis sich Ben bei mir meldet. Mein Liebeskummer erscheint mir sinnlos. Trotzdem bin ich immer noch enttäuscht, warum er nicht eher mit der Wahrheit zu mir gekommen ist.

Manuela erhebt sich von ihrem Platz. »Gib ihm bitte eine Chance, okay? Er ist ein guter Kerl, wenn auch ein bisschen verbohrt. Doch vermutlich bin ich daran schuld, dass er sein Herz nicht auf der Zunge trägt, weil ich ihn vor acht Jahren verletzt habe. Ich bereue es und hoffe, dass es mit dir anders sein wird.« Sie zwinkert mir zu. »Und wegen des Jobs: Mein Angebot steht weiterhin. Der Auftrag macht sich bestimmt gut in deinem Portfolio.« Bens Ex winkt zum Abschied, dann entfernt sie sich bereits, bevor ich auch nur ein Wort erwidern kann. Die Informationen der vergangenen Stunde sind nur schwer zu verarbeiten, denn dieses Gespräch hat mich emotional ausgelaugt. Ich spüre keine Wut auf Manuela, obwohl ich zuerst dachte, ich würde es tun. Sie war sehr freundlich zu mir und ich konnte mich in ihre Situation hineinfühlen. Auch sie wollte ein freies und unbestimmtes Leben führen, weshalb sie Hamburg den Rücken gekehrt hat, um sich selbst zu verwirklichen. Ben und sie hatten einfach Pech, dass ihre Beziehung sich in eine ganz andere Richtung entwickelt hatte und beide nicht mehr zusammen sein konnten.

Ich atme tief ein und schiebe den Stuhl zurück. Gott, ich war wirklich blöd und von Vorurteilen eingenommen. Statt Ben Zeit zu geben, mit mir zu sprechen, habe ich mein eigenes Süppchen gekocht und mir eine Erklärung zurechtgelegt, in der ich ihn als Schuldigen hingestellt habe. Dabei wollte er nur so schnell, es geht, zu seinem Sohn. Sein Verschwinden hatte rein gar nichts mit seinen Gefühlen für mich zu tun. Bereits im Gehen ziehe ich das Smartphone aus meiner Handtasche und wähle seine Nummer. Wir beide haben eindeutig Gesprächsbedarf, wenn ich diese Beziehung retten will.

Kapitel 17

Tatsächlich habe ich Ben nicht erreicht, weshalb ich kurzerhand beschließe, Hamburg erneut zu verlassen. Dieses Mal packe ich jedoch zusätzlich einen großen Koffer und nehme mehr Dinge mit, die ich für einen längeren Aufenthalt benötige. Ich habe vor, eine Weile auf Sylt zu bleiben und mich in Ruhe um meine Angelegenheiten zu kümmern. Dazu zählt ein Gespräch mit Ben, eines mit meiner Schwester und vor allem mit Simon, weil ich den Leuchtturm wiederhaben will. Keine Ahnung, ob es noch eine Chance gibt, die Abtretung rückgängig zu machen, aber ich will es wenigstens versuchen. Bisher hatte ich jedoch keine Zeit, mich darüber im Internet schlau zu machen, denn mein Kopf war voll mit anderen Gedanken. Statt alles zu überstürzen, will ich endlich fokussiert vorgehen, um mein Leben auf die Reihe zu bekommen.

»Eine gute Entscheidung«, meinte Vera zu mir, als ich mich am Samstagmorgen bei ihr verabschiedete. »Ich wusste, dass du zur Vernunft kommst und deiner Liebe eine zweite Chance gibst. Es ist richtig, noch einmal mit Ben zu sprechen und die Missverständnisse aus dem Weg zu räumen.«

Dass alles nur ein Missverständnis war, habe ich endlich begriffen und schäme mich nun für meine übereilte Entscheidung, der Insel den Rücken gekehrt zu haben. Damit habe ich nicht nur Ben, sondern auch Claudia vor den Kopf gestoßen, weil ich meine Schwester ebenfalls ohne ein Wort der Erklärung zurückgelassen habe, obwohl sie mich zu Beginn herzlich empfangen hat. Dieses Mal will ich alles richtig machen und mich bei den Menschen entschuldigen, die ich liebe.

Meine Nervosität steigt an, als ich den Autozug auf Westerland verlasse und mit meinem Auto langsam von der Verladerampe fahre. Es ist noch früh am Morgen, denn ich habe direkt den ersten Zug genommen, weil ich in der Nacht zuvor vor Aufregung sowieso nur wenige Stunden geschlafen habe. Meine Fahrt führt mich direkt zu Bens Autowerkstatt. Dieses Mal muss ich nicht mal mehr mein Navi einschalten, denn mittlerweile kenne ich mich auf der Insel aus.

Als ich den Beatle auf dem großen Parkplatz vor der Werkstatt abstelle, sehe ich bereits durch die Windschutzscheibe, dass Ben drinnen an einem Auto herumwerkelt. Augenblicklich beschleunigt sich mein Puls und mein Herz vollführt einen aufgeregten Salto in meiner Brust. Leise steige ich aus und nähere mich dem geöffneten Tor. Genau in diesem Moment verschwindet Ben unter dem Wagen, weil er vermutlich irgendwelche Schrauben festziehen muss. Diese Situation fühlt sich an wie ein Déjà-vu, denn bei unserer ersten Begegnung lag er auch unter einem Auto, um daran zu arbeiten. Nur, dass ich heute eine andere Frau bin, und das liegt nicht einmal so sehr an den roten Gummistiefeln und dem Kapuzenpullover, den ich unter meiner

Jacke trage. Ich habe mich verändert und weiterentwickelt. Durch Ben und diese wunderbare Insel habe ich zu mir selbst gefunden.

Für einen kurzen Moment verstummt das klackernde Geräusch des Werkzeugs, als ich mich dem Wagen nähere.

»Sorry, aber heute haben wir geschlossen«, kommt es von Ben.

Ich grinse in mich hinein. »Welche Werkstatt hat denn an einem Samstagvormittag geschlossen? Was, wenn es sich um einen Notfall handelt?«

Es dauert nur wenige Sekunden, dann schiebt sich Ben auf dem Rollbrett unter dem Wagen hervor und starrt von unten zu mir auf, ehe er sich mühsam aufrappelt und auf die Beine kommt.

»Ramona ...«, murmelt er kaum hörbar. In seinem Gesicht spiegeln sich so viele Emotionen wider, wie ich es nur selten bei ihm gesehen habe. Es handelt sich um eine Mischung aus Überraschung, Unglauben, Angst und Freude. Mein Puls rast und mein Herz schlägt so wild, dass ich fürchte, Ben könnte es ebenfalls hören. Plötzlich ist mein Kopf wie leer gefegt. All die Worte, die ich mir auf der Fahrt hierher zurechtgelegt hatte, sind weg. Ich werde zunehmend nervös, weil ich unsicher bin, das Richtige zu tun.

»Ich schätze, du weißt mittlerweile Bescheid?«, fragt er leise und ich nicke bloß, froh darüber, dass er als erster das Gespräch beginnt. Ben streicht sich seufzend mit den ölverschmierten Fingern durchs Gesicht, hinterlässt dabei eine dunkle Spur auf seiner rechten Wange. Den Impuls, ihm den Dreck wegzuwischen, kann ich nur mühsam unterdrücken. Doch es kommt mir falsch vor, ihn jetzt zu berühren, weil so viele unausgesprochene Worte zwischen uns stehen.

Ben nickt ebenfalls und steckt die Hände in die Taschen seines Blaumanns.

»Hab ich mir gedacht. Als ich am Montag hier war, bin ich direkt zu dir zum Leuchtturm gefahren, aber habe dich nicht angetroffen. Es war Claudia, die mir sagte, dass du wegen einer privaten Sache zurück nach Hamburg gefahren bist. Mehr wusste sie nicht.« Betreten schaut er auf seine Schuhspitzen. »Zuerst war ich wirklich sauer, weil du nichts gesagt hast ...«

»Ich?«, entfährt es mir erstaunt. »Du bist doch ohne ein Wort nach dem Sex abgehauen, statt mit mir zu reden. Weißt du eigentlich, wie ich mich gefühlt habe, als ich von deinem Cousin erfahren musste, dass du eine Familie in Hamburg hast? Einen kleinen Sohn, der dich braucht? Ich war wie gelähmt vor Schock. Du hättest es mir sagen müssen.«

»Na ja, ich wollte es dir Samstagabend erzählen, falls du dich erinnerst. Doch dann ... kam etwas dazwischen.«

»Willst du jetzt etwa mir die Schuld in die Schuhe schieben, weil ich dir nicht zugehört habe?«, empöre ich mich, doch eigentlich gebe ich ihm recht. Tatsächlich fällt mir jetzt erst ein, dass ich ihn nicht habe aussprechen lassen. Vielleicht habe ich instinktiv gewusst, dass ein Gespräch zu diesem Zeitpunkt etwas zwischen uns verändern könnte, weil ich mir meiner und vor allem seiner Gefühle nicht sicher gewesen bin.

Ben seufzt tief, dann sieht er mir fest in die Augen und kommt einen Schritt näher. Ich spüre die knisternde Stimmung zwischen uns, seine Entschlossenheit wird in seinem Blick deutlich. Er legt mir die Hände auf die Schultern.

»Ich wusste nicht, wie ich dir sagen sollte, dass ich einen Sohn habe, den ich erst wenige Jahre kenne. Für den ich nie der Vater sein konnte, den er sich gewünscht hat. Meine Beziehung zu Felix ist noch frisch. Wie hätte ich dir das erklären sollen, immerhin kennen wir uns erst kurze Zeit und sind nicht einmal zusammen ...«

»Manuela hat es mir erklärt. Du hättest es versuchen können. Schließlich sind wir beide erwachsen genug, um mit dieser Situation fertigzuwerden, oder?«, entgegne ich, doch meine Stimme schwankt. Bisher habe ich nicht daran geglaubt, doch diese Worte laut auszusprechen, macht mich mutiger, als ich mich bis vor wenigen Minuten gefühlt habe. Er lässt die Hände wieder sinken.

»Ach, verdammt«, presst er hervor und verzieht den Mund. »Ich hätte mir denken können, dass sie sich einmischen wird, wenn ich ihr von dir erzähle. Wie hat sie dich ausfindig gemacht, wenn sogar ich es nicht geschafft habe?«

»Sie hatte meine Visitenkarte bei dir gefunden und mir einen Job angeboten. Aber darum geht es nicht, Ben. Die Sache ist, dass irgendwie jeder glaubt, zu wissen, was gut für uns ist. Vielleicht sollten wir uns endlich nicht mehr auf die Worte der anderen verlassen und offen miteinander sprechen, falls das zwischen uns funktionieren soll?« Ich grinse ihn an und endlich zeigt sich auch ein Lächeln auf seinem Gesicht. Er lacht befreit auf und streicht sich mit einer Hand durchs Haar, dann reißt er mich so schnell in seine Arme, dass mir kaum ein Moment zum Protestieren bleibt. Ich atme den Geruch von Schmieröl und Benzin ein, vermischt mit Bens Aftershave und schließe die Augen. Einen Herzschlag lang verharren wir in dieser innigen Umarmung. Ben streichelt mir durchs Haar.

»Du weißt gar nicht, wie sehr ich mich davor gefürchtet habe, du könntest mich abweisen«, murmelt er nah an meinem Ohr und beschert mir dadurch eine Gänsehaut. »An dem Abend des Sturms ... als wir miteinander geschlafen haben ... Ich war glücklich und dennoch verzweifelt, weil ich mir wegen Felix Sorgen gemacht habe. Manuela hatte wegen seines Unfalls gleich den Teufel an die Wand gemalt, deshalb bin ich so überstürzt aus Westerland abgereist. Ich wollte mich direkt bei dir melden, sobald ich ein neues Handy habe, weil meins im Wasser kaputt gegangen ist. Doch du bist nie rangegangen, da habe ich gedacht –« Er holt einmal tief Luft und schiebt mich ein Stück von sich, um mir ins Gesicht blicken zu können. »Dass ich mich getäuscht habe und du nichts mehr von mir wissen willst.«

Überrascht reiße ich die Augen auf. »Neues Handy? Ich habe dich ebenfalls angerufen, aber es sprang nur die Mailbox an.«

Einen Moment lang sieht Ben ebenfalls verwirrt aus, dann lacht er schon wieder und dieses Mal klingt es so befreit, als würde ihm ein Stein vom Herzen fallen. Genau so geht es auch mir, als ich erleichtert in sein Lachen einfalle.

»Gott, was sind wir doch für zwei Idioten«, kichere ich. »Ich habe ebenfalls ein neues Handy, weil meins *baden gegangen* ist. Ich hätte mir denken können, dass du deins an diesem Abend ebenfalls in den Fluten verloren hast.«

»Nicht ganz. Aber weil es in meiner Hosentasche steckte, war es danach nicht mehr zu retten«, erklärt er mir.

»Dann hast du mit dieser unbekannten Nummer ewig versucht, mich zu erreichen? Und ich habe geglaubt, es wäre irgendein Vertreter, der mir einen neuen Staubsauger andrehen wollte. Oder irgendeine Lotterie, bei der ich angeblich das große Los gezogen habe.«

Wir lachen erneut und es ist befreiend, endlich jedes Missverständnis vom Tisch fegen zu können. Ich merke schnell, wie sehr ich mich in allem getäuscht habe. Wäre ich doch nur eher zu der Erkenntnis gekommen, für meine Gefühle einzustehen, statt den Kopf in den Sand zu stecken und mich wegen irgendwelcher Halbwahrheiten zu verkriechen. Wir beide hätten uns den ganzen Kummer ersparen können, wenn wir nur auf unsere Herzen gehört hätten.

Ich lege meine Hände an seine stoppeligen Wangen und mache endlich den ersten Schritt, indem ich ihn sanft küsse. Ben scheint nicht einmal ansatzweise überrascht, denn er erwidert den Kuss sogleich und umfasst meine Taille, um mich näher an sich heranzuziehen.

»Ich glaube, ich habe mich nicht nur in die Insel verliebt«, raune ich ihm zu und werde rot. Seine graublauen Augen funkeln mich an.

»Du glaubst gar nicht, wie sehr ich mir gewünscht habe, diese Worte aus deinem Mund zu hören«, erwidert er leise und legt seine Stirn gegen meine. »Immerhin hatte ich gehofft, dass du Sylt und der Nordsee etwas abgewinnen kannst, denn ich habe mich vom ersten Augenblick an zu dir hingezogen gefühlt.«

»Dann war alles geplant, um mich rumzukriegen?«, frage ich kichernd. Ben grinst und nickt.

»Wie ich sehe, hat es funktioniert«, meint er schmunzelnd.

»Absolut«, entgegne ich und küsse Ben erneut.

Epilog

»Wow, das sieht wirklich klasse aus«, meint Manuela begeistert, als ich ihr das neue Design für das Logo ihrer Website präsentiere. Stolz drehe ich meinen Computerbildschirm etwas mehr in ihre Richtung und klicke mich durch die Dateien, um ihr die Auftragsarbeit besser zeigen zu können.

»Schau mal, hier, was hältst du von diesen neuen Farben für das Design der Headlines? Wenn wir die Homepage in Beige und Gold gestalten, wirkt alles eleganter und kommt besser zur Geltung«, schlage ich ihr vor und ändere die Farbpalette im Programm, um ein Beispiel präsentieren zu können. Manuela nickt zustimmend.

»Wirklich. Es ist ein Glücksgriff, dass ich zufällig deine Karte bei meinem Ex-Freund gefunden habe. Mit dir als Designerin werden mir etliche neue Kunden den Laden einrennen. Ich weiß ja, wie wichtig eine solide Onlinepräsenz heutzutage ist.« Lächelnd legt sie mit kurz die Hand auf den Oberarm, dann schaut sie weiter neugierig auf den Bildschirm und lässt sich von mir das neue Marketingkonzept für ihren Friseursalon erklären. Zwar bin ich für ein detailliertes Marketingkonzept nicht gut genug ausgebildet, doch in den Jahren, die ich in Thomas' Designagentur gearbeitet habe, bekam ich genug von der Arbeit in der Marketingabteilung mit, um zumindest mit einem Grundwissen aufwarten zu können.

»Und warte erst, bis du die gedruckten Flyer siehst, die ich heute Morgen in Auftrag gegeben habe. Die Lieferung kommt direkt zu dir nach Hamburg, weil ich nicht genau wusste, wie schnell die Flyer hier sein können«, erkläre ich meiner Kundin. Die Zusammenarbeit mit Manuela hat sich als sehr lukrativ und angenehm für mich herausgestellt, was ich zu Beginn überhaupt nicht vermutet habe. Denn wer will schon mehr als nötig Zeit mit der Ex-Freundin seines Partners verbringen? Tatsächlich hatten sich meine Vorurteile Manuela und ihrem Sohn Felix gegenüber nach nur wenigen Treffen komplett erübrigt, denn sie ist eine sehr offene und herzliche Frau, die mit der Situation, dass ich mit dem Vater ihres Sohnes zusammen bin, so locker wie keine andere umgeht. Zuerst war ich eifersüchtig auf sie, weil Felix meinen Freund für immer an Manuela bindet, doch die Angst, die beiden könnten wieder zusammenkommen, hat Ben schnell zerstreut, nachdem wir alle Missverständnisse aus dem Weg geräumt hatten. Nun zählt Manuela neben Vera zu einer meiner engsten Freundinnen, die ich nicht mehr missen möchte. Sie und Felix besuchen uns regelmäßig auf Sylt. Den Jungen habe ich ebenfalls schnell ins Herz geschlossen. Wenn er hier ist, fühlt es sich an, als wären Ben und ich eine richtige Familie.

Manuela erhebt sich von ihrem Stuhl neben meinem Schreibtisch und streicht sich eine der dunklen Strähnen ihres langen Haares hinters Ohr.

»Ich werde mal eben in die Werkstatt gehen und schauen, was Felix dort treibt«, sagt sie und zwinkert mir zu. »Nicht, dass er irgendeinen Blödsinn anstellt, solange Ben nicht da ist.«

»Er wird schon nichts anrichten. Albert ist doch bei ihm«, entgegne ich grinsend. Manuela lacht auf.

»Gerade weil Albert bei ihm ist, mache ich mir Sorgen.« Mit diesen Worten verlässt sie mein Büro. Kichernd lehne ich mich in meinem Stuhl zurück und strecke die Arme über dem Kopf durch, um meine Schultern zu lockern. Die letzten zwei Stunden vor dem Bildschirm spüre ich bereits in den Gliedern. Später werde ich einen ausgiebigen Spaziergang am Strand machen, um mich etwas von der Arbeit zu entspannen.

Bens Auszubildener Albert hat ebenfalls einen Narren an Felix gefressen. Jede freie Minute verbringen die beiden zusammen in der Werkstatt und Albert zeigt dem Jungen, wie man an Autos herumschraubt, wovon ich kaum etwas verstehe. Wenn Ben sich mit seinen Angestellten über die Arbeit unterhält, klingt es für mich wie Fachchinesisch. Doch ich glaube, so geht es meinem Freund ebenfalls, wenn er eines meiner Telefonate mit Vera verfolgt.

Meine beste Freundin und ehemalige Arbeitskollegin ist zwar in Hamburg geblieben, arbeitet jedoch durch einen Onlinezugang nun für mich, denn sie hat kurz nach meiner Rückkehr nach Sylt ebenfalls in Thomas' Designagentur gekündigt, um mich bei meiner Selbstständigkeit zu unterstützen. Durch Manuelas Auftrag, die Werbekampagne ihres Friseursalons komplett zu managen und zu gestalten, konnte ich mir meinen Traum von einem eigenen Büro ermöglichen. Durch die Unterstützung seitens Mona und meiner Schwester Claudia flatterten kurz nach der Gründung mehrere Aufträge von auf Sylt ansässigen Firmen ins Haus, sodass ich mich in den ersten Wochen kaum vor Arbeit retten konnte.

Nachdem ich mit gepackten Koffern vor Bens Werkstatt aufgetaucht bin, zog ich wieder im Leuchtturm meines Urgroßvaters ein. Glücklicherweise konnte mir Ben dabei helfen, Simon zu überreden, die Abtretung meines Erbes rückgängig zu machen.

»Die sechswöchige Frist ist noch nicht ausgelaufen und du kannst den Antrag beim Gericht zurückziehen. Sicher fällt dir dazu etwas ein. Du bist doch sonst immer so ein guter Anwalt«, sagte Ben, als er gemeinsam mit mir in der Anwaltskanzlei seines Vaters auftauchte. Simon war nicht gerade begeistert über diese Wendung, denn er hatte gehofft, mich nicht mehr auf der Insel zu sehen. Doch genau wie Ben bereits erzählt hatte, war Simon kein schlechter Mensch, lediglich sehr ehrgeizig und ambitioniert, weshalb er nicht immer den richtigen Weg einschlug. Er entschuldigte sich bei mir, weil er mich praktisch zur Ablehnung gedrängt hatte.

»Nun, bei Bens Vater kam ich mit meiner Karriere nicht weiter, deshalb wollte ich mich endlich abkapseln und meine eigene Kanzlei eröffnen. Der Leuchtturm schien mir dafür perfekt. Als ich merkte, dass du wegen des Verkaufs unschlüssig warst ... Na ja, da dachte ich, ich käme durch die Ausschlussklausel an diese Immobilie heran. Sobald du das Erbe abgelehnt hattest, fiel es automatisch an mich als deinen Testamentsverwalter. Es tut mir leid, dass ich nicht ehrlich zu dir war. Und auch die Sache mit Ben … es lag nicht an mir, dir von seiner Vergangenheit zu erzählen. Ich habe den Streit zwischen euch absichtlich provoziert, was ich bereits kurz darauf bereut habe«, erklärte Simon zerknirscht. Ich verzieh ihm viel schneller als Ben, der ziemlich verärgert über die Tat seines Cousins gewesen ist. Doch nachdem Simon den Antrag zurückgezogen hatte, ließen wir die Sache auf sich beruhen. Jetzt bewohnen Ben und ich gemeinsam den Leuchtturm, den er gerade von Grund auf saniert, wenn er nicht gerade in seiner Werkstatt an kaputten Autos herumschraubt. Bald bekomme ich eine moderne Küche und einen Backofen, der nicht beim ersten Benutzen sofort einen Stromausfall im ganzen Leuchtturm verursacht und alles lahmlegt.

Ein Blick auf mein Handy verrät mir, dass es bereits spät am Nachmittag ist. Bald fahren Manuela und Felix zurück nach Hamburg und Ben müsste längst vom Baumarkt zurück sein, wohin er vor einer Stunde aufgebrochen ist. Also fahre ich den Computer herunter und verlasse ebenfalls mein Büro, das noch vor wenigen Monaten Bens kleine Wohnung gewesen ist. Nachdem er zu mir in den Leuchtturm gezogen war, stand schnell fest, dass ich seine Wohnung vorübergehend als Designagentur nutzen werde, bis ich mir auf der Insel einen Namen gemacht habe und mir etwas anderes leisten kann. Bisher bin ich mit der aktuellen Situation jedoch mehr als zufrieden, denn es kann einfach nicht besser für mich laufen, nachdem ich meinen alten Job in Hamburg verloren habe. Ohne die Kündigung und Bens Unterstützung hätte ich mich nie getraut, endlich meinen eigenen Traum zu verwirklichen und mich selbstständig zu machen.

Ich schließe die Tür ab und steige über die Außentreppe nach unten, um direkt in die Werkstatt zu gelangen. Das ist noch einer der Pluspunkte, denn weil ich praktisch über Bens Werkstatt arbeite, können wir uns täglich so oft sehen, wie wir wollen, ohne den nötigen Freiraum zum Arbeiten aufzugeben. Sobald mir der Kopf schwirrt, muss ich einfach nur runter in die Werkstatt kommen und Ben in die Arme schließen, dann geht es mir direkt besser.

»Moni!«, höre ich Felix bereits rufen, als ich grade durch das offene Tor trete. »Schau mal, was ich kann.«

Ich sehe zu ihm rüber und der Junge klettert auch schon auf das Rollbrett, um sich unter ein Auto zu schieben, an dem Albert gerade arbeitet. Manuela steht lachend daneben.

»Ich fürchte, er wird später ein noch passionierterer Autoliebhaber als sein Vater«, meint sie mit einem liebevollen Lächeln auf ihren Sohn, der wieder unter dem Auto hervorkommt und einen Schraubenschlüssel in der Hand hält.

»Albert hat mir gezeigt, wie ich die Schrauben lösen muss, damit er an die Scheinwerfer rankommt. Es ist gar nicht so einfach, diese zu ersetzen, weil gerade bei diesem Modell alles ganz kompliziert verbaut wurde«, erklärt der Junge mit ernstem Gesichtsausdruck. Für seine gerade mal acht Jahre ist er wirklich aufmerksam und sehr neugierig, wenn es um die Arbeit seines Vaters geht. Manuela hat recht, vielleicht hat Ben in ihm einen würdigen Nachfolger für die Werkstatt gefunden.

Felix kommt zu mir und zeigt mir eine ölverschmierte Schraube, die ich sehr interessiert mustere. Dann streiche ich dem Jungen durchs blonde Haar.

»Du hast Schmieröl an der Wange«, sage ich zu ihm und er reibt sich grinsend mit dem Ärmel über das Gesicht, ohne den Schraubenschlüssel und seine Schraube loszulassen, wodurch er das Öl nun auf seinem Pullover verteilt.

Manuela legt ihrem Sohn die Hand auf die Schulter. »Verabschiede dich noch kurz von Albert, dann wollen wir los. Unser Autozug kommt bald.«

»Alles klar«, erwidert Felix und rennt zu Bens Auszubildendem, der gerade mit einem Werkzeugwagen zur Tür hereinkommt.

»Wo ist Ben?«, frage ich an Manuela gewandt. »Er wollte doch längst zurück sein. Wie lange kann es dauern, neue Wandfarbe zu kaufen?«

Seine Ex-Freundin zuckt mit den Schultern und sieht auf ihre Armbanduhr, weil sie es eilig hat.

»Hier bin ich«, ertönt Bens Stimme und er kommt auf uns zu. »Sorry, aber im Baumarkt hatten sie nicht exakt die Farbe, die du fürs Schlafzimmer wolltest. Also mussten sie sie erst anrühren.« Er stellt einen Farbeimer neben mir auf dem Boden ab. Morgen hat Ben sich von der Arbeit freigenommen, damit wir gemeinsam das obere Stockwerk streichen können, um die Renovierung des Leuchtturms damit ein gutes Stück voranzubringen. Ich freue mich schon, wenn wir ein größeres Bett bekommen.

Ben umarmt Manuela und gibt danach mir einen kurzen Kuss.

»Zum Glück hab ich's noch geschafft«, murmelt er und schaut zu Felix rüber, der mit Albert spricht, während sein Arm fest um meine Taille liegt. »Ich wollte mich noch verabschieden.«

Felix wird auf Ben aufmerksam und es dauert kaum eine Minute, da fliegt er seinem Vater in die Arme.

»Wir sehen uns, mein Großer.«

»In den Weihnachtsferien komme ich wieder. Fang bloß nicht vorher mit dem Umbau von Maiks Harley an. Ich will unbedingt dabei sein«, sagt Felix und drückt Ben noch einmal, dann umarmt er auch mich.

»Auf keinen Fall. Ich werde Maik solange vertrösten. Immerhin kann ich nicht auf deine tatkräftige Unterstützung verzichten«, verspricht Ben seinem Sohn, der daraufhin freudestrahlend lacht.

»Gut. Dann hol deine Jacke und die Mütze. Draußen ist es verdammt kalt«, fordert ihn seine Mutter auf. Felix flitzt in Bens angrenzenden Büroraum zu dessen Sekretärin Gaby, um seine Sachen zu holen. Danach winkt er uns zum Abschied und folgt seiner Mutter hinaus zum Auto. Ben und ich sehen den beiden nach, bis Manuelas Ford vom Parkplatz rollt.

»Endlich sind wir wieder allein«, raunt Ben mir zu und schlingt seine Arme fester um meine Taille. Ich schmiege mich an seine Brust. Wir genießen Felix' Besuche bei uns, doch die Zeit zu zweit ist ebenfalls sehr intensiv und ich freue mich täglich auf den Feierabend. Wenn Ben und ich gemeinsam einen Spaziergang am Strand machen und den Möwen lauschen. Wenn wir eng umschlungen in einem Strandkorb sitzen und aufs Wasser hinausblicken. Wenn wir in Monas gemütlichem Café sitzen und unseren Kaffee genießen, während es draußen immer kälter wird. Vor zwei Tagen hat es bereits das erste Mal geschneit. Es wird mein erster Winter auf Sylt sein. Bald ist Weihnachten und ich freue mich schon auf diese Zeit mit meiner Familie.

Seitdem ich im Leuchtturm lebe, hat sich meine Beziehung zu Claudia stabilisiert. Wir haben viel miteinander gesprochen und alle Missverständnisse aus der Vergangenheit geklärt. Nun sind wir die Schwestern, die wir eigentlich immer sein wollten, und darüber bin ich sehr glücklich. Ich musste erst dreißig Jahre alt werden, um zu begreifen, dass das wahre Glück nicht darin besteht, sich für andere zu verbiegen und zu verstellen. Man sollte immer zu sich selbst stehen, denn man wird dafür geliebt, wer man ist und nicht, wer man vorgibt zu sein. Die alte Ramona gibt's schon lange nicht mehr, denn die neue gefällt mir tausendmal besser!

»Hey, ihr Turteltäubchen, knutscht woanders«, ruft Albert kichernd und lässt unsere Blase der Zweisamkeit jäh platzen. Ben lacht auf und haucht mir einen Kuss auf die Nasenspitze, ehe er mich loslässt.

»Ich mache hier noch ein Stündchen, dann komme ich nach. Wir sehen uns zu Hause«, sagt er zu mir, dann geht er zu seinem Angestellten rüber. »Und du, leg dein Handy weg. TikTok kann warten. Lass uns mal schauen, ob wir den Motor von Bernds BMW wieder zum Laufen kriegen!«